己丑贺岁

福士澍

2009

人民美术出版社

图书在版编目（CIP）数据

己丑贺岁／人民美术出版社编．－北京：人民美术出版
社，2008.12

ISBN 978-7-102-04497-2

Ⅰ.己… Ⅱ.人… Ⅲ.十二生肖－文化 Ⅳ.K892.21

中国版本图书馆 CIP 数据核字（2008）第 191013 号

封面题字：苏士澍

己丑贺岁

编辑出版 人民美術出版社
（北京北总布胡同 32 号 100735）
www.renmei.com.cn

责任编辑 刘普生 霍静宇
封面设计 胡建斌
版式设计 李红星
审 校 李文昭
责任印制 赵 丹
制版印刷 北京燕泰美术制版印刷有限责任公司
总 经 销 人民美术出版社发行部

版 次 2008 年 12 月 第 1 版 第 1 次印刷
开 本 787 毫米×1092 毫米 1/16 印张 16
印 数 0001－2,500 册
ISBN 978-7-102-04497-2
定 价 198.00 元

春牛圖

春牛图　年画　天津杨柳青

余南北音游於好事家見韓滉畫數

種葉賢官畫有豐年圖醉學士圖家神

張可興家堯民擊壤圖牛梅汕鮮于伯

幾家醉道士圖與此五牛圖皆真跡初田

師孟以此卷示余二甚愛之後乃知為趙

伯昂物因託劉彥方求之伯昂欣然辍贈

時至元廿八年七月也明年六月携歸吳興

重展又明年濟南東倉官舍題二月既望

趙孟頫書

五牛圖　唐代　韓滉　故宮博物院藏

一牛絡首四牛間弘
景高情想像間馳
虢誑惟誇肯要回
間喘鐵民踉
乾隆癸酉御題

春牛图 剪纸

　　图剪芒神与春牛。芒神，又名句
芒、木神、春神，是主宰草木和各种
生命生长之神，也是主宰农业生产
之神。逢"一龙治水"年，主雨水少，
芒神则两足加履；芒神赤一足履一
足，表示风调雨顺。

　　年节中我国农村多张贴春牛图，
含有驱灾免难与祈祝丰收之意。

目　录

春牛辟地

丑年话牛

紫气东来

附记

春牛辟地

春牛辟地 五谷丰登

——古代美术作品中牛的形象塑造

薄松年

中国古代将农业视为立国之本，作为耕畜的牛在人们心目中自然有着非常重要的地位，它比起骡马等牲畜，性格驯顺，耐力强大，更能吃苦耐劳，农民用其耕田载物，几乎与之相依为命。旧日谚"二亩地，一头牛，老婆孩子热炕头"成为自给自足小农生产的生活写照。其中耕牛就占有农民的半个家业。它生前为农事操劳，被宰杀又成为食物美味，统治者祭祀的牲畜中更以牛奉献于天地神灵祖先的供案之前。因此，在古代美术遗物中出现年代最久频率最高。

远在三千多年前的商周时期，奴隶主贵族铸造的青铜礼器具有崇高而神圣的地位，其中就出现了牛的形象。现今所见在安阳殷墟中出土的牛方鼎，在厚重的鼎腹上铸以牛头图像，是商代青铜器中的典范之作。西周初期，封召公于

牛虎铜案 青铜器 战国 云南省博物馆藏

燕，其子克到封地就国，筑城于今北京琉璃河地区，此地出土的伯矩鬲是为纪念燕王的赏赐而铸的，器身通体装饰有七个牛头，造型生动设计奇巧，在周代工艺中占有突出地位。战国之际，楚王派庄跷开发西南地区，归途中为秦所阻，庄跷与兵士遂与云南滇族共同经营建立滇国。这里有发达的青铜工艺，近数十年在云南昆明石寨山等地出土了许多战国至西汉中叶的滇国青铜器，其中有相当数量是以牛的形象为装饰，牛虎铜案以一头雄健的牛构成案身，案的一侧饰一猛虎咬住牛尾，而牛情态安稳，对虎表现出不屑一顾的蔑视神色。牛之腹部铸造成案身，在其肢体下却躲藏着一头小牛，构思非常有趣。另有一件青铜工具，其上铸有三人一牛，一人在前面引路，两人在后面赶牛，完全是农耕生活的写照。有一件青铜透雕的饰牌上装饰有牛虎相斗的紧张而激烈场面，还有一件葫芦笙青铜乐器，顶端装饰一头悠然自得的牛，体量不大而形神兼备，是滇国青铜中的优秀之作。有的青铜贮贝器上更以立雕的形式装饰牛群，其中还有牵牛纳贡的人物。大量牛的形象的塑造，反映了牛在滇族中不平凡的地位，并显示出西南兄弟民族

伯矩鬲 西周 首都博物馆藏

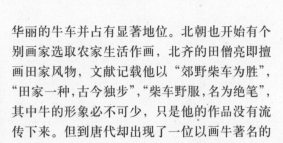

华丽的牛车并占有显著地位。北朝也开始有个别画家选取农家生活作画，北齐的田僧亮即擅画田家风物，文献记载他以"郊野柴车为胜"，"田家一种，古今独步"，"柴车野服，名为绝笔"，其中牛的形象必不可少，只是他的作品没有流传下来。但到唐代却出现了一位以画牛著名的大师。

韩滉(723——787)是唐德宗时的宰相，颇有政绩，曾参加平定藩镇叛乱，又比较注意发展农业生产，他精于绘画，以画牛及田家风物著称。传世作品《五牛图》，画五头神态特征各不相同的耕牛，或行、或止、或龅草、或翘首，在纸上以粗厚有力的笔墨写画出，深得牛之状貌习性，可谓神形兼备，值得注意的是画卷末

牛耕图 汉画像石

的智慧和艺术才能。

牛为耕畜历史悠久，最晚在春秋时期就已普及，汉代墓室出土的陶俑冥器中已有陶牛或牛车出现，汉代画像石中更有相当数量的牛耕图，用以表现墓主人的富有，但图中塑造的农耕形象却表现了两千年前的农业劳动。汉代农业普遍使用铁铸农具创造并推广了耦犁耕作，即"二牛抬杠"式的耕作法，由两头牛相并，其肩背上架一横木连接着后面的犁，这种耕作大大提高了生产效率。江苏睢宁双沟出土的牛耕画像石，不仅生动而具体地表现了二牛拉犁的场景，还穿插了农妇送饭和有人赶牛行路的情节，农夫扶犁快步前进的动态十分生动传神。此时的墓室壁画中也描绘了牛的形象。内蒙和林格尔东汉墓中就画出了成群的耕牛，魏晋时期甘肃嘉峪关墓室彩画砖中也有牛耕和宰杀黄牛的场面，反映了古代西北地区农业和畜牧的状貌。

中国古代绘画从公元3世纪的魏晋时期开始，在画风和技巧上逐渐脱离了早期的古拙而进入成熟阶段，绘画队伍中除了大量民间画工以外，有些上层社会的人士也参与到绘画创作中来，绘画中借物抒情的成分逐渐增强。魏晋隋唐的绘画内容多以贵族生活和宗教题材为主，牛和石刻线画在北朝墓中频频出现。太原出土的北齐徐显秀墓大型壁画《出行图》中就有装饰

五牛图（局部）唐代 韩滉 故宫博物院藏

斗牛图 册页 绢本 唐代 戴嵩作
台北故宫博物院藏

此图绘两牛相斗的场面，风趣新颖。一牛前逃，似力怯，另一牛穷追不舍，低头用牛角猛抵前牛的后腿。双牛用水墨绘出，以浓墨绘蹄、角，点眼目、棕毛，传神生动地绘出斗牛的肌肉张力、逃者喘息逃避的憨态、击者蛮不可挡的气势。牛之野性和凶顽，尽显笔端。可见画家对生活的观察细致入微，作品不拘常规、生意昂然，不愧为传世画牛佳作。

戴嵩，生卒年不详，唐代画家。韩滉弟子，韩滉镇守浙西时，嵩为巡官。擅画田家、川原之景，写水牛尤为著名，后人谓得"野性筋骨之妙"。相传曾画饮水之牛，水中倒影，唇鼻相连，可见之观察之精微。明代李日华评其画谓："固知象物者不在工谨，贯得其神而捷取之耳。"与韩干之画马，并称"韩马戴牛"。传世作品有《斗牛图》。

尾的一头牛头戴红绒金络平首拘谨而立，和其它四牛悠然自得的神态形成鲜明对比。可能其中寓有不愿受羁绊而追求自由的生活理想。历史上曾有一个典故，南朝梁时陶弘景崇信道教，不慕荣利，隐居于句曲山（茅山）华阳洞。梁武帝即位以后，下诏派使者想请其出山辅佐朝政，陶弘景画了两头牛，一头自由自在地吃草，一头戴着金笼头被人牵引。他将此图奉交给使者，梁武帝见图而知其不愿为官的理想，亦不再勉强，但朝中大事常向其请教，多所谋划，人称"山中宰相"。韩滉此图大约掺杂有这种意愿。卷后赵子昂的题跋中也提到这一点，即使如此，画家对牛没有深入的观察和了解，对农业没有

足够的关怀，绝不跟随学画，善画水牛，"能穷其野性"，传说他画牛饮水能生动而巧妙地表现出水中的倒影。现台北故宫博物院藏有一幅《斗牛图》相传为戴嵩所绘。

画牛到五代两宋时期发展成专门题材。涌现出厉归真、朱羲、朱莹、祁序等专门画牛的名家。厉归真为五代后梁时道士，常倘佯街市出入酒家，梁太祖曾对其诏问，答以"臣衣单受酒，以酒御寒，用画偿酒，此外无能"，可知是一位生活无拘无束的民间画师。此时画牛多以牧童放牧为题材，从中表现带有诗意的境界。关于画牛，在宋代也流传着一则有趣的故事，某收藏家藏有斗牛图名作，在展卷观赏之际，有农夫前来交租，见此画卷竟哑然失笑，引起收藏者的不快，追问其所以，农夫说："我虽不懂绘画，但对牛却朝夕接触深为了解。牛相斗时，其尾必下垂夹于两腿之间，此画中相斗之牛的尾巴皆向上扬起，岂非大谬！"从中可见宋代对绘画的真实性要求是非常重视的。现存宋代画牛的作品有多幅，其中李迪所作《风雨归牧图》和阎次平《四季牧牛图卷》最为出色。《四季牧牛图卷》以四个画幅分别表现牧童在春夏秋冬不同季节的放牧生活情态，其中冬季一幅中表现寒风凛冽，枯叶飘零，牧童不禁严寒而蜷缩在牛背上的形象颇为动人。阎次平为南宋画家，其父阎仲亦工画牛，次平得家传，于孝宗隆兴年间供职于宫廷。李迪《风雨归牧图》以大幅立轴表现郊野的景象。画家生动地表现出柳枝在狂风中摇曳飘摆，池塘边的苇草倒伏向一方，两头牛在风雨中疾行，牛背上的牧童头戴斗笠，身披蓑衣，爬伏在牛背上以避风雨。前面的牛回首顾望，后面的牛伸颈迈步作疾行状，两头牛互有呼应。但后面牧童的斗笠被风吹落，他急忙回身，仿佛要跨下牛背去拣拾。画家生动逼真地画出了风雨骤至的天气，在牧归中插入狂风吹落斗笠的情节，从而丰富了作品的情趣。作者李迪是南宋时期的著名画家，供职于光宗、宁宗、理宗三朝宫廷，擅画花鸟，画风工细严谨、生动逼真，此幅显示出其畜兽及人物画的艺术水平。元明以后文人画在画坛上成为主流，画牛之类的社会风俗画不被重视，

画家中亦少有从事画牛者。

现代画家中精于画牛者当推李可染。李可染工于山水画，但对牛却有深厚的感情，从上世纪40年代抗战时期开始画牛，李可染认为反对日本军国主义的侵略，需要坚忍不拔任劳任怨的精神，此后他一直在画山水的同时对牛情有独钟，终其一生。他在《五牛图》中题词"牛也，力大无穷，俯首孺子而不逞强，终生劳瘁事农而不居功，纯良温驯时亦强强，稳步向前足不踏空，皮毛骨角无不有用，形容无华，气势轩宏。吾崇其性，爱其形，故屡屡不倦写之。因名吾庐为师牛堂"，这既是对牛的赞颂，也是画家人格的写照。他把牧童与牛的平凡的景象表现得生活气息十足，或在水中自由淋浴，或在田畴中闲步，或休憩于豆棚瓜架之下，或嬉戏于落花缤纷或黄叶飘飘的郊野，幅幅诗意盎然，充满了时代精神。

春牛图　现代　李可染作

牛的艺术形象更大量出现在民间美术之中，其中以立春民俗中的春牛图最为突出。

每当冬去春来，大地复苏，到了"九九加一九，耕牛遍地走"的时刻，就开始了春忙。为了祈祝丰收，在立春日的节气中出现了迎春、打春的风俗，牛更成为象征五谷丰登的吉祥物。

立春节日中迎春的风俗历史悠久而隆重，据文献记载，先秦时在立春日天子需亲率群臣到东郊迎春，汉代时先在腊月置土牛六头于国都郊外以驱寒气，又于立春日立土牛耕人于国门外以示兆民，后来耕人演变为司掌万物萌生的芒神，牛形则加以彩妆雕饰，迎春活动愈益丰富多彩。北宋时于立春前一日，开封府要向宫中进献春牛，衙署也要置春牛于府前，于次日凌晨"打春"，将土牛击碎，市民争抢碎牛，携回家中，成为祛病、丰年的佳兆。明清时北京处于天子脚下，迎春活动更非比寻常，大兴、宛平两县要将精制的芒神土牛，配以春山彩亭，由府县生员抬进宫中，在礼部官员引导下，组

四季牧牛图卷　宋代　阎次平作

成包括尚书、侍郎各级官员的庞大队列，向皇上进春。迎春、打春是举国上下的重要活动，民间纷纷在迎芒神击土牛的风俗中，庆贺春天的来临。象征丰收的春牛形象也自然不唯独进入宫廷，在民间也广泛受到欢迎。立春之日，市场上有精美的泥塑小春牛及彩印的春牛图出售，旧时历书往往以春牛作为封面装饰，春牛图更是年画中不可少的内容。进献宫廷的春牛制作考究，春牛的身躯毛色和芒神的年貌衣着及二者的部位安排都需严格按立春年月日时的天干地支搭配，每年由钦天监制定。民间春牛图的形象塑造没有宫廷清规戒律的限制，而且更鲜明强烈地体现吉祥的愿望，不管是任何年月，图中的春牛都画成农民喜爱的大黄牛（有的印成喜庆的大红色），芒神也都是眉清目秀长相俊俏的放牛郎（民间亲切地称为"拗芒儿"）。芒神穿的鞋和部位却有些讲究，即如果赤足则寓示本年雨水大，两脚都穿草鞋为天旱，一脚穿鞋一脚赤足

一定是不涝不旱的好年景。如果立春日在年前腊月，则芒神站在牛前，表示春早，提醒农民过年后必须抓紧生产才能不误农时；在正月立春，芒神要站在牛后。民间的春牛图由于没有宫廷那么多的清规戒律，因而种类多种多样，形式活泼有趣，更鲜明、突出地反映着人们对风调雨顺国泰民安幸福生活的憧憬。

描绘迎春的年画最典型的要算天津杨柳青清代盛兴画店刻印的《九九图》，年画中将数九画成九个仙女，又刻印上九九歌，但主要部位表现了春官向皇帝报春，正中是一脚赤足一脚穿草鞋的芒神牵引着春牛，皇帝戴凤帽坐在红罗伞下，旁有太监侍立，前面有春官跪拜报春；另一旁有手执如意的财神率领进宝力士、童子们手执写着"春王正月，天子万年"的仙幡，他们喜气洋洋地向皇帝祝贺新春，并为人间赐福。画上的九九歌中特别歌唱了春回大地的喜悦："六九立春万物和，春官报喜跪面前，丙多人旺吃不

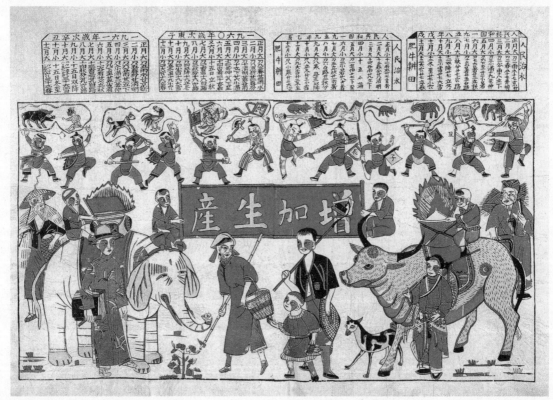

增加生产 年画 1957年 河北武强

　　"增加生产"即提高农作物之产量，是当时解决人民生活问题的一项措施。图中的人物多着现代时装。图右的芒神和青牛，仍是旧样。图上的"十二生肖"，引人入胜。

尽，风调雨顺太平年"。此画虽表现向皇帝报春的盛典，但略去了礼部等有关官员进春的庞大队列和官阙的繁缛环境描写，只是简洁地画出皇帝及几个侍从，芒神春牛力求真实生动而不处理成呆板的泥塑，画面上却独出心裁，安排了神祇仙女的形象，造型准确，构图严谨，画和刻都颇见功力。杨柳青年画中还有一幅春牛图仅突出地画出芒神和春牛，画中将芒神处理成可爱的胖娃娃，他一手拿着春字，肩扛的竹竿上悬挂着一支草鞋，身后卧着壮健的黄牛，画上还装饰以松枝梅花等表现明媚春光的花卉。这幅合娃娃与春牛为一体的画张突破了传统的旧样，在构思上是相当新颖的。

　　记得我年幼时看到过刻印着众多吉祥图像的春牛图，画面上不仅有芒和硕健的黄牛，而且还有象奴牵着大象及招财赐福的天官、文武财神和刘海、和合二仙，空中飞舞着红色的蝙蝠，地上撒满金银财宝，画幅最上端有连续三年的节气表，带简明年历的性质，此画用谐音象征的手法寓意春回大地万象更新和对来年幸福生活的祝愿，节气表上不仅排列有廿四节，并且还明确注有这一年是几牛耕田，几龙治水，几壬（谐音：人）几丙（谐音：饼），几日得辛。这些都是根据正月初一以后干支日期中的午、辰、丙、辛、壬诸日是在哪一天而排定的，例如当年正月初三是壬日，初七是丙日，初二是辛日，则本年为"三人七丙，二日得辛"，预兆丰收安乐不愁吃穿，人们买春牛图一方面是图个吉利，另一方面可以看节气，起到方

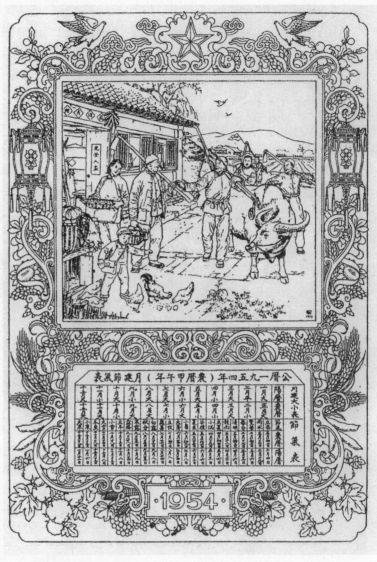

春牛图 年画 现代 上海

　　带有二十四节气图的历画。反映了翻身后的农民下地生产的快乐情景。

便生活不误农时的作用，其中几牛耕田寓示年成丰歉，几龙治水寓示着旱涝，几壬几丙寓示是否能丰衣足食，几日得辛寓示付出的辛劳，这些预测今日看来未必科学，多为无稽之谈，但那年月农民靠天吃饭，却也反映了人们对农业的高度关切和对丰收的殷切渴望。我手边有一些山东、山西、河北等地刻印的一种较为简单的春牛图，主要画面刻着春牛及芒神，牛背上驮有盛满财宝的聚宝盆及牡丹花，寓意富贵发财，画的下方刻了三个农民将锄靠在一旁吃饼的情节，并有"三人

十二月采茶春牛图

九丙，五谷丰登"字样，上端有诗一首："我是上方一春牛，差我下方遍地游，不食人间草和料，丹（单）吃散灾小鬼头。"春牛已不止是丰收的象征，而且具有驱除灾难的神力。另一种山东潍县刻印的《大春牛》把农民向往的吉利事象都搬上了画面：不止有芒神赶牛，还有大喜星降福，马生双驹，三人吃饼旁边却有四把锄头（暗示因为丰收而引起劳动力不够），所以画面一端出现两个地主抢雇短工的情节，旧社会很多赤贫农民没有土地，只能靠佣工过活，自然难得温饱，他们绝没有发财的奢望，只求有起码的生存条件，这争顾短工的画面非常实际地反映了多数贫农的处境和心愿，颇为别致。更为简陋的春牛图则有陕西、贵州等地农民自刻自印的新春帖子，图中的芒神已完全变成牧童的样子，有的刻成牛耕图，上面也标有"新春大吉"、"天下太平"、"大利南北"等吉祥祝语，风格古朴，另有一番意趣。这些年画大多流行于农村，都以通俗朴素的语言和形象鲜明地反映了农民的心态和愿望。

苏州桃花坞有一种《十二月采茶春牛图》，

画面正中也有天官像，下部刻印着芒神、春官和春牛，但所占面积极小，主要画面刻着十二个美女手执鲜花，一旁附有十二月采茶歌，可能和苏州地区蚕桑和种茶发达有关，采茶歌中咏唱古人苦尽甜来的故事及优美的爱情传说。其中有苏秦落魄妻不下机、李三娘咬脐郎母子相会、吕蒙正赶斋、朱买臣休妻、赵五娘寻夫、昭君出塞及张生莺莺西厢会、梁山伯祝英台十八相送、王十朋钱玉莲荆钗记、王瑞莲蒋世隆拜月记等在民间流行的传奇故事，每段四句，如十二月歌词是"十二月采茶腊梅开，蒙正当年来投斋，窑中苦了千金女，吞饥忍饿等夫来。"读来朗朗上口，保留了民间文学的珍贵资料。

春牛图常见的另一种形式是描绘皇帝耕田的籍田大典。在封建社会，皇帝为了表示对农业的重视及祈求丰收，每年春季都要举行籍田典礼，届时皇帝亲率三公九卿耕田，耕时扬旗奏乐，甚至给皇帝搭起彩棚以避风雨，皇帝扶犁推耕三下，不过是比划一下作个样子而已。但老百姓期望风调雨顺五谷丰登，于是在北方流行《二月二》的年画，画中天子扶犁臣子牵牛，皇后带领宫女太监们到田间送饭，侍卫銮驾，十分热闹。画上大都有这样一首民歌："二月二，龙抬头，天子耕地臣牵牛，正宫娘娘来送饭，五谷丰登太平收。"关于这种年画在山东民间还有一个故事，大意为明代开国皇帝朱元璋出身贫寒，但作了皇帝后却杀戮功臣压迫老百姓，因此画工刻印了这幅年画劝他悔悟，告诫他只有依靠老百姓发展农业才能使江山永固社稷长存，和这一传说相关的还有幅年画《民子山》，表现朱元璋在贫寒时放牛的故事。这些传说只是在一定程度上反映农民对统治者的看法和期望，作为对春牛图的解释当然是不足为据的。大量真实反映农民辛勤劳作的年画是《男十忙》《庄家忙》，这些年画中自然也把耕牛放在主要位置，由于民间画工们非常熟悉和了解农民的生活，因而图中所画春种秋收的种种情景都各尽其态，比天子耕田画得自然要真挚得多了。

民间剪纸的作者大都是农村妇女，她们几乎与牛朝夕相伴，剪出来的牛也分外带有感情色彩，真切地抒发着对耕牛的赞美。河南灵宝位于函谷关附近，在正月下旬，当地流行贴金牛和

耕地 剪纸 陕西庆阳 陈玉明作

老子骑牛形象的剪纸，有一首歌谣是"新春正月二十三，老子骑牛散仙丹，家家门上贴金牛，一年四季保平安"，这里的神牛成为太上老君的坐骑，具有辟邪保平安的作用。

和牛相联系的牛郎织女的故事是妇孺皆知的民间神话。牵牛和织女都是天上的星宿，因彼此相恋，牵牛星被罚下凡尘成为牧牛郎，他在金牛星的帮助下，抢了在天河沐浴的织女的仙衣，使其又在人间成为夫妇，男耕女织生儿育女，过着美满幸福的生活，但为王母发觉，派黄巾力士将织女召回天宫，牛郎紧追不舍，王母又画出一道天河将二人隔离，每年七月七日喜鹊在天河上搭桥才使他们相聚。这个故事在民间长期流传中加强了反封建成分，人们同情和赞美牛郎织女间真挚不渝的爱情，憎恶王母的残忍，故事中金牛星成了成全两人婚姻的媒介，在两人结合中起着关键作用。这个故事也大量出现在年画和剪纸之中成为热门题材，旧日山东高密的扑灰年画中就经常画一个放牛郎，有的在画幅上部画几个仙女，衬以莲花，以寓示天河抢衣成婚配的佳话。

牛耕在我国最晚始于东周，它在近三千年来的漫长岁月中为农业做出不可磨灭的贡献。但是，随着社会的发展和进步，牛必将被机械代替，迎春的民俗也在不断变异，然而牛的历史功绩是不朽的，春牛图作为民间艺术创作和历史民俗遗产也理应受到重视并加以研究。

九九消寒农历图

十二生肖年表

子鼠		中国夏历戊子年　公元 1948 年 02 月 10 日——1949 年 01 月 28 日 中国夏历庚子年　公元 1960 年 01 月 28 日——1961 年 02 月 14 日 中国夏历壬子年　公元 1972 年 02 月 15 日——1973 年 02 月 02 日 中国夏历甲子年　公元 1984 年 02 月 02 日——1985 年 02 月 19 日 中国夏历丙子年　公元 1996 年 02 月 19 日——1997 年 02 月 06 日
丑牛		中国夏历己丑年　公元 1949 年 01 月 29 日——1950 年 02 月 16 日 中国夏历辛丑年　公元 1961 年 02 月 15 日——1962 年 02 月 04 日 中国夏历癸丑年　公元 1973 年 02 月 03 日——1974 年 01 月 22 日 中国夏历乙丑年　公元 1985 年 02 月 20 日——1986 年 02 月 08 日 中国夏历丁丑年　公元 1997 年 02 月 07 日——1998 年 01 月 27 日
寅虎		中国夏历庚寅年　公元 1950 年 02 月 17 日——1951 年 02 月 05 日 中国夏历壬寅年　公元 1962 年 02 月 05 日——1963 年 01 月 24 日 中国夏历甲寅年　公元 1974 年 01 月 23 日——1975 年 02 月 10 日 中国夏历丙寅年　公元 1986 年 02 月 09 日——1987 年 01 月 28 日 中国夏历戊寅年　公元 1998 年 01 月 28 日——1999 年 02 月 15 日
卯兔		中国夏历辛卯年　公元 1951 年 02 月 06 日——1952 年 01 月 26 日 中国夏历癸卯年　公元 1963 年 01 月 25 日——1964 年 02 月 12 日 中国夏历乙卯年　公元 1975 年 02 月 11 日——1976 年 01 月 30 日 中国夏历丁卯年　公元 1987 年 01 月 29 日——1988 年 02 月 16 日 中国夏历己卯年　公元 1999 年 02 月 16 日——2000 年 02 月 04 日
辰龙		中国夏历壬辰年　公元 1952 年 01 月 27 日——1953 年 02 月 13 日 中国夏历甲辰年　公元 1964 年 02 月 13 日——1965 年 02 月 01 日 中国夏历丙辰年　公元 1976 年 01 月 31 日——1977 年 02 月 17 日 中国夏历戊辰年　公元 1988 年 02 月 17 日——1989 年 02 月 05 日 中国夏历庚辰年　公元 2000 年 02 月 05 日——2001 年 01 月 23 日
巳蛇		中国夏历癸巳年　公元 1953 年 02 月 14 日——1954 年 02 月 02 日 中国夏历乙巳年　公元 1965 年 02 月 02 日——1966 年 01 月 20 日 中国夏历丁巳年　公元 1977 年 02 月 18 日——1978 年 02 月 06 日 中国夏历己巳年　公元 1989 年 02 月 06 日——1990 年 01 月 26 日 中国夏历辛巳年　公元 2001 年 01 月 24 日——2002 年 02 月 11 日

十二生肖年表

中国夏历壬午年 公元1942年02月15日——1943年02月04日 中国夏历甲午年 公元1954年02月03日——1955年01月23日 中国夏历丙午年 公元1966年01月21日——1967年02月08日 中国夏历戊午年 公元1978年02月07日——1979年01月27日 中国夏历庚午年 公元1990年01月27日——1991年02月14日		午 马
中国夏历癸未年 公元1943年02月05日——1944年01月24日 中国夏历乙未年 公元1955年01月24日——1956年02月11日 中国夏历丁未年 公元1967年02月09日——1968年01月29日 中国夏历己未年 公元1979年01月28日——1980年02月15日 中国夏历辛未年 公元1991年02月15日——1992年02月03日		未 羊
中国夏历甲申年 公元1944年01月25日——1945年02月12日 中国夏历丙申年 公元1956年02月12日——1957年01月30日 中国夏历戊申年 公元1968年01月30日——1969年02月16日 中国夏历庚申年 公元1980年02月16日——1981年02月04日 中国夏历壬申年 公元1992年02月04日——1993年01月22日		申 猴
中国夏历乙酉年 公元1945年02月13日——1946年02月01日 中国夏历丁酉年 公元1957年01月31日——1958年02月17日 中国夏历己酉年 公元1969年02月17日——1970年02月05日 中国夏历辛酉年 公元1981年02月05日——1982年01月24日 中国夏历癸酉年 公元1993年01月23日——1994年02月09日		酉 鸡
中国夏历丙戌年 公元1946年02月02日——1947年02月20日 中国夏历戊戌年 公元1958年02月18日——1959年02月07日 中国夏历庚戌年 公元1970年02月06日——1971年01月26日 中国夏历壬戌年 公元1982年01月25日——1983年02月12日 中国夏历甲戌年 公元1994年02月10日——1995年01月30日		戌 狗
中国夏历丁亥年 公元1947年02月21日——1948年02月09日 中国夏历己亥年 公元1959年02月08日——1960年01月27日 中国夏历辛亥年 公元1971年01月27日——1972年02月14日 中国夏历癸亥年 公元1983年02月13日——1984年02月01日 中国夏历乙亥年 公元1995年01月31日——1996年02月18日		亥 猪

十二生肖俑

十二生肖，本指代替十二辰名称的十二种动物，是古代占星家用来记星象、记日、记年的一种方式，因而亦称为"十二辰俑"或"十二时俑"。同时也用来表示人的生岁。十二生肖是随着古代占星术的发展应运而生的。古人为了便于观测星象，把周天分为十二等分，称为十二辰，每一辰都有一种动物与之对应。

随着时代的不同，十二生肖俑的形态也发生着变化。临淄北朝崔氏墓出土的生肖俑以动物原形的形式出现，完全是写实的手法，代表了生肖俑的初始形态。隋代两湖地区的生肖俑已完全摆脱了之前的动物形象，流行身着宽衣博带、拱手盘坐、怀抱或头顶生肖的文官人物俑，并开始出现兽首人身生肖俑。初唐两湖地区生肖俑以兽首人身拱手持笏板的官员形象为主，多为坐姿，也有部分站姿俑。俑身下方有方形或圆形底座。盛唐以后，基本以带有底座的兽首人身站姿生肖俑为固定模式。

可见，生肖俑有着从动物原形到人持抱生肖，再到人兽同体之演变轨迹，体现出"人气"化在逐渐加强。人类历史上，各文明都存在动物崇拜阶段，从神话学的角度看，大致都有动物崇拜到神人同形的发展历程。生肖俑的出现虽然较晚，但同样有着这一发展规律。

西安市郊唐墓出土彩绘十二生肖俑

西安市郊唐墓出土彩绘十二生肖俑

青白釉十二辰神像

宋
景德镇窑
香港九如堂藏

　　俑人像十二个，穿袍服、戴冠立在圆饼形底板上，分别手抱十二生肖的鼠、牛、虎、兔、龙、蛇、马、羊、猴、鸡、狗及猪。满施青白釉，并饰以褐斑彩纹。胎白、坚致。人像为先模印粗坯，再经雕刻及雕塑而成。体中空，座底置气孔。人物头冠正中，刻一"王"字。

　　赵翼《陔余丛考》考证十二相属之说起于东汉。古时术家拿十二种动物来配十二地支，子为鼠，丑为牛，寅为虎，卯为兔，辰为龙，巳为蛇，午为马，未为羊，申为猴，酉为鸡，戌为狗，亥为猪。以后人生在某年就肖某物（见《衡论物势》和《衡论言毒》）。

　　唐代有红陶人身兽首形象，宋是人物双手捧抱一个动物来代表。做冥器用，多放置于墓室四壁小龛内。

人人有一个

吴裕成

牛生肖瓷俑 唐代

"全国十二个，人人占一个"：这是一个谜语，且是"国际"谜语。1971年日本首相田中角荣访华，谈判中日邦交正常化问题。相传，田中在访问期间曾出这则谜语，请中国总理周恩来猜。周总理听了开怀大笑，脱口而出："十二属相。"（引自1989年2月6日《人民日报》海外版）日本与中国一衣带水，历史上受到中国文化多方面的影响，十二生肖纪岁在日本广泛流传，便是民间风俗方面的例子。中日两国领导人间这一段逸事，成为人们津津乐道的佳话。

所谓生肖，顾名思义，生年之肖物——即生年所属的那个"相"。生肖与十二地支相对应，所肖所属，在于地支，却并不顾及干支纪年的另

一半：干，即甲乙丙丁十天干。对此，古人有解说，明代王逵《蠡海集》写道：

> 干有十，支有十二。干不配肖属而支配者，天赋气，地成形也。人所以称肖属及支而不及干者，父施气，母有形也。身依母而生，然人姓独称父者，厚其受气之本也。

以"天赋气，地成形"为逻辑起点，这段话完成了自己的逻辑推理过程：一个人从其父得到"气"，"气"由天赋，在天干地支两者中，为前者；从其母得到"形"，"形"由地成，——与地支相连。因此，讲生年属相，只看地支不看天干。然而，"父施气"也有办法在你身上盖一记烙印，那就是姓氏。这一解说，反映了古人对于地支配属相的思考，颇有些意趣在，尽管赋气成形云云，并非科学的认识。

这样一种思路，在云南纳西族风俗中似可见其踪影。纳西人为婴儿命名，要依母亲当年的年龄推算出她产子时的"魂居地"，"魂居地"分为八个方位，由十二生肖把守，比如东北方属牛，就可以为孩子取名"恩若"，意为"牛神之子"。你看，"身依母而生"，为给名字烙上印记，就取母亲分娩之时的"魂居地"，用生肖取名。当然，纳西人的生肖取名，与本人的生年属相并不在同一范畴，两者有可能是不一致的。

生肖十二种，每人一属相，形成一道民俗风景线。以生肖表示生年，最常用的一个字是"属"。《北史》载，宇文护柄国之际，北周破了北齐的长城，北齐惊恐。北周宰相宇文护趁势遣使者前去，寻找被北齐扣押了多年的母亲阎氏。北齐知道宇文护权重朝廷，一方面不放人，"以为后图"；另一方面，又不愿意将事情弄僵，就

以阎氏的名义写信给宇文护，以为权宜之计。信中写道：

> 汝与吾别之时，年尚幼小，以前家事，或不委曲。昔在武川镇，生汝兄弟，大者属鼠，第二属兔，汝身属蛇……

虽是代笔，但信写得挺有母子亲情。八十岁的老母，说起三个孩儿，以属相说年岁，"大者属鼠，第二属兔，汝身属蛇"，言语间沁着浓浓的母子情和家庭生活的气息。执笔者这样写，大概出于增加信件可信度的考虑。

属鼠的老大比属兔的老二大了三岁，属兔的老二又比属蛇的老三年长两岁。这种语言方式，在民间广为习用。明代小说《金瓶梅》第十三回描写：

> 西门庆问妇人多少青春，李瓶儿道："奴属羊的，今年二十三岁。"因问："他大娘贵庚？"西门庆道："房下属龙的，二十六岁了。"妇人道："原来长奴三岁。……"

问年岁，先报属相，小说反映了明代人的习惯。清代小说《聊斋志异》的名篇《婴宁》，描写王生见婴宁，有一段对话：

> 生问："妹子年几何矣？"媪未能解。生又言之。女复笑，不可仰视。媪谓生曰："我言少

新绘十二属相　木印年画　民国　陕西神木

新绘十二属相图，绘刻了辛亥革命后，儿童们自由玩耍的新乐趣。全图绘刻了十二个儿童，各持一种武器，有大刀、长枪、双锏、画戟、铜锤、板斧、宝剑、双刀等，每个儿童各骑一牛、马、羊、鸡、犬等十二种动物属相。儿童开打功架姿势不一，十二个动物俯仰向背各异，构图变化多样，且有条不紊，十分巧妙。

教诲,此可见矣。年已十六,呆痴才如婴儿。"生曰:"小于甥一岁。"曰:"阿甥已十七矣,得非庚午属马者耶?"生首应之。

蒲松龄写狐写鬼,用的却是人间生活的积累,比如《婴宁》这段情节。婴宁鬼母说婴宁十六岁,王生便讲小于自己一岁,嫣紧接着讲:你十七岁,该是庚午年生,属马吧?

这种民间惯常使用的语言方式,也许因为太大众化了,便有自以为高雅的人士,投来白眼,斥之以"俗"。清代王应奎《柳南随笔》记作者的亲身经历:

> 莨山一粟生,执贽谒徐侍郎,侍郎曰:"子年几何?"对曰:"属狗。"一时传笑。余有四子,友人曾以年询。余对以长属某,次属某,又次属某,最幼属某。座客某闻之,私谓余曰:"子号读书,奈何出辞若是之鄙,类莨山粟生乎?"余曰:"此余用五代时宇文护母书中语也。"因检书示之,某为之面赤。

讲自己属狗而成了笑柄的那个人,只因场合不对,语言环境不对——他是在拜谒高官。尽管如此,那个自言"属狗"的人真该被讥笑吗?王应奎持反对态度。他故意坚持这种表达方式,以生肖表示年岁,历数自己四个儿子属某属某。就有人私下里提醒他:您是读书人,为何用语那么"鄙"?王应奎翻书找出宇文护母亲的信,以证明属鼠属蛇的说法,有经可引有典可据,并不"鄙"。

每人都有属相,讲年龄的大小而言及生肖,绝不会被认为节外生枝。《唐国史补》记有趣事一则:

> 陆长源以旧德为宣武军行军司马,韩愈为巡官,同在使幕,或讥其年辈相辽。愈闻而答曰:"大虫老鼠,俱为十二相属,何怪之有!"旬日传于长安。

贞元年间,董晋任宣武节度使,朝廷派陆长源任行军司马辅佐董晋,韩愈则为推官。韩愈

牛　面塑　1992年征集　山西定襄
牛在农业生产中占有重要的地位,因此民间艺术中常以春牛表达农民对耕牛的深厚情感,也寓示新的一年五谷丰登。

牛年造作置
田園萬頃春耕事
益繁
四海農夫歌
大有
榮華富貴自
迎門 小山

生肖年寄语（丑年） 年画屏条（半绘半印） 清末 天津杨柳青

　　通过寄语生肖年表达美好的愿望。牛年寄语：牛年造作置田园，万顷春耕事益繁，四海农民歌大有，荣华富贵自迎门。

十二生肖艺术丛书·丑牛

十二生肖石雕　山东荣成　天无尽头　景区　吴本华摄

幽默，他听到有人讲年龄悬殊，资历辈分，不以为然地说：大老虎、小老鼠都可以同列于十二相属，还有什么可奇怪的呢？十二相属即十二属相。韩愈的话，以十二生肖说资历差别，表现为巧妙的调侃，一时成为佳话，十天里由汴州传及长安。

生肖与生俱来，相伴终生。人们不会忘记自己属什么，就如同不会忘了自己姓何名谁。相逢问年岁，答以属鼠，答以属牛，言者闻者自有一种默契，这沿袭为风俗。当代作家汪曾祺写过一篇不足千字的微型小说，题目为《去年属马》。作品讽刺"文革"中的红人——一个幼时流浪、不知父母是谁的"全无文化者"，有三个情节：他分不清石油、食油，听说大庆油田出油，欢呼"吃炸油饼可以不交油票了"；他闹不清"文革"时事，说刘少奇改名叫"刘邓陶"了；再一个情节，当年他做俘虏，成了"解放战士"，人事干部为他填表，问岁数，他答不知道，又问："那你属什么？"他答："去年属马。"——一个人生于午年而属马，那是他一辈子的属相。"去年属马"，难道今年就不属马了吗？小说以夸张的手法，勾勒出一个浑浑噩噩的人。作品中"去年属

马"的细节，对于刻画人物，可谓精彩之笔。这一情节的前提，是生肖知识实属人生最基本的常识。对于与生俱来的属相，一个成年人闹出那样的笑话，似乎是不可思议的。

"子鼠丑牛，寅虎卯兔，辰龙巳蛇，午马未羊，申猴酉鸡，戌狗亥猪"，像是童谣，又像"一二三四五"，在数数。这样的文化熏陶，人们大多在幼儿启蒙时期已得到了。由此，也就知晓了自己属相的左邻右舍、前后位置，晓得了我的生肖与他的生肖、你的生肖，在这个纪岁序数系统中的相互关系。说属相，知年岁，需要具备这样的常识。

数属相，可以点着指头来数。其方法有二。在东北一些地方，人们习惯于用一只手的拇指，指点其余四指来数。食指、中指、无名指和小指，每指三个指节，共十二个指节，正好为生肖数。食指指尖为子鼠，向下为丑牛，再下为寅虎；中指由下向上数，指肚为卯兔，指中为辰龙，指尖为巳蛇；无名指由上向下数，午马、未羊、申猴；小指由下向上数，酉鸡，戌狗，数到指尖为亥猪。另一种方法，数指尖和指节，在手掌上转着圈数，恰好十二生肖一循环。

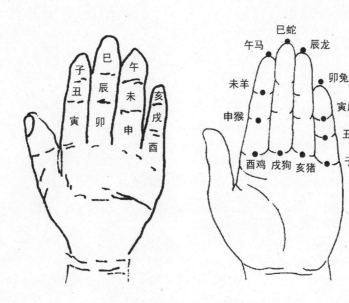

以左手十二指节或指节和指尖推算生肖

十二生肖星宿说

刘孝存

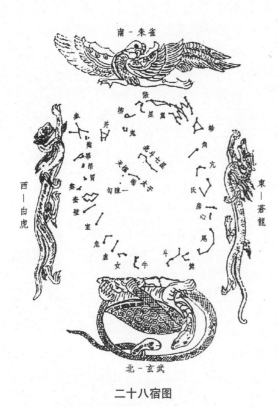

二十八宿图

属相，也叫生肖。

它是代表十二地支而用来记人的出生年的十二种动物。这十二种动物是：鼠、牛、虎、兔、龙、蛇、马、羊、猴、鸡、狗、猪。

我国古代有六种历法，即：黄帝历、颛顼历、夏历、殷历、周历和鲁历。夏历原为夏族地区使用的历法，其特征为年、月长度都依据天象而定，以月球绕地球一周的时间（29.5306）为一月，以地球绕太阳一周的时间（365.2419天）为一年；为使一年的平均天数与回归年的天数相符，设置闰月。夏历实际是阴阳历，一般就叫阴历，也叫农历或旧历。夏历以建寅之月为正

月，用天干、地支编排年号和日期。

天干，共十个字，因此也被称为"十干"，其排列顺序为：甲、乙、丙、丁、戊、己、庚、辛、壬、癸。地支，共十二个字，其排列顺序为：子、丑、寅、卯、辰、巳、午、未、申、酉、戌、亥。

属相（生肖）的十二种动物与十二地支相配合，便是子鼠、丑牛、寅虎、卯兔、辰龙、巳蛇、午马、未羊、申猴、酉鸡、戌狗、亥猪。

如此，知道一个人的出生年，使可推知一个人的属相；反之，知道一个人的属相，也可推知一个人的年龄。

二十八宿之牛金牛　年画（局部）

许多人都知道十二属相，但人们却很难说出十二属相的由来。同时，人们还常常会发出疑问：动物有那么多种，为什么偏偏选择了这十二种？而且打头的既不是腾云驾雾的龙，也不是号称"百兽之王"的虎，却偏偏选中这小小的鼠？

有人认为，十二属相源于二十八宿文化。

二十八星宿，也称"二十八舍"、"二十八次"。它是我国古代天文学家为观测天象和日、月、星辰在天空中的运行，在黄道（地球一年绕太阳转一周，从地球看成太阳一年在天空中移动一圈。依此，太阳这样移动的路线叫作"黄道"）或天球赤道（地球赤道延伸到天上）附近先后选择的作为观测点的28个星宿。

二十八星宿按东、西、南、北四方，等分为四组；每组与想象中的"动物"相配，称为"四象"，又称"四维"、"四兽"、"四方神"。分别为：苍龙（青龙）、白虎、朱雀、玄武。

东方苍龙七宿为：角、亢、氐、房、心、尾、箕。其组成的形象好似一条苍龙。

北方玄武七宿为：斗、牛、女、虚、危、室、壁。其组成的形象如同金龟。

西方白虎七宿为：奎、娄、胃、昴、毕、觜、参。其组成的形象好似一只斑斓猛虎。

南方朱雀七宿为：井、鬼、柳、星、张、翼、轸。其组成的形象有如一只展翅的朱雀。

汉四神瓦当

十二生肖艺术丛书·丑牛

四象或四方神，在古代曾被用于军队列阵；战国时代，便有"前朱雀后玄武，左青龙右白虎"之说。道教兴起之后，青龙、白虎、朱雀、玄武，成为道教的护法神。在道教胜地——四川青城山，便有这些人格化了的护法神傲然而立。

我国古代认为，二十八宿各代表一种动物，即：角为蛟、亢为龙、氐为貉、房为兔、心为狐、尾为虎、箕为豹；斗为獬、牛为女、女为蝙、虚为鼠、危为燕、室为猪、壁为貐；奎为狼、娄为狗、胃为雉、昴为鸡、毕为乌、觜为猴、参为猿；井为犴、鬼为羊、柳为獐、星为马、张为鹿、翼为蛇、轸为蚓。

道教将二十八宿列为尊神，即：角木蛟、亢金龙、氐土貉、房日兔、心月狐、尾火虎、箕水豹、斗木獬、牛金牛、女土蝙、虚日鼠、危月燕、室火猪、壁水貐、奎木狼、娄金狗、胃土雉、昴日鸡、毕月乌、觜火猴、参水猿、井木犴、鬼金羊、柳土獐、星日马、张月鹿、翼火蛇、轸水蚓。

道教二十八宿尊神的名字，实际上是星宿、动物名称与五行（金、木、水、火、土）加日、月合璧。是我国的生肖文化、二十八宿（星宿）文化与阴阳五行文化的融合。

由于二十八宿中的二十八种动物，包含着十二属相中的动物，因此有人认为十二属相源于二十八宿。也就是此说认为，十二属相源于星宿学。这是极有可能的。据有关资料表明，我国古代将天上的星辰分为三垣（紫微垣、太微垣、天市垣），二十八宿始于战国，属相可能始于东汉。既然十二属相与人的年龄（年，与天体星的运转有关。阴历，月球绕地球一周的平均时间为29.5306天；阳历，地球绕太阳一周为365.24219天，阳历定一年365天，分为12个月，一、三、五、七、八、十、十二月为大月，每月31天；四、六、九、十一月为小月，每月30天；二月为28天）密切相关，且与计时的地支相配合，那么，它与天体星宿学肯定有着很近的"亲缘关系"。

二十八宿　雕塑　宋代　山西晋城玉皇阁

二十八宿 塑像秘谱 河北

中国古代天文学家，分周天之恒星为三垣二十八宿。汉明帝三年（公元60年）诏命图写二十八将为上天二十八宿下凡。道教宫观亦常塑二十八宿于玉皇庙，以作玉皇大帝的卫队，侍立于庑殿两旁。

图选灵台二十八将中的八人。每图冠以星宿之名。上图为房日兔耿弇、柳士獐任光、危月燕坚镡（两像）；下图为星日马李忠、角木蛟邓禹、氐土貉贾复、壁水貐臧宫。

十二生肖艺术丛书·丑牛

二十八宿

戴敦邦 绘

　　中国古代天文学家把天空中可见的星分成二十八组，叫二十八宿，东南西北四方各七宿。东方苍龙七宿是角、亢、氐、房、心、尾、箕；北方玄武七宿是斗、牛、女、虚、危、室、壁；西方白虎七宿是奎、娄、胃、昴、毕、觜、参；南方朱雀七宿是井、鬼、柳、星、张、翼、轸。

　　二十八宿又称为二十八星或二十八舍。最初是古人为比较日、月、金、木、水、火、土的运动而选择的二十八个星官，作为观测时的标记。古人将黄道（把太阳一年在天空移动一圈的路线称为"黄道"）附近的星空划分成若干个区域，称之为二十八宿，又将这二十八宿按方位及季节和四象联系起来。东北西南四个方位分作四组，每组七宿，分别与四种颜色、五种四组动物形象相匹配。

角木蛟　　亢金龙　　氐土貉　　房日兔

心月狐　　尾火虎　　箕水豹　　斗木獬

牛金牛　　女土蝠　　虚日鼠　　危月燕

室火猪　壁水貐　奎木狼　娄金狗

胃土雉　昂日鸡　毕月乌　觜火猴

参水猿　井木犴　鬼金羊　柳土獐

星日马　张月鹿　翼火蛇　轸水蚓

牛与十二生肖

李露露

春牛图 剪纸

我国人民由于长期从事农业生产，对牛是很熟悉的。人们最喜欢的动物是牛，生产最离不开的是牛，生活最需要的还是牛。提到人们的生辰八字，当然也离不开牛，因为牛是十二属相之一，这就使牛与人类结下了不解之缘。为了认识牛在生肖文化中的地位，必须先从生肖谈起。

十二生肖，古代多有称呼，计有十二禽、十二兽、十二属、十二神、十二物、十二虫、十二属相等。

自从盘古开天地，三皇五帝到如今，每个炎黄子孙，都有一个属相，各有一个生肖。所谓生，指人的生年，肖指人的形象，古人认为一个人生于何年，就与该年所配的动物相肖，于是把该动物作为自己的属相。因此，生肖是一种形象符号，是十二种动物为标识的序数记号，其含蕴是极其丰富的。

那么，十二生肖是何时起源的？又起源于什么地区？历来为学者所争论。郭沫若认为中国的十二地支起源于巴比伦黄道十二星座，十二生肖也起源于巴比伦，希腊、埃及均有之，而其制均不甚古，无出于世纪后百年以上者，意者

此殆汉时西域诸国，仿巴比伦黄道之十二宫而制定之，再向四周传播者也。郭沫若的见解是，生肖之说为中亚地区居民模仿巴比伦黄道十二宫而制定，其传入中国的时间，约在汉武帝通西域之时。这就是十二生肖外来说。黄道十二宫指以白羊、金牛、双子、巨蟹、狮子、室女、天秤、天蝎、人马、摩羯、宝瓶、双鱼等，十二宫取数十二而成系统，又以动物为名称，与中国十二生肖相拟，但是又不相同，黄道十二宫以年为周期，每年均有金牛、白羊，又或者双子，不能表示年份，十二生肖既可纪年，又可纪岁。因此，无论中国的天文学家还是民族学家，都反对十二生肖外来说观点。

我国对十二生肖的起因，有种种说法，有"不足之形"说：如宋代《因话录》、明代《草木子》都说鼠无牙、牛无齿、兔无唇、龙无耳、蛇无足、马无胆、羊无瞳、猴无臀、鸡无肾、犬无胃、猪无肋，认为把不足之形的十二种动物凑在一起，就形成了生肖，但是这种说法得不到动物学家的支持。还有一种以趾爪偶奇或阴阳来解释生肖起源的说法，但是阴阳学说兴起较晚。郎瑛在《七修类稿》中则提出生肖起源于动物的习性。近人则把生肖分为六组，两种生肖为一组，念起来顺口，但这也不是生肖的源头，而是一种流派。还有一种认为生肖起源于图腾，不过，图腾兴盛于母系制时代，当时还无牛、马，同时图腾并不是一种放之四海而皆准的真理，只是世界局部地区的原始信仰。

应该说，中国史前时代各民族喜欢以动物为族徽，这些动物往往与感生信仰有关，即认为这种或那种动物与自己的女始祖交合才生育了人类。上述信仰对生肖也有一定的影响。但生肖是一个历史产物，从发生到形成经过了长期的

历史过程，最初发端于氏族时代，经商周、秦汉时代的发展，到东汉时期才最后形成。

从天文上说，牛是二十八宿之一，星宿是指若干颗恒星组成的星座，共有二十八座，它们沿黄道分布于周天，成为人们观测日月星辰运行的座标。在二十八宿中，以方位分为四象：

东方角、亢、氐、房、心、尾、箕，被想象是一条苍龙。

北方斗、牛、女、虚、危、室、壁，被想象是子龟和蛇。

西方奎、娄、胃、昴、毕、觜、参，被想象为是一只白虎。

南方井、鬼、柳、星、张、翼、轸，被想象为是朱雀。

由此看出，四象在二十八宿中占有重要地位，分出东西南北，各有标记。张衡《灵宪》："苍龙连蜷于左，白虎猛踞于右，朱雀奋翼于前，灵龟圈首于后。"牛是二十八宿之一，这是生肖有牛的根据之一。宋元之后，人们又为二十八宿找出二十八种动物形象，如同十二地支各有属相一样。

李长《松霞馆赘言》曰："二十八宿之属，其义何居？曰：即前十二属加一倍者也。亢金龙，辰宫也，角木蛟附焉。蛟，龙类也。房日兔，卯宫也，氐土貉、心月狐附焉。貉、狐，兔类也。尾火虎，寅宫也，箕水豹附焉。豹，虎类也。牛金牛，丑宫也，斗木獬附焉。獬，牛类也。虚日鼠，子宫也，女土蝠、危月燕附焉。蝠、燕，鼠类也。室火猪，亥宫也，壁水㺄附焉。㺄，猪类也。娄金狗，戌宫也，奎木狼附焉。狼，狗类也。昴日鸡，酉宫也，胃土雉毕月乌附焉。雉、乌，鸡类也。觜火猴，申宫也，参水猿附焉。猿，猴类也。鬼金羊，未宫也，井木犴附焉，犴，羊类也。星日马，午宫也。柳土獐，张月鹿附焉。獐、鹿，马类也。翼火蛇，巳宫也，轸水蚓附焉。蚓，蛇类也。"

从中看出，这是以十二生肖为基础，又增加了相类的动物，凑成二十八种，以配合二十八宿。其中出现的生肖动物有：亢金龙、房日兔、尾火虎、牛金牛、虚日鼠、室火猪、娄金狗、昴日鸡、觜火猴、鬼金羊、星日马、翼火蛇。每一种名目，均为三种因素的拼合。以"亢金龙"为例：亢，东方七宿中的亢宿；金，七曜（日、月和金、木、水、火、土星）之一；龙，所取动物形象。

在先秦的古籍中，已经有生肖的记载，但是记录简单、零碎，如《诗经·小雅》有"吉日庚午，既差我马"之句。《毛诗注疏》："午为马"。

二十八宿　木版年画　天津杨柳青　俄罗斯列宁格勒图书馆藏

《左传·襄公十四年》记载有陈国两位贵族被杀，他们的名字为庆虎和庆寅。古人取名，父子或兄弟的名字字异而义同。庆寅、庆虎二人，一"寅"一"虎"，可能是取义于生肖。

最有力的史料是实证，即考古资料。近年的考古发现推翻了郭沫若关于生肖文化在汉武帝通西域时传入的推论。1975年，湖北省云梦县睡虎地十一号秦墓出土一批竹简，其中的内容《日书》载有十二生肖的内容：子，鼠也，盗者兑口希须，善弄，手黑色，面有黑色，疵在耳。丑，牛也，盗者大鼻长颈大辟臑而偻。寅，虎也，盗者状，希须，面有黑焉。卯，兔也，盗者大面头颏。辰，盗者男子，青赤色。巳，虫也，盗者长而黑蛇目。午，鹿也，盗者长颈小胻，其身不全。未，马也，盗者长须耳。申，环也，盗者圆面。酉，水也，盗者而黄色，疵在面。戌，老羊也，盗者赤色。亥，豕也，盗者大鼻。《日书》是一部占卜书。描述的是根据生肖推测盗贼的相貌体形，这当然是迷信，但是它的可贵处是记录了当时的生肖，这是迄今发现年代最早的关于生肖的较完整记载。秦简的记载，十二地支齐全，除了辰一项漏抄生肖，其余十一地支均记有属相。子鼠、丑牛、寅虎、卯兔、亥猪，这五种生肖与今相同，巳为虫，申为环，酉为水，也可做出巳蛇、申猴、酉鸡的解释；《日书》午为鹿，未为马，戌为老羊，可能是楚地十二生肖的特色。

《日书》成书于秦始皇称帝之前。过去讲中国生肖的起始资料，都以王充的《论衡》为据，《日书》比《论衡》早三个世纪，但是十二生肖到东汉才完善。

东汉王充对十二生肖的描述，已与今相同。《论衡·物势篇》："寅，木也，其禽，虎也。戌，土也，其禽，犬也。午，马也。子，鼠也。酉，鸡也。卯，兔也。……亥，豕也。未，羊也。丑，牛也。……巳，蛇也。申，猴也。"

东汉的蔡邕在《月令问答》也谈到十二生肖。"凡十二辰之禽，五时所食者，必家人所畜，丑牛、未羊、戌犬、酉鸡、亥猪而已。其余龙虎以下，非食也。春，木王，木胜土，土王四季。四季之禽，牛属季夏，犬属季秋，故未羊可以为

春食也。夏，火王，火胜金，故酉鸡可以为夏食也。季夏，土王，土胜水，当食豕而食牛。土，五行之尊者；牛，五畜之大者。四行之牲，无足以配土德者，故以牛为行夏食也。秋，金王，金胜木，寅虎非可食者，犬豕而无角，虎属也，故以犬为秋食也。冬，水王。水胜火，当食马，而礼不以马为牲，故以其类而食豕也。"此处的"十二辰之禽"也就是十二属相，蔡邕谈一年里不同季节选择食肉时，就是根据生肖提出的，当然也应用了五行说，涉及丑牛、未羊、戌犬、酉鸡、亥猪和寅虎六种生肖。还涉及龙、马两种生肖动物，将马与五行中火相对应，隐含着午属火的意思，间接讲到午马的内容。

东汉时期的生肖，不仅有文献记录，在当时墓葬中还发现了十二生肖陶俑，画像石、画像砖上也有十二生肖。其中的生肖俑通常是依照十二辰各自所代表的方位，如子鼠正北，午马正南等。1971年湖南湘阴一座唐代墓葬中出土生肖十二件，其分别默伫于墓壁四周的小型壁龛内，是用来表示方位的。

自从东汉生肖定型以后，生肖一直在社会生活中传播着，发展着，在文物制度上多有表现。在山西太原南郊发掘一座北齐墓，壁画上就有生肖形象，各种动物是按十二生辰方位秩序排列的，正北方为子鼠，东面为寅虎、卯兔，兔侧为虎。

隋唐五代时期生肖也很流行，隋代王度《古镜记》："凡遇精魅，照之无不变形，立毙，魔托故乐为'天镜'。"该镜背面为龟、龙、凤、虎，外为八卦和十二生肖。长沙出土的唐镜，中间为龟，外为八卦，再往外为十二生肖，与隋代天镜相似。在中国历史博物馆通史陈列中有隋代十二生肖瓷俑，人身兽首造型均作持笏之状。例如，子鼠俑人身鼠头，双手持笏胸前。过去甘肃敦煌出土一件《推十二时人命相属法》写本，其中也有不少十二生肖资料。陕西彬县发掘一座五代墓，出土一件墓志，上面刻有蔓草、八卦和十二支神，这些神为十二个人物，每个人的帽子上都绘一种生肖，这也是一种十二生肖的表现形式。

在宋代农书、钱币上多有牛的形象。我国

出土了不少宋代的生肖铜镜。1985年陕西岐山孟家堡出土一件宋代生肖铜镜。直径7.2厘米，铸有扁平钮，钮周围分三组，每组四种生肖动物。

元代时期也非常重视生肖文化，在蒙古族的最早史书《蒙古秘史》已利用生肖纪年、纪月、纪日。云南巍山出土一件火葬罐，上部为浅浮雕花草纹，并配以十二生肖，下为莲花图案，可见这是元代生肖的反映。

明清时代有关生肖的文物就更丰富了。值得提出的是清人任预绘的《十二生肖图册》。

任预，清末人，一名豫（1853-1901），字立凡，号消消庵主人，浙江萧山人，是清代著名画家，为画坛"沪上三熊"之一的任熊之子，任伯年之族弟，号称"四任"之一。任预所绘《十二生肖图册》，纸本，设色，绘于光绪二十二年（1896）。每幅画的意境、情节、隐寓典故都有一定表现，其中《牛图》，画一头牛，是水牛形象，牛背上有一位牧童，牛在向水塘走去，两边草木沙沙作响，牧童在放风筝，但是线已断，不知风筝飞向何去。这幅图表现的是"青云得路"、

"春风得意"的意思，谓有志之士可一路顺风，可以达到理想的彼岸之寓意。

西安市郊唐墓出土彩绘十二生肖俑

末代皇帝月历图　彩色套印年画　上海　俄罗斯科学院民族学博物馆藏
此图是溥仪尚未退位时的一幅月历画。反映了辛亥革命前，清廷政府冗员尤多之现象。

丑牛的迎春风俗

吴裕成

春牛 剪纸

宋代王应麟论十二生肖之源，以"季科出土牛"为书刊号属牛的例证。土牛古俗见于《后汉书·礼仪志》中，其讲季冬月份：

> 是月也，立土牛六头于国都江堰市郡县城外丑地，以送大寒。

长冬漫漫，人们盼春归思春暖，恨不得一下子走出冬寒，这便产生了出土牛送走寒气的说法。《礼记·月令》也载："季冬之月，命有司大傩旁磔，出土牛，以送寒气。"郑玄注："土牛者，丑为牛，牛可牵止也。"指出土牛习俗与十二生肖丑属牛有关。《月令章句》则强调了季冬之月建丑：

> 是月之建丑，丑为牛。寒将极，是故出其物

类型象，以示送达之，且以升阳也。

综上所述，季冬出土牛的依据，全在于丑、牛关系。这体现在三个方面。其一，方位的想像：丑地。十二地支将遍周划分为十二方位，丑的方位在北方偏东。立土牛于"城外丑地"，大概因为在古人看来，丑的方位即牛的方位，最是土牛要去的方向。其二，时间的想像：丑月。季冬为十二月份，这是斗建指丑的月份，也可以称为属牛之月。其三，借力的想像——即郑玄注《礼记》所言"丑为牛，牛可以牵止"，此时塑牛，企望它拉走寒冬。

关于土牛的符号意义，明代方以智《能雅·天文》引了这样的话："土胜水，牛善耕。胜水，故可胜寒气；善耕，故可以示农耕之早晚。"土牛，土与牛两个符号的组合。牛表示农耕意义；同时，牛又是丑的属相。至于土，依五行之说，冬属水，土克水。土形之于牛——含着地支丑，丑五生属土；再加上时间在丑月、方位为丑地，均是土行的符号。土牛送大寒，正是借助土克水的想像。

冬去春来。土牛送寒气之外，另有春牛风俗，如《后汉书·礼仪志》所记："立春之日，夜漏未尽五刻，京师百官皆衣青衣，郡国县道官下至斗食令史皆服青帻，立青幡，施土牛耕人于门外，以示兆民。"按照五行之说，青为春之方色。官员们着绿衣——在春的庆典上，那就是春的礼服。立春之牛的使命不再是送冬，而是劝耕。你看，与土牛做伴的，不是还有耕人吗？

季冬土牛习俗，后来与迎春习俗合二为一，土牛成了劝耕的春牛。宋代袁文《瓮牖闲评》说

> 出土牛以送寒气，此季冬之月也。牛为丑

神，出之所以速寒气之去，不为人病耳。而今乃用于立春之日，皆所不晓。

牛为丑神，出土牛是希望加快冬寒的消退。土牛之日向后移，及至立春，送走寒气的本来意义便无从谈起了。出土牛于立春日，至迟在唐代已成风俗。唐代常惟坚《立春出土牛赋》：

月周于纪，水次于行，其候凛冽，其气清英。候岁阴之将尽，复阳春之裁萌。知北陆之寒光尚敛，喜东郊之暖气先迎。是以候雁思朔，潜鳞或惊，裂金犬以诸助气，策土牛以示乃发生。故知丑以牛为用，牛以土为质。合阴阳之妙旨，齐冬夏之秘术。

因是立春的节俗，所以有了"暖气先迎"的话语，鞭土牛"以示乃发生"，也纯粹属于春天的话题。至于"丑以牛为用，牛以土为质"，已非原本土牛的意义了。这篇赋的题目，"立春"和"出土牛"兼备，也反映了古俗新风的演变。至宋时，庄绰《鸡肋编》记，季冬立土牛于丑地以送大寒的习俗，"今时无行者"。春土牛不同于

春牛　剪纸　河北蔚县

冬土牛，清代青城子《亦复如是》分析说：

春牛即古之土牛，所谓"出土牛以送寒气"是也。牛为丑神，出之所以速寒气之去，不为人

牧牛　面花　山西定襄

十二生肖艺术丛书·丑牛

迎春

庚辰仲夏
云间弴嶷
宴

迎春 中国画 现代 程十发作

病。但此乃季冬之月事也，而今乃用于立春之日，其义何昉遂著为定例，殊不可晓。说者谓即出土牛之遗意。以牛为春耕必需之物，故于立春日出之。若然，则失其旨矣。

春的土牛习俗能够掩蔽冬的土牛习俗，世人对牛的认知起了决定性作用。这认知，就是牛与农耕密切关联。与以牛送冬寒相比较，以牛耕作更重要，并且更实际，更实在。季冬出土牛怎么能够送走大寒，要靠玄妙的联想；而牛拉犁犁开土地，播下庄稼种子，却是真真切切的。一年之计在于春。立春之日劝农耕，牛是最恰当不过的标志了；新春祈年祝丰收，牛是最具代表资格的吉祥物了。宋代《游宦纪闻》记："相传云：'看牛则一岁利市。'"立春的土牛真是寄托了新年新希望。

季冬土牛与孟春土牛，两俗合一俗，并且能够流传开来，自然有其依据——人们对此风俗有了说法做出了诠释。清嘉庆十二年四川《马边厅志略》所记，就反映了这种情况：

其义则季冬月建丑，丑为土属牛，故塑土以象牛。鞭之者，欲阳气破土而畅达以成春也。帝德甘重于民食，春畴端资夫牛力，牛秉丑之气，协刊之贞，独能赞土德而佐农功，物理与天时、人事固有自然吻合者，是以自古帝王著斯典礼，历代遵而不废，义至精也。

"丑为土属牛"，用来解说季冬土牛——建丑之月，以土塑牛，而不是塑马或塑羊，正因为"丑为土属牛"这一条。至于孟春土牛，先说牛是耕畜，讲实实在在的牛；再以阴阳五行哲学讲牛，所谓"秉丑之气"、"协坤之贞"、"赞土德"，列举牛与地支丑、五行之土的对应关系，并将春牛的意义归结为"佐农功"。对鞭牛的解释，一方面讲鞭的是"季冬月建丑"之牛，一方面又说鞭牛的作用在于"欲阳气破土而畅达以成春"——打碎土牛，是为使阳气发散，促成春天。汉代人的"土牛送寒气"，只不过着眼于快快打发走冬天，这对古人来说，虽然是有意义的，但是与春牛的"成春"、"佐农功"相比，便显逊色了。

再加上劝农之说，早春的土牛，比残冬的土牛更具社会意义，春土牛得以"兼并"冬土牛，而成为唐宋以后的土牛鞭春风俗。

于是，立春之际塑牛，成了一年一度的节目。那牛一定要彩塑，但涂红涂绿，却非随心所欲。宋代向孟《土牛经》说，以当年天干的五生之色涂牛头，以地支之色涂牛身，以纳音之色涂牛腹，还要以立春当日天干之色涂牛蹄。假令干支甲子，甲属木，色青；子属水，色黑；纳音金，色白。这样一来，人们看到的，往往会是青红皂白黄，五色俱备的彩塑牛。即便碰不上五色齐全，干支及五行归属也是画满了身的。

敷彩当然不只是为了漂亮。清嘉庆年间刻本《浏阳县志》："黄主谷，黑主风，红主日，白主水。然其色不过取立春日支干纳音为之，不足为据也。"虽说不足为据，这本县志还是记录了当年民俗实况："乡民多相率入城竞观，以牛色占岁"。

土牛的尺寸有讲究，所谓"土牛式"的规定是：胎骨用桑柘木，身高四尺象征四时，长三

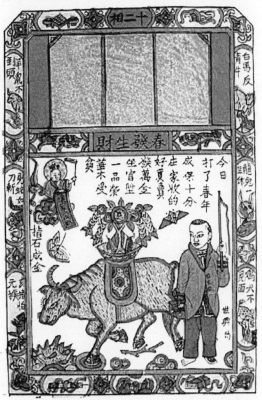

春发生财 木版年画 清代 陕西凤翔

丑牛的迎春风俗

新疆巴里坤打春牛的新春习俗

尺六寸象征360天，头至尾长八尺象征八节，即春分、秋分、冬至、夏至、立春、立夏、立秋、立冬，尾长一尺二寸象征十二个月。《后汉书·礼仪志》所记"耕人"，则演变为芒神角色。芒神即句芒，是掌管万物萌生的春神。塑芒神立在春牛旁，其体量与着色，则有"芒神式"可依。如，缰长七尺二寸，象征七十二候；鞭用柳枝，长二尺四寸象征二十四节气，等等。宋代已颁《土牛经》，清代时钦天监每年绘制颁发"春牛芒

神图"，州县依图样塑春牛芒神。

彩塑牛摆在那里，只供参观吗？否。苏轼《梦中作祭春牛文》写道："三阳既至，庶草将兴。爰出土牛，以戒农事。衣被丹青之好，本出泥涂；成毁须臾之间，谁为喜愠？"春牛彩塑，"成毁须臾之间"，说的是鞭打土牛——"州县官更执鞭击之，以示劝农之意"。

虽说那仪式上是要由地方官执鞭的，但百姓们不免跃跃欲试。将彩牛起码打得粉碎，也不是坏事。碎成土块，正好你争我夺，哄抢而光。抢土何用？人们说，那是"土牛之肉"，自有神奇妙用。《鸡肋编》记，"河东之人乃谓土牛之肉宜蚕，兼辟瘟疫，得少许悬于帐上，调水以饮小儿"。土牛之土不仅可以从中保佑养蚕丰收，还能防疫，调水服用，简直成了一味良药。清道光年间广西《廉州府志》记："迎春日竞看土牛，夺牛腹稻草，云养豕肥。"塑牛要扎架子，缚稻草，最后敷泥成型。鞭春时，抢到手的牛腹里的稻草也被视为宝贝，据说用它喂猪，肥猪满圈。1934年甘肃《漳县志》记当地旧俗："邑宰鞭土牛（俗称"打春"）既毕，农人争取土牛作槽枥，以为六畜兴旺。"清光绪二十年云南《鹤庆州志》还记：

"迎春日，争取土牛土，书吉语于门，当宜春字。"抢得土坷垃在家门上写句吉祥话，人们相信会顺心遂意的。在陕西，"用牛土书字于门，曰镇宅"，土牛之牛还被赋予辟邪功能。这载于清雍正年间《陕西通志》。据潘金华《鹤庆和族宗教习俗概况》，鹤庆旧时有抢春牛之土当畜药节约人力物力的风俗，民国初年为降低成本，春牛由泥塑改为纸糊，迎春牛的典礼上，人们照样争相获取"宝物"，"拎点纸片、竹片，依然当做畜药"。

春鞭土牛的场景，宋代吕陶写入《观打介牛和韵》诗中：

> 块然形质本何殊，似为春来出旧墟。
> 以色配年疑未可，与耕为假信非虚。
> 升阳盖自寅正始，取类还当丑位初。
> 但得碎身资稼事，岂须功效载农书。

"但得碎身资稼事"，讲的是打春牛，倒也未忘点出"取类还当丑位初"，毕竟这是与丑牛

女十忙（之一） 年画 陕西凤翔

男十忙（之一） 年画 陕西凤翔

据凤翔《西凤世兴局》记载，凤翔木版年画始于唐宋，盛于明清，以古朴优美、风格独特的面貌在中国木版年画中独树一帜。黄土高原古老灿烂的传统文化深深地渗透在凤翔木版年画之中。

表现普通劳动人民的《男十忙》、《女十忙》，每一幅画面上都有7至10个人物，运用传统的平面化、装饰化构图，人物在画面中分布得自然、均衡而又富于变化，点线面和色块的对比很有节奏。人物动作内容来自劳动生产，纺线、织布、锄地、收获，表现得真实而亲切。这是民间木版年画从迷信的束缚和缠绕中解放了出来，创作出真正反映当时劳动人民生活的画面，它反映出强烈的时代特色和对劳动及劳动者的热爱与称颂，也是中国民间木版年画中属于创作部分的一个亮点。

立春鞭春牛

李露露

大顺

鞭春牛，又名鞭土牛，唱春牛，跳春牛，春牛会。此俗起源甚古。高承《事物纪原》："周公始制立春土牛，盖出土牛以示农耕早晚。"周族是农业民族，统治者又重视农业，周公制鞭牛之礼是完全可能的。《周礼·月令》："出土牛以送寒气。"汉代鞭春牛已相当流行。《后汉书·礼仪志》："立春日，……京师百官皆衣青衣，郡国县道官下至斗食令吏皆服青帻，立青幡，施土牛，耕人于门外以示兆民。"以后一直沿用下来，宋仁宗颁布《土牛

经》后，鞭春牛之风日益活跃，遍及乡里。康熙《济南府志·岁时》："立春日，官吏各具彩仗，击土牛者三，谓之'鞭春'，以示劝农之意焉。为小春牛，遍送缙绅家，及门鸣鼓乐以献，谓之'送春'。"鞭春牛是立春节的活动，是春耕伊始的标志，最初的鞭春牛可能用的是真牛，后改为土牛，清末时期又改用纸牛，即以竹为骨架，外糊以纸。

春牛的形象有一定规定，也是根据干支来制作的。清人阮葵生《茶余客话》卷十三"立春鞭土牛，必备五方之色。宋景祐元年颁《土牛经》，丁度作序。其法以岁之干色为首，支色为身，纳音为腹。以立春日干色为耳、角、尾。支色为胫、纳音色为蹄。至今遵之。"在《钦定日下旧闻考》卷一百四十七有"造春牛法，日短至，辰日，取土水木于岁德之方。木以桑柘，身尾高下之度，以岁八节四季，日十有二时，踏用府门之扇，左右以岁阴阳，牛口张合，尾左

春牛图 年画 天津杨柳青

右缴。芒立左右，亦以岁阴阳，以岁干支纳音之五行。三者色，为头身腹色，日三者色，为角身尾，为膝胫，为蹄色。以日支孟春季为笼之素，柳鞭之结，子之麻苎丝。牛鼻中木，日拘脊子，桑柘为子，以正月中宫色为其色也。"也就是说，牛头以立春年的干支确定，身躯以年的地支来确定颜色，腹色以年纳音决定，耳、角、尾配立春日干支，胫色配立春日地支，蹄色配立春日纳音，牛嘴阳年张开，阴年合拢，牛尾阳年左摆，阴年右摆。干支由五种物质组成，备有其色，即金为白色，木为青色，水为黑色，火为红色，土为黄色。根据其相对应或相克关系，决定春牛的形象。以戊申的春牛而言，其中就有许多讲究：

戊属土，土呈黄色，牛头为黄色；

申属金，金呈白色，牛身为白色；

立春年纳音属土，牛腹为黄色；

立春日干属金，金为白色，牛角、耳、尾俱白；

立春日支属木，木为青色，牛胫为青色；

立春日纳音属木，木为青色，牛蹄为青色；

戊申系阳年，故牛开口，牛尾左缴，阴年则牛口合，牛尾右缴。

立春日干属金，克金者火，火呈红色，牛笼头，拘绳皆为红色；

戊申系阳年，牛踏板用县衙门左扇门。

从上述事实看出，清朝每年六月都责成钦天监按年建干支，推算次年春牛之颜色、形象、绘色，制成春牛、芒神图，然后发往各地府县，各地官员再依图绘制春牛、芒神像，由主管祭

春牛得子 剪纸

　　立春贴春牛剪纸，寓意着春天到来，农忙开始，丰收将至。瓜在吉祥剪纸中寓意多子，此幅剪纸的造型，是牛与瓜的组合，这里寓兆丰收之意。

大傩图 宋代

县志·岁时》："比时，装春官者每以丐者充之，翌晨，众官齐集署前鞭牛，曰'打春'。邑令在后，约正在前，各执纸鞭鞭牛，唱：'一鞭曰风调雨顺，二鞭曰国泰平安，三鞭曰天子万岁春'。"这些民谚正是人们鞭春牛的心态。

在立春活动中，起初是由人扮演春神，其首以木雕成，套在人头上，穿上红或白色长袍，胸前开口，可往外看，他牵牛而笑，象征木神促进春耕。这里提出一个问题，即在迎春时必须进行驱傩活动。宋代的《大傩图》就是一幅"活动于立春节令中的迎春歌舞，因此或可称为迎春舞队（或社火）。"其实，自古以来鬼神就是混杂的，又是对立的，请神必须驱鬼，这是一个问题的两方面。为了祈求风调雨顺、五谷丰登，一方面祈求正面的神灵保佑，另一方面又要驱赶走反面的疫鬼。这方面的资料是相当多的。康熙《济南府志·岁时》："（立春日）里人、行户扮为渔樵耕诸戏剧，结彩

春，众人持鞭打春牛，举行隆重的祭春仪式。春鞭又名春杖，宋陈元靓《岁时广记》卷八引《岁时杂记》："春杖事用五彩丝缠之，官吏人各二条，以鞭春牛。"其实，春鞭用料也很讲究，以立春日时间确定，即地支：寅、巳、申、亥用麻，子、卯、午、酉用苎，丑、辰、未、戌用丝。后来也有用彩纸装饰春鞭的。

除大春牛外，还用纸做成一种小春牛，可以互相赠送，作为祈求丰收、驱走寒意的象征。康熙《大兴县志》卷六：近春时，"乃分献别朔小芒神、土牛于各绅士家，谓之送春。"

在鞭春牛时，各地还唱民歌，故有唱春牛之谓。民国《义

春牛舞 广东

为春楼，而市衢小儿，着彩戴鬼面，往来跳舞，亦古人乡傩之遗也。"其中的鬼脸，既是娱乐之举，也是一种傩仪反映。乾隆《雒南县志·民俗》："立春之日，人饮春酒，食白萝卜，谓之咬春，儿童买鬼脸及小春牛以为戏。"这里的面具已具有儿童面具的性质了。在南方民间还有一种燂春，即在立春日，家家户户取樟叶，加少许柴火，然后引为点燃，在阶沿、中堂、房内焚烧，从内而外，作驱赶状，唱歌呼号，最后放爆竹，俗称以火助阳，驱走阴气，这样就会没有害虫，农业丰收，也可使人体安康。可知燂春是

一种古老的打鬼或古傩仪式。

山东潍坊年画中有一幅《春牛图》，上部绘有芒神和春牛，下为二人吃春饼，其上有一段文字："我是上方一春牛，千差万派我下遍地游，不食人间草和料，专吃散灾小鬼头。"从中看出春牛本身就是一种吉祥物，是神灵所使，"专吃散灾小鬼头"。人们不仅送小春牛，还把抢来的春牛土和水，涂在灶上，认为可除邪气，全家平安。在这里春牛又成为一种避邪巫术了。

在其他地区也有自己的春牛形象，如苏州桃花坞的春牛图，在该图其前有一牛郎牵牛，

万象更新春牛大吉　现代　天津

　　"一年复始，万象更新"是过去新年时，贴在门上的一幅春联。《东京梦华录》载："立春前一日，开封府进春牛入禁中鞭春，开封、祥符两县，置春牛于府前。"是悉古代以春牛示农耕早晚，催乡民不误农时。"万象更新"是说春天已到，万物将回生，气象则是花红柳柔，宜种地耕田；春牛显示出雨量不大不小，丰收年景，吉庆有余。

新春大喜 年画 民国 陕西凤翔

  图左，一戴礼帽卫兵手举北方政府之五色国旗，立于大象之前；图右之"芒神"，以同样装束而免冠赤一足，立在春牛之前；图中似为袁世凯模样；是一幅难得的中国新式"春牛图"。

牛驮着财宝，后一官人持扇鞭牛。贵州台江苗族的春牛图，不仅绘有春牛，还绘有农具、耕地等动作。

  最有巫术意义的还是人体节日装饰——春燕。《荆楚岁时记》："立春之日，悉剪彩为燕戴之，贴宜春二字。"春燕又名幡胜、彩胜、春书。唐段成式《酉阳杂俎》："北朝妇人，……立春进书，以青缯为帜，记得龙象御之，或为蛤蟆。"《武林旧事》卷二："前一日，临安府进大春牛，设之福宁殿庭……预造小春牛数十，饰彩幡雪柳，分送殿阁，巨珰各随以金银彩红彩段为酬，是日赐百官春幡胜，宰执亲王以金，余以金裹银及罗帛为之。系文思院造进，各垂于幞头之左人谢。"后来又称幡胜为"闹娥儿"、"斗蝶"、"闹嚷嚷"、"长春花"、"象生花"等。明代《酌中志》："立春之时，无贵贱嚼萝卜，曰'咬春'……自岁颜色装就者，亦有用草虫蝴蝶者，或簪于

首，以应节景。"明沈榜《宛署杂记》卷十七立春："戴'闹嚷嚷'，以乌金纸为飞娥、蝴蝶、蚂蚱之形，大如掌，小如钱，呼曰：'闹嚷嚷'。大小男女，各戴一枝于首中，贵人有戴满头者。"王夫之《姜斋文集》："以乌金纸剪为蝴蝶，朱粉点染，以小铜丝缠缀针上，旁施柏叶，迎春元旦，冶游者插之巾帽。"《钦定日下旧闻考》卷一百四十七："今京师凡孟春之月，儿女多剪彩为花，或草虫之类插首，曰闹嚷嚷，即古所谓闹装也。"近代又称为春鸡。例如在民国《翼城县志·岁时》："士女剪彩为燕，名春鸡，贴羽为蝶，名闹娥；缠绒为杖，名春杆，各簪头上，以斗胜焉。"的记载。

  这种春鸡，最早的形态应该是天然花朵，后来才以布帛为之，甚至以彩纸充任，但是它决不是一般性的人体装饰，而是立春时节人们佩戴的避邪物，具有去邪求吉的寓意。

春牛图 年画 江苏苏州 民国二十一年

　　"春牛图"因其形式内容很受欢迎，所以一直延续刷印到民国年间。图上是文、武财神并坐于堂上。下有芒神牵青牛，牛背驮一聚宝盆，后有春官在鞭牛前进。财神两侧，有利市仙官、进宝回回陪坐于下。各路神仙会集于堂中，喜气洋洋，令人鼓舞。

甲午春牛图 年画 现代 蔡振华作 上海

　　传统的农历二十四节气图，多印在灶王纸马的上头，每年一换，即民俗活动中的"灶王上天"，焚化后，又买一张当年新灶王。解放后，灶王纸马很少于市上出现，补充这类二十四节气图的历画，是画翻身后的农民下地生产的快乐情景。

　　图上画一"光荣人家"，门前瓜菜满筐、鸡鸭成群，邻居们荷锄牵牛来到门外，呼唤同去劳动，儿童身挎书包该去上学了。远处田垄条条，树木成林，现出一片解放后的春天光景。图下印有节气表，画面四周，绘有五谷瓜果丰收、和平鸽飞向红五星之图案花边，新颖美观。

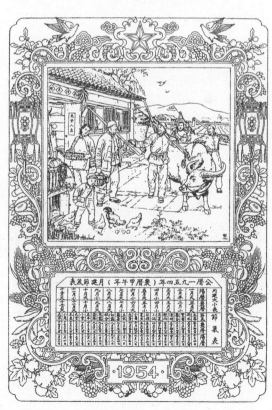

各地鞭春习俗

农历二十四节气中的立春，俗称"打春"。

立春，有时在农历十二月，有时在农历正月。一过立春，就意味着冬季结束，进入了春天。

我国自古为农业国，春种秋收，关键在春。民谚有"一年之计在于春"的说法。旧俗立春，既是一个古老的节气，也是一个重大的节日。天子要在立春日，亲率诸侯、大夫迎春于东郊，行布德施惠之令。《事物记源》记载："周公始制立春土牛，盖出土牛以示农耕早晚。"后世历代封建统治者这一天都要举行鞭春之礼，意在鼓励农耕，发展生产。

山西"打春"

立春前，用泥塑一牛，称为春牛。妇女们抱小孩绕春牛转三圈，旧说可以不患症病，今已成为娱乐。立春日，村里推选一位老者，用鞭子象征性地打春牛三下，意味着一年的农事开始。

现在，城里已不再举行鞭春活动。2008年2月4日，北京建国门街道在古观象台前举办了"鞭打春牛贺新春，居民欢喜迎奥运"的新春民俗文化活动。当日是中国农历立春节气。

然后众村民将泥牛打烂，分土而回，洒在各自的农田。吕梁地区盛行用春牛土在门上写"宜春"二字。晋东南地区习惯用春牛土涂耕牛角，传说可以避免牛瘟。晋南地区讲究用春牛土涂灶，据说可以祛蚰蜒。

立春节，民间艺人制作许多小泥牛，称为"春牛"。送往各家，谓之"送春"。也有的地方是在墙上贴一幅画有春牛的黄纸。黄色代表土地，春牛代表农事，俗称"春牛图"。

立春节，民间习惯吃萝卜、姜、葱、面饼，称为"咬春"。运城地区新嫁女，娘家要接回，称为"迎春"。临汾地区则习惯请女婿吃春饼。

侗族"闹春牛"

在立春之日举行闹春牛活动是侗族地区的传统，闹春牛活动既是庆祝头年的丰收，又通过拜节的形式祈求来年的风调雨顺，成为侗家新

春文化活动的主要形式。

闹春牛在侗族自治县村村寨寨都有，只是规模不同，内容一样，形式一样。侗族群众举行，有诙谐风趣的闹春牛活动，有惟妙惟肖的侗族哆也表演，有多姿多彩的踩高跷、打陀螺、传彩球等活动。其中，闹春牛最具特色，春牛由竹篾和彩布编制而成，扎一个牛头和一个牛尾，牛头、牛角糊上绵纸，画上牛眼，牛身用一块黑布或灰布连接起来，由身手灵巧的健壮小伙舞动，一人耍头一人耍尾。后随着扶犁耙的，敲锣打鼓的，青年男子打扮成背竹篓和挑担背箩的农夫农妇，外加歌手两人，组成浩浩荡荡的闹春牛队

伍。但绝不似舞狮那样腾空蹿跳，而是稳健、大方、诙谐，平易近人。（杨少权摄）

福建三明"接春"

福建三明地区历来有"接春"之俗。但各地的习俗略有不同，如永安的"插春柴"、"竖春树"，沙县的"插春幡"，泰宁的"砍春柴"等形式，都是祈求有个丰收年。旧时各县还有"打春牛"、"鞭春牛"活动，由县官牵着身披红绣球的春牛，扛着挂红的犁耙到郊外田地里，象征性地犁几下田，以示官府对农事活动的重视，并藉以催促该县百姓早做春耕准备。民间艺人则三五一伙、八九一群地吹着唢呐，拉着丝弦，走街串巷，挨家挨户地送上一对泥塑牛，或送上一张写着"捷报春魁"的红纸，预告春耕开始，并向主人表示节日祝福。

浙江"迎春牛"

浙江地区迎春牛有其特点。迎春时，依次向春牛叩头。拜毕，百姓一拥而上，将春牛打碎，抢春牛泥土回家，撒在牛栏内。由此看出鞭春牛还是一种繁殖巫术，即经过迎春的春牛土，撒在牛栏内就可以促进牛的繁殖。

江苏"打春牛"

大年初一，在周庄古镇的全福路上，但见一头用彩布扎成的"春牛"，"牛"肚子里填满五谷杂粮，由四名壮丁举抬着，与真实的耕牛、福禄寿三星、八仙等组成长长的贺春队伍，浩浩荡荡地前往贞丰泽国牌楼。

随着司仪宣布"时辰已到，祭祀开始"，华服异彩的周庄庄主开始敬香、洒酒、叩拜，祭祀春牛。接着，庄主手持彩鞭，边打春牛边念念有词："一打风调雨顺，二打土肥地喧，三打三阳开泰，四打四季平安，；五打五谷丰登，六打六合同春，七打七星高照，八打八节康宁，九打九九归一，十打天下太平。"念毕，鞭炮齐鸣、鼓乐齐奏、五谷散飞……

"春牛"的肚子里倒出很多五谷杂粮，据说，抓一把回家就会给全家人带来好运。

民俗专家称，"立春"先要"立牛"，从周朝开始就有了"打春牛"的民俗，为的是策励农耕。"打春牛"是最为热闹、具有浓厚乡土气息的农耕文化，在春天里鞭打一下牛，寓意来年五谷丰登。据说"春牛"肚子里还放二十四节气，鞭打牛身，更寓意风调雨顺、国泰民安。

新疆巴里坤"打春牛"

2008年，新疆巴里坤举办"丝路文化旅游观光会"，展现了当地打春牛的新春习俗。

迎芒神

李露露

圣神继天立极，先有功德于民，故后王于春祀之。"最初的芒神可能与鸟图腾有关，大概可能是一种区域性的氏族神。这种图腾既是该氏族的源头，也是他们的保护神，当然也主宰万物生长，农业丰收。《山海经·海外东经》："东方句芒，鸟身人面，乘两龙。"郭璞注："木神也，方面素服。"这就是芒神为鸟首人身、骑龙的形象。《淮南子·时则训》："东方之极，自碣石山，过朝鲜，贯大人之国，东至日出之次，木木之地，青土树木之野，太皞句芒之所司者万二千里。"

芒神　年画（局部）　天津

　　图中芒神足穿鞋以示农晚，该年为"一龙治水"，主雨水少。

　　芒神，又名句芒、木神、春神，是主宰草木和各种生命生长之神，也是主宰农业生产之神。

　　在先秦文献中有不少关于芒神的记载。《左传·昭公二十九年》："木正曰句芒。"《礼记·月令》："其帝太皞，其神句芒。"郑玄注曰："句芒，少皞之子曰重，为木官。"朱熹注："太皞伏牺，木德之君。句芒，少皞之子。曰重，木官之臣，

芒神治春　泥泥狗

在有些芒神形象中，还持规矩，主春事。如果说最早的芒神是人兽化的鸟首人身形象，那么后来就拟人化了，芒神是一个男人形象。

芒神的形象有明确的规定，主要有：

首先体现了中国的农历特点，如芒神身长三尺六寸五分，象征一年三百六十五天；鞭长二尺四寸，象征一年有二十四个节气；芒神所站的位置也以阴阳年确定，阳年芒神站在春牛左边，阴年站在右边；立春日距正月初一之前五日之外，芒神站在牛前，距正月初一后五日之外，芒神站在牛后，如果立春日在正月初前、后五日内，芒神则与春牛并列。

其次，芒神的衣色、带色由立春日的天干、地支确定。十天干中又以阴阳分之，其中甲、丙、戊、庚、壬为阳，乙、丁、己、辛、癸为

大清光绪三十年甲辰财神春牛图中的芒神　年画　上海

阴。甲、乙属木，丙、丁属火，戊、己属土，庚、辛属金，壬、癸属水。在十二地支中，子、寅、辰、午、申、戌为阳，丑、卯、巳、未、酉、亥为阴。寅、卯属木，巳、午属火，申、酉属金，子、亥属水，辰、戌、丑、未属土。具体说来，芒神的衣色、带色视立春日而定，地支，衣色用克，带色用生。头上两髻视立春日纳音，属金两髻在耳前，属火左髻在耳后，属水左髻在耳前，右髻在耳后。芒神的罨耳视立春时是白天还是黑夜确定，子丑时全戴、寅时右边戴，左边揭开；亥时左戴右揭，卯至戌时则手提罨耳，阳时用左手提，阴时用右手提。芒神的绑腿、鞋、裤，视立春日纳音，水俱全，火俱无，土祇有裤，金木俱全，但绑腿位置不一，金左绑腿挂腰带上，木有绑腿挂在腰带上。《钦定日下旧闻

光绪三十年万仙牛图中的芒神　历画　上海

考》卷一百四十七："芒神服色，以日支爱克者为之，克所克者。其系色也，岁孟仲季，其老壮少也。春立旦前后五日者，是农忙也。过前，农早忙，过后，农晚闲也。而神并乎牛，前后乎牛分之，以时之卯后入日燠，亥后四日寒，为罨耳之提且戴，以日纳音，为髻平梳之顶耳前后，为鞋绔行缠之悬著有无也。"例如寅申巳亥年的芒神为老人状；子午卯酉为壮年状；辰戌丑未为幼年形象。芒神的衣服也有一定讲究：如寅日立春，寅属木，克木者金，金为白色，句芒着白服。木生者火，火为红色，句芒腰带红色。立春日纳音属木，句芒头髻平梳，而髻左耳后。午时立春，句芒右手提罨耳。立春日纳音属木，句芒神行缠、鞋、绔俱全，右缺行缠，左腰右悬，寅日立春，句芒执柳鞭，鞭结子用麻，五色醮染。元晶后五内立春，句芒神与牛并立。戌甲系阳，句芒神在牛左，并站立之。

由此看出，芒神形象是有一定之规的，是受立春时空限制的，从而断定当年天时、地利和农业生产的关系。根据芒神所示，广大农民安排一年之农事。

春饼

民间老百姓在立春之日要喝春酒、吃春饼、打春牛。北方一些地方还有"咬春"的习俗，即吃个生萝卜消食防病。

春牛图中的芒神与春官　年画　江苏苏州

"春牛图"因其形式内容很受欢迎，此图为民国二十一年江苏苏州出品的《春牛图》局部，芒神牵青牛，牛背驮一聚宝盆，后有春官在鞭牛前进。

我是上方一春
牛差我下
方遍地

人遊间草合料
丹吃散灾
小鬼头
人间草合料
不食

豐登
五谷
三八九饼

春牛图 年画 1953年征集 山西临汾

　　旧时平阳（今临汾）在立春之日，由府县官带领锣鼓旗伞引路，艺人扮芒神，抬纸糊春牛于城东郊打春场，举行"鞭春牛"活动，取意鞭去懒牛招来勤牛，宣告春回大地农事应即开始。年节中农户多张贴春牛图，含有驱灾免难祈祝丰收之意。

十二生肖艺术丛书·丑牛

地辟于丑

吴裕成

牛辟田地　勤耕年丰　北京白云观

中国古代神话传说的"创世纪"，精短的概括，可以仅用六字示之，那就是：子丑寅，天地人。此六字概括开天辟地造人三件大事。牛以生肖属丑的身份，完成了第二件事——天开于子之后，地辟于丑。天地开辟，才有人，有万物化生。

对丑牛的这种想像，古人可以说出很多名堂来的。清代《蕉轩随录》一书作者方濬师，介绍一位与自己结下忘年交的长者，名叫陈信吾，写过一篇《书人字后解》。其文说：万事万物起于牵牛。牵牛，丑也。天一地二，天三地四，天五地六，天七地八，天九地十。天一，《乾》；地二，《坤》。《乾》者万物资始，《坤》乃万物资生

也。……天地间事事物物，皆不用子，用丑。事字从彐，一中贯丑，事从丑。事虚而物实，物故从牛，牛实。物从牛之理易明，物从勿之理难明。不知物即"潜龙勿用"之勿，勿用子，用丑，勿用于而犹存子之虚位也。

这段文字，读起来略显牵强，但其字形、《易》理一勺烩的思维，倒也颇需费些脑力的。丑与牛，成就了万事万物——两者又有区别：事从丑，物从牛。这一番奇思妙想，难说反映了宇宙万物的规律，但有一个基本着眼点却是客观的存在，那就是几千年农耕经济所形成的观念：对于耕畜牛的理想化了的推崇。

确实，与鼠咬天开相比，丑牛之辟地，更显得质朴、实在。耕地垦田，拉犁劳作，牛的本事即是它的本"事"——如果牛有宿命的话，拉犁耕田便是它的宿命。耕牛之与土地之于稼穑之于农业，真是太密不可分了。

农耕社会里，牛是构成生产力的重要耕畜。考古发现证明，早在距今约7000年的新石器时代，生活在今浙江余姚的河姆渡人，就已开始将野生水牛驯化为家畜。古代神话中有则"王亥服牛"的故事。王亥为商族的祖先，商部落后来建立了商朝。据神话记载，王亥曾赶着牛群到河北一带进行贸易。

养牛最初是为了吃肉，为了祭祀，为了驾车骑乘。犁的出现，使牛成为耕畜。殷商甲骨文中常见的"犁"字，字形为牵引犁头启土之形。这通常被采用的见解，为郭沫若、胡厚宣等学者的持论；也有研究者根据金属犁具出土的情况，认为晚至春秋末期牛耕技术才萌芽于黄河中下游地区，并在后来传入南方地区。这幅汉代画像石牛耕图，出土于陕西绥德，一牛挽一犁，农夫一手掌犁，一手执鞭，让人想见那是何等大的力在作功。这幅南朝砖刻《牛车图》，河南邓县出土。乘牛车出行，历史上曾经作为一种时尚。尽管如此，牛之为用主要还是在于农耕。

如今人们说生肖，逢丑年的话语，总离不开那无数次耕开春土、无数次牵来金秋的牛。陕西一些地方民俗，将为老年人庆祝生辰称为"赶牛王会"。

牛王 年画

"牛王"何谓？人们说，十二生肖中牛名列前茅，正像老年人在家庭中的地位，牛耕田有功，又如老年人为家庭含辛茹苦做贡献。"赶牛王会"，在这一风俗的传承中，展示着丑牛的光荣。

牛有雅号"黄毛菩萨"，对此，《清异录》记："有田老不喜杀牛，曰：'天下人吃用，皆从此黄毛菩萨身上发生。'"可见牛在庄稼汉眼里的地位。

拴牛鼻的钩环，虽是驭牛之具，却取名"宾郎"，体现着人与牛的亲和，而不是人对牛的霸气。《西游记》第五十二回写到"宾郎"，说它是法力无边的"金刚琢"所化，只有它才能牵牛而

行。书中故事讲，太上老君的青牛偷了"金刚琢"，溜到下界，占山为王。太上老君去收他，将"金刚琢"吹口仙气，穿了青牛之鼻，解下袍带，系于琢上，牵在手中。吴承恩道："至今留下个拴牛鼻的拘儿，又名'宾郎'。"牵牛而行，称为"宾郎"，以"宾"以"郎"待之，表现了人、牛和谐相亲的心理。

对于牛的功劳，人的想法真有点感恩戴德的味道。牛王节、牛魂节、牛生日都成了岁时民俗的内容。贵州布依族在四月初八为耕牛过节——牛王节。大大的粽子挂到牛角上，牵牛到河边水塘，为了饮牛，也为了以水为镜，让

地辟于丑

黔

牛看一看挂在角上的慰劳品。人敬牛德，牛通人性。人们说，当剥掉粽叶喂牛时，勤恳劳作了一年又一年的老牛，往往会流出感动的泪水。

生活在湖北清江畔的土家族，以农历四月初八为牛王节。在这一天要祭祀牛王，耕牛停工休息，喂牛以酒、鸡蛋和上等饲料。传说牛为土家人偷取仙谷，被天庭问罪，罚下凡间，与人共同耕地。

壮族以四月初八为牛魂节。每到这一天，要为牛脱轭，不能打牛——人们说若打牛，会把牛魂惊走。牛魂节这天，要为牛沐浴，然后举行敬牛仪式，唱敬牛歌，喂牛五色糯饭。

在浙江衢州一带，民俗以农历四月八日为"牛忌日"。清嘉庆年间的地方志载，逢此日牧童各采花，编挂在牛角上，嬉游田野间，薄暮始归，称为"牛放假"。

1932年贵州《平坝县志》记，四月八日"休息耕牛，饲牛之品极丰腴，以乌桕熬水遍涂牛身，名曰'牛带花'，更以乌米饭饲之"。这乌米饭，是"大佛诞日"的节日食品，人们吃它过节，也给牛吃。

仡佬族以十月初一为牛王节。民间有谚语："仡家一条牛，性命在里头。"人们敬"牛菩萨"，并在十月初一为牛过节。逢此日，打扫牛圈，给牛放假，为牛洗温水澡。

在广东一些地方，称此为过牛年。清代屈大均《广东新语》："韶州十月朔日，农家大酺，为米糍相馈，以糍粘牛角上，曰牛年。牛照水影而喜。是日，牛不穿绳，谓放闲。"牛的功劳大，值得人们一年一度为其过"牛年"；牛的辛劳多，人要奖它个逍遥自在的"放闲"日。这以德报德之中，包含着农人对牛的理解。

传统的尝新荐新风俗，表示收获不忘先祖。在这一风俗里，牛也受到特别的礼遇。在云南，德昂族收割谷物前要举行尝新仪式，先荐新敬谷娘，再由黄牛尝新。各家由孩子献新谷给黄牛吃，同时还要念："今天我家尝新，你辛辛苦苦的盘庄稼，献你一包新米饭尝尝。"

风俗重牛，民重牛，官也重牛。《汉书·龚遂传》记，龚遂任渤海太守，正赶上闹饥荒，盗贼很多。龚遂劝农，出实着，干实事，就是劝民买牛。见有持刀带剑者，也动员他卖刀买牛。结果是"吏民皆富实"，刑事案件、民事讼诉大为减少。千百年来，伴随龚遂的声名远传，"龚牛"也传为典故。苏轼有诗："公方占贾鹏，我正买龚牛。""龚牛"代表着农为本，务正业。汉代还有丞相问牛的故事。外出路上，有斗殴而致死致伤者，丞相丙吉不问；"逢人逐牛，牛喘吐舌"，丙吉却很关心，要过问这关乎"调和阴阳"的大事。

北宋时，牛生二犊被视为祥瑞，要逐一记入起居注。可见国家对于牛的重视。从太祖赵匡胤，直记到徽宗赵佶，为后来修《宋史》留下详尽的素材。翻开《五行志》，诸如"乾德三年，眉州民王进牛生二犊"、"开宝二年，九陇县民工达牛生二犊"之类，连篇累牍，一路记下来，至大观元年，八帝五十余年间，共记录194起。如此不厌其烦，自有它的道理。后来，由于宋徽宗赵佶的过问，"自是史官不复尽书"。

古人提倡以农为本，由此产生了重视耕牛的意识。这种意识，可以说是深入人心的。明代刘基《郁离子》有篇《好禽谏》：

卫懿公好禽，见觚牛而悦之，禄其牧人如中士。

宁子谏曰："不可。牛之用在耕不在觚，觚其牛耕必废。耕，国之本也，其可废乎？臣闻之，君人者，不以欲妨民。"弗听。于是卫牛之觚者，贾十倍于耕牛，牧牛者皆释耕而教觚，农官弗能禁。

这篇寓言讲牛，基于一个定位，即"耕，国之本也"。这是国计民生之大事。国君好斗牛，风气一开，上行下效，"牧牛者皆释耕而教觚"，显然于国于民都不妙。

比刘基的寓言更通俗，民间有宣传不吃牛的版画。画面上，以一首七言长诗排成牛形，诗句明白如话，全用耕牛口气，呼吁爱牛："凡人听我说根由，世间最苦是耕牛，春夏秋冬宜用力，四时辛苦未曾休。犁耙肩上千斤重，麻鞭百万肩上抽，恶言恶口诸般骂，喝声快走敢停留。田土坚硬耕不动，肚中无草泪汗流。指望早晨来放我，谁知耕到午时头。饥饿口吃田中稻，全家大小骂瘟牛。一年都是吃的草，种得田禾你自收。籼米白米做饭吃，糯米做酒请亲友，麦粟棉花诸般有，芝麻豆谷满园收。婆媳嫁女做喜事，无钱又想卖耕牛。见我老来无气力，卖与屠行做菜牛，捆缚就把咽喉割，剥皮杀肉有何仇？眼泪汪汪说不出，破肚抽肠鲜血流。剥我皮来鞭鼓打，惊天动地鬼神仇。卖我之人穷得快，吃我之人结大仇。仔细思量你设想，冤冤相报几时休。"全诗晓之以理，动之以情。"见我老来无气力，卖与屠行做菜牛"，情真意切地疾呼：请善待耕牛。

保护耕牛，包括禁止宰杀，古代曾有许多措施出台。这里只选一条有趣的材料，清代姚元之《竹叶亭杂记》："禁宰耕牛，地方官之一责也。"但是，自古饮食有牛肉。这便有了菜牛即今所谓肉牛之说——那是专为宰杀而饲养的牛，其生长快，出肉率高。尽管如此，毕竟养牛耕田才是正根，观念既深，人们对于养牛不耕地，总难免有些想法。这在姚元之书中有所反映："北地日宰数十百，亦不之禁。或言此系菜牛，别为一种。余以为未尝使之耕耳，若耕未见不可也。张上舍大宗方客甘肃时，曾以问人，据言耕牛脊有驾木之骨，菜牛则无，故不可耕也。"养牛为吃肉，《竹叶亭杂记》的作者不以为然。他觉得即使菜牛，让它耕田，未必不行，尽管他的表述颇为客观，并不讳言关于菜牛没有"驾木之骨"的说法。

其实，菜牛之说很重要，古人需要它。它如一种淡化剂，稀释了"耕"的氛围。于是，庖丁解牛成为能够被人接受的典故，"杀鸡焉用牛刀"传为大众熟语；于是，宋词"八百里分麾下炙"，写尽军营里烧烤牛肉、大吃大嚼的豪放……

人勤春早

牛马年 好种田

吴裕成

人有属相，年有生肖，子鼠丑牛十二属在纪岁的同时，与庄稼年景、农业收成联系起来，实在是水到渠成，不妨说是具有必然性的事情——我们都知道，"年"字本义即庄稼成熟：《说文》所谓"年，谷熟也"。

鼠年牛年、虎年兔年，哪种生肖值岁地里的庄稼好？此一思路既出，各种想法也就相随。流传最广的，是"牛马年，好种田"之说，传为俗谚。也有兼顾丰歉的，湖北俗谚："牛马年，好种田，就怕鸡猴这二年。"1929年河北《新河县志》记民谚："牛马年，多种田，防备鸡猴那二年。"并载注解："牛、马年多丰收，鸡、猴年多歉也。"

这种民谚的版本很多，不尽一致。在山西一些地方，"牛马年"传为"羊马年，好种田"，或"羊马年，广收田"。

在河北，地处石家庄地区的无极县，民谚为："羊马年，多种田，预备着鸡猴那二年。"见于1936年县志。这与山西所传相同。而1931年《卢龙县志》则记唐山一带民谚："牛马年，好种田，准备猪猴那二年。"并释："言牛马年主丰，猪猴年主歉也。"

河南也有这类俗传，清嘉庆年间《密县志》载有"定屡年之丰歉"的谚语："牛头鼠尾叹如何，转过兔年笑呵呵。羊马年，广收田，

防备鸡猴那二年。"鼠年收成不佳，使得鼠年末、牛年初出现青黄不接的窘况。此谚把兔年列为好年份。

山西的俗谚，说到八种属相年。中阳民谚："羊马年，管种田，鸡猴年，不收田，要吃好的等狗年。"武乡民谚："鸡猴年圪松田，兔儿年上笑哈哈。"圪松田，讲鸡年猴年没有好收成。晋城民谚："蛇儿年，窟窿年，猪狗年，邋遢年。""兔娃年，笑呵呵，牛头虎尾定干戈。"好年景有羊、马、狗、兔年，差年景有鸡、猴、蛇、猪、狗年。

讲到八种年份，对于属狗之年，既说它丰，又说它歉。这就像湖北俗谚对于龙年的评价。"蛇年不收花，龙年光塌塌"，讲蛇年雨多成灾，龙年缺雨干旱；"打过龙蛇年，就是活神仙"，甚

至说熬过龙年蛇年，便会有吃饱肚皮的好日子；龙年就这么不济？似乎又不尽然，你看："龙年是个筐，吉凶祸福都可装。"谁说辰龙只是带来坏年景？

纵观这类谚语，相互矛盾之处不少。也有人会说，中国幅员辽阔，南方北方、东部西部，相距几千里，隔着重山大河，地理气候条件不一，一句"牛马年，好种田"哪能全国都合用？这种说法，粗看有理，细想还是有值得商榷的地方。比如，一个省内，甚至同一个地方，此说彼说为何要打架？

粗看细想之后，还可以再作深究：这些谚语总能一语中的吗？靠天吃饭的中国农业，真的可以把这些谚语当做中、长期天气预报，借以预知未来的风调雨顺丰收年吗？恐怕未必。对于民间这些说法，讲它们是长期生活经验的结晶，应是不错的；可是，问题的关键在于，年景丰歉的周期性规律是不是以十二年为周期？如果丰年、平年、歉收年，不是十二年一往复的话，这类谚语的准确性就难免要大打折扣了。

收成丰歉，年景参差，古人试图找出这中间的规律性，或曰具有周期性特点的东西。

以何为周期？由于干支纪年的关系，由于十二年里生肖一循环的关系，十二年被当作一个重要周期，这是容易理解的。

相传，有个名叫计倪子的古人，曾做过这方面的努力。明代方以智《物理小识》引《越绝书》，转述他的见解："太阴三岁处金则穰，三岁处水则毁．三岁处木则康，三岁处火则旱。"十二年中，三年丰收，接着三年水灾，三年风调雨顺，随后是三年天旱。又说："天下六岁一穰，六岁一康，凡十二岁一饥。"十二年里，两个好年景，一个灾荒年，其余九年该是寻常年景。这种齐整的周期律，显然是过于机械了。可是，这人为设计的"周期律"，两种表述形式，均以十二岁为一个单元。

二月二龙抬头 年画 民国 天津

农历二月初，正当惊蛰、春分节气之间，农家开始下地耕田，播种插秧。封建社会时期，皇帝为了表示重视农业生产，每年春初要到皇宫外先农坛去祭神，并在皇帝专有的"籍田"中，扶犁鞭牛，以示耕种劳动，与民一样。图中画头戴王帽、身披黄袍的皇帝手扶犁把，前有春官牵牛拉犁，一戴乌纱穿官衣的大臣在手播麦种。远景绘以亭台园景，甬道上皇后挑担送饭。仿佛是一幅农村春忙图。图之两边，刻有："古人杳然不见面""至今纸上又相逢"对联一副，是颇有装饰韵味的《春牛图》。

拾粪 剪纸 现代 古元作

《史记·货殖列传》载，李悝重农，提倡"务尽地力"，白圭重商，"乐观时变，故人弃我取，人取我与"，靠买进卖出获得利润。籴粜谷物而得大利，对年景要有准确的预测，才能做到丰收年低价买入，歉收年高价卖出。为此，白圭总结的规律是："太阴在卯，穰；明岁衰恶。至午，旱；明岁美。至酉，穰；明岁衰恶。至子，大旱；明岁美，有水。"太阴即岁阴，在卯即属兔的，卯年。太阴在卯、至午、至酉、至子，这是以地支论年份，好年景之后，随着坏年景，歉收年后会有一个穰穰之岁。虽然只讲了八个年份，因是以地支说年景，还是置于十二地支的框架之内的。

据明代曹学佺《蜀中名胜记》，还有一种专讲蜀地的说法。相传，成都西门有条石笋街，诸葛亮相蜀时曾挖出碑石，春上铭刻五个以"蜀"组成的字：

《耆旧传》云："其名有六，曰石笋、曰蜀妃阙、曰沉犀石、曰鱼凫仙坛、曰四海之眼、曰五丁石门。"皆非也。《图经》云：乃前寺之遗址，诸葛亮掘之，方验有篆字曰"蚕丛氏启国誓蜀之碑"。以二石柱横埋，连接铁其中一南一北，无所偏邪。上有濁歇燭觸蠋，时人莫晓。蜀相范贤议曰："亥子岁濁字可记水灾，寅卯岁歇字可记

主饥馑，巳午岁燭字可记主火灾，辰戌岁觸字可记主兵灾，申酉岁蠋字可记主稼穑富赡。悉以年事，推应符响"矣。

这颇似文字游戏。五个偏旁为"蜀"的刻字，有人讲它们关联着年景民生，每个字两年，合计十年。"亥子岁濁字可记主水灾"，濁字的部首为"氵"，亥与子在十二地支中位北，五行属水，故言逢亥逢子的年份"可记主水灾"。其他四个字，歇字有"欠"，闹饥荒，而寅和卯居东，主木，古人认为它们关乎植物生长；燭字有火，有火灾，巳和午在十二地支中正是属火的二项；觸字带"角"，主争斗，主兵灾；至于蠋，"蜀"加"益"，被说成是"稼穑富赡"的好年景。十二地支讲到了十个，尽管差了地支丑和地支未，有两年的空缺，并不妨碍以十二年为一周期。

以十二年为周期，汉代《淮南子·天文训》说："岁星之所居，五谷丰昌，其对为冲，岁乃有殃，故三岁而一饥，六岁而一衰，十二岁而一康。"岁星即木星。木星的恒星周期为11.86年

播种 剪纸 现代 古元作

犁田　木雕　山西稷山

为一周天，古代曾以岁星运行位置来纪年。岁星纪年特点，是作为实有的天体，它能够以自己在星空的位置，表现所纪之岁。但是，岁星纪年也有一个不可克服的缺点，即它的巡天周期不足12年。岁星走得慢，"岁"跑得快，岁星的位置与"岁"，不断加大着距离，古人称之为超辰。为改变岁星纪年的超辰缺点，古人开始使用岁阴纪年、干支纪年，这是以十二辰为基本单元，提出的纪年方法。

　　木岁为太阳系的行星之一，它有对地球上农作物产生周期性影响的实力吗？没有的；或者准确地说，即使有，其微乎其微的程度，也是可以忽略不计的。岁星纪年尚有个实在的天体在，而后来起用并沿袭至今的干支纪年，与岁星即木星也全无关系了。用天干地支、六十甲子表示年份，不过是以月亮周期为时段单位，平年取十二个月，闰年或取十三个月，以应对太阳的回归年。干支年、十二属相年，仅仅是表示年度的符号，没有一颗相应的天体与任何一年存在内在关联。这就是说，不管是属鼠之年，还是属牛之年，没有一颗天体与它们存在必然的联系。

　　为了解释古人所相信的岁星十二年周期，有人将这一周期与太阳活动周期挂钩，认为古人察觉到农业年景的周期性变化，但大概并未意识到太阳黑子的影响，而把这一周期性变化归为运行周期与之相近的木星。

　　这样的看法，可以解释"牛马年，好种田"之类的农谚吗？也难。这种偷梁换柱之法，将太阳黑子周期借用过来，而太阳黑子活动确实是可以给地球带来巨大影响的。只可惜，这种解释还是躲不过那道难题，即太阳黑子周期也并非整整12年一循环！生肖一巡，太阳黑子恰恰也是一个周期，并没有这种天造地设的巧事。

　　"牛马年，好种田，防备鸡猴那二年"之类的俗谚所讲的农业年景，除了与太阳黑子活动有关之外，更直接的是要看气象的周期性变化，看旱涝的规律、大气环流的规律。如果气象的变化不以12年为周期，那么旱涝丰歉生肖年的说法，也就依据不足了。

　　已有专业人员在进行生肖年与农业气候方

面的研究。1985年4月17日《吉林日报》头版刊登报道：省农业科学院低温冷害研究室的专家们，研究自1909年以来的12个"牛马年"的气象资料，认为"牛马年，不一定好种田"。这项科研的主持人潘铁夫，长期在吉林从事农业气象研究，1990年出版了《吉林省农业气候长期预测研究》一书。

此书运用了统计学的方法，希望能够挖掘有关生肖年农谚的认识价值。书中"地支（属相）与气候"一节，列表分析相关的气候资料（见下表）。

通过对长春地区74年间温度、降水量资料的统计分析，归纳出未羊年温度高、申猴年温度中等、丑牛年雨水多等若干条。潘铁夫认为：

总的来说，不同地支（属相）年份，以未（羊）年、寅（虎）年和卯（兔）年为好；辰（龙）年和申（猴）年雨水少，对中东部有利，对西部不利；丑（牛）年和午（马）年雨水多，对西部有利，中

东部容易出现涝灾；戌（狗）年和巳（蛇）年气候条件中等；酉（鸡）年、亥（猪）年和子（鼠）年气候条件差。

怎样看待这样一些材料呢？首先，它与农谚"牛马年，好种田"不一致，而这一农谚在长春当地是有流传的；其次，若以农谚"羊马年，多种田，预备着鸡猴那二年"相对照，且不说马年与猴年，只讲羊年的好年景、鸡年的差年景，还是所言不错。这就告诉我们，这类生肖农谚毕竟是经过千百年流传的，它们或许在某种程度上反映了一代又一代人经验的积累。对于这样一种经验积累，目前还没有科学意义上的解释，也就使这类农谚仍旧停留在经验的层面。从另一个方面看，这些农谚也许压根就不是对于规律性的认识，所以它记录的经验，在有的年份可以经受实践的考验，在有的年份里则又是与实际情况相背离的。

不同地支（属相）年长春农业气候状况

地支	属相	有气象资料年表	旱涝年频率（%）				高低温年频率（%）			
			旱年	中雨年	涝年	重涝年	高温年	平温年	低温年	重低温年
子	鼠	6	33.3	33.3	33.3	16.7	33.3	16.7	50.0	33.3
丑	牛	7	0	57.1	42.9	14.3	57.1	28.6	14.3	14.3
寅	虎	7	0	85.7	14.3	14.3	42.9	57.1	0	0
卯	兔	7	0	71.4	28.6	14.3	42.9	42.9	14.3	0
辰	龙	7	42.9	57.1	0	0	28.6	57.1	14.3	14.3
巳	蛇	6	0	83.3	16.7	0	16.7	50.0	33.3	16.7
午	马	6	33.3	16.7	50.0	16.7	33.3	33.3	33.3	16.7
未	羊	5	20.0	80.0	0	0	60.0	20.0	20.0	0
申	猴	5	40.0	40.0	20.0	20.0	20.0	80.0	0	0
酉	鸡	6	0	83.3	16.7	0	16.7	33.3	50.0	33.3
戌	狗	6	33.3	16.7	50.0	16.7	33.3	50.0	16.7	0
亥	猪	6	0	66.7	33.3	16.7	0	50.0	50.0	0
历年	—	74	16.2	58.1	25.7	10.8	32.4	43.2	24.3	12.2

丑年话牛

丑年话牛

刘孝存

丑牛，在十二属相中排列：第二位。

所辖时辰：凌晨1时至凌晨3时

属牛人的出生年及年龄（到2009年）：

农历：癸丑；阳历：1913年；97岁
农历：乙丑；阳历：1925年；85岁
农历：丁丑；阳历：1937年；73岁
农历：乙丑；阳历：1949年；61岁
农历：辛丑；阳历：1961年；49岁
农历：癸丑；阳历：1973年；37岁
农历：乙丑；阳历：1985年；25岁
农历：丁丑；阳历：1997年；13岁
农历：己丑；阳历：2009年；1岁

人民同样对属牛的人的性格特征很感兴趣。因此有人认为：牛属相象征着通过艰苦努力才能获得成功。这一年出生的人靠得住、安静、有条理。他是一个有耐心、不知疲倦的工作者。他虽然墨守成规，但还是公正的，能够听取意见的。但要改变他的观点是很困难的，因为他很固执，有时又很偏见。

由于属牛人很稳重并靠得住，他会得到权威人士和领导者的信任。他那不屈不挠的

性格和逻辑性很强的头脑，被朴素但整洁的外表所掩饰，聪明、灵巧被沉默寡言和矜持所掩盖。尽管他基本上属于内向型人，但他的强有力的本性使他在集会来临之时变成一个威严、雄辩的演说家。在混乱时刻，他凭借那临危不惧、不怕恫吓的品质和天生的自信心使一切恢复秩序。

牛年出生的人是有条不紊的。他坚持固执的模式，尊重传统观念，总是精确地按照人们所期望的去做，只是人们都可以预料到他的行动。有些人会不公正地批评他缺乏想像力，但一丝不苟的属牛人懂得只有按部就班地做事，才能永远立于不败之地。讲信用，一言既出，驷马难追。世俗的偏见对他来说是无所谓的，他会全身心地完成他所作的工作，并厌恶半途而废。

他用天真的思想来理解别人心中的秘密。他不能完全理解别人的感情，很少用诱惑的方式来获取爱情。在他的生活中很少看到抒情和月光小夜曲，甚至他的礼物也是一些结实耐用的东西。

由于他是传统主义者，所以属牛的男性和女性之间求婚过程一定会很长。他们的关系要经过很长时间才能发展到公开的地步，彼此才能表露出真实的感情。属牛的男子可能是一个非常有秩序、有器量的先生，但是他向漂亮的女友求爱时，就会变得笨手笨脚，笨嘴拙舌。但是如果你能同他结婚并完全信任他，他将会永远不使你失望，将忠实你一生。你不必为付房租和支付帐单而担心，他虽不会使你宝石成堆、皮裘成箱，但他会尽力把生活安排得很舒适，从来不需要你帮忙。

如果你有运气与一位属牛的女士结婚，你肯定找到一个一本正经的姑娘。她会像母亲一

样给你的衣服上浆，每天都不忘把早餐桌上的报纸折放整齐。她整洁，守时。你婚后的生活不会没有干净的衬衫，你不会穿带洞的袜子，也不会吃烧焦的饭菜。她将是一个理想的妻子。她肯做的事情要比应做的多。

属牛人不喜欢欠债，他付给你的欠款会精确到小数点后的最后一位；他对你也有同样的要求。如果他欠你什么东西，又没有明确表示感激，他将永远不会原谅自己。从他那里得不到过多空洞的感谢话，他对美丽的词句和过分的奉承感到不舒服，认为有损于他的尊严。他能说到做到，这就是属牛人的性格。

属牛人有神奇的耐力，一旦他发起脾气来，将会有可怕的事情发生。这时他会失去理智，会像一头公牛一样攻击挡路的每一个。惟一可以解决的办法就是躲开他，让他慢慢冷静下来。总之，除非确实感到无法忍受，否则他是不会大动干戈的。

在家里，他的话就是法，他知道如何下命令及怎样使人遵循。他希望别人能严格执行他的指令。他对生活持唯物的观点。尽管他十分喜欢他的家庭，并引以为自豪，但对家庭成员的要求很高。他总是用成功的尺度和取得的成绩来衡量他对家庭的爱。在关键问题上他十坚持原则的。

属牛人是家庭和公司不可多得的人才。他不会感到什么危险，因为他的一生将会受到关怀。理智告诉他，一个价值很高的人是不用自己保护自己的。

如前所述，属牛人不愿意走捷径。他是宁静、有很强道德观和尊严的，不愿意凭借不公正的手段达到目的。他自力更生，不喜欢别人帮忙，以致你不得不恳求他接受你的服务。属牛人喜欢自成体系。他小心而诚意地坚持把事情做到底。他那坚毅性格的基因会遗传给他的子孙后代，尽管他们不是同一个属性。

依据牛的特征、特性来判断属牛人的性格，依旧属于一种茶余饭后的参阅。

且来让我们看关于牛的文化：

牛给人的印象，要比鼠耗强不知多少倍。

牛给人的印象是：勤恳、忠厚、强健、温顺、任劳任怨、与世无争。虽然他有倔强的脾气，被人称为"牛脾气"，牛脾气上来的时候，可能如火山爆发，也是令人生畏的。但是，这是由于激怒了它；如果不招惹它，它不会轻易发脾气，不会主动进攻。

牛，是家畜（六畜之一），是人的助手和朋友。他能耕田，会拉车。在人类的农、牧业生产中，它曾起到重要作用。即使在当代，全国实现农业机械化之前，它的作用仍然是巨大的。牛的一身都是宝：牛肉、牛奶可以食用，是强身健体的佳品；牛奶除供应市场外，还用于制造乳品、炼乳、黄油、乳胶。牛的皮、毛、血、内脏、脂肪，还可以用于制革、制毡、制药及生产肠衣、骨粉、血粉、工艺品。牛粪可以做燃料和肥料。随着人类社会的发展，牛的用途不是越来越少，而是越来越多了。

牛的种类很多，我国的品种主要有十三种。

蒙古牛。原产于蒙古高原地区。其外貌特征为：头重，两眼凸出、大而有神，角细长而尖锐，毛色以黄褐、黑及黑白花最多。蒙

童子戏牛　石雕　山西解州

古牛体格较小，但体质强健，耐劳苦，耐粗放粗养。

秦川牛。主要产于渭河流域的陕西关中平原地区。其外貌特征为：头部适中，眼睛圆大，口方面平。公牛颈上侧隆起，肉发达，身高而宽。毛色多为紫红、红，也有黄色。秦川牛体躯高大，性情温和，力大持久，役用能力强。

晋南黄牛。产于山西省晋南地区。其外貌特征为：体格粗大，骨骼结实、健壮，多为枣红色，也有的为黄色。它力大持久，性情温顺，役用能力强。

南阳牛。产于河南省南阳地区。它是一种大型牛，体高力大，肌肉丰满，耐粗饲，有较好的适应性和持久性，使役力强。

鲁西黄牛。产于山东省济宁、荷泽地区。其外貌特征为：体躯高大稍短，骨骼细，肌肉发达；前躯比较大，背腰宽平，侧望成长方形。毛只有淡黄色或棕红色。其性温顺，耐粗饲，易肥育。

华南牛。产于华南各省及长江流域。以上海市荡脚牛的体形最大，其次为海南牛，广西牛体小而丰厚。

延边牛。又称朝鲜牛。原产于朝鲜及我国延边朝鲜族自治州。其公牛躯体较大。多为褐色。延边牛耐寒力强，并能耕水田。

中国黑白花奶牛。19世纪末，由中国黄牛与荷兰牛杂交，精选育而成。其毛色呈黑白花，花片分明。

三河牛。原产于呼伦贝尔草原，比较集中在额尔古纳右旗的三河地区。其外貌特征为：体质粗壮结实，毛色以红（黄）白花为主，少数为灰白、黑白及其他杂色；具有耐寒、易牧、适应性强、产乳性较好等特点。

草原红牛。主要分布于吉林、辽宁、河北、内蒙古等省区。毛色多为红色，少数为黑色或杂色。

新疆草原兼用牛。产于北疆伊犁、塔城等地区，南疆也广有分布。其外貌特征：躯体健壮，结构匀称，骨骼结实，肌肉丰满。

水牛。主产于淮河、长江以南地区，以四川、湖南、广东、广西、云南等为最多。水牛汗腺不发达，散热作用仅靠皮肤和呼吸器官，所以在天热时，须潜水浸泡。其外貌特征为：头水平前伸，角尖锐利，向后上方弯曲；毛稀短、粗硬，以青灰色为多。

牦牛。我国的牦牛主要分布在青藏高原上。它气管粗壮，气管软骨间的距离大，可适应频速呼吸，且肺泡比其他牛肺泡大，适应高山缺氧的生活环境。牦牛全身覆盖细密而特长的粗毛和绒毛，皮下组织发达，适应严寒气候。牦牛怕热，能打滚，为高山草原地区重要役兽。以上仅仅是我国的牛种，其他国家还有其他的牛种。此外，世界上还有许多野牛，如：非洲野牛、美洲野牛、欧洲野牛等。如果说，黄牛给人的印象是温顺、勤恳的话，那么野牛给人的印象是强劲、凶猛。

牛的象形字，像牛角之形。

牛是人类驯养较早的家畜，它在人类文化中的地位，虽不如龙、虎那么显著，却也占有重要的一席之地。

在汉语词汇中，关于牛的也不少。

牛刀小试。比喻大才初次任职，就已经表现出才干。牛刀，为宰牛的刀；小试，初步显示一下身手。以屠牛喻显示才干，让人觉得有点不舒服。

牛鼎烹鸡。比喻大材小用。牛鼎，为盛牛的鼎。又是以煮牛喻才干！大概也是表现了古代人的生活吧。

牛骥同皂。不好的人与贤人同处。骥，为

九牛一毛

千里马；皂，为马槽。这里的"不好的人"，是与牛相联系的。大约因为马跑得快，马才被喻为贤人吧？有点不公平。

牛头不对马嘴，同"驴唇不对马嘴"，比喻所答非所问，或事物两下不相符合。

对牛弹琴。比喻对蠢人讲道理，白费口舌；也用来讥笑人说话不看对象。成语是约定俗成的，不再可能更改。但据说奶牛听了美妙的音乐，会使牛奶增产。如果是这样，"对牛弹琴"就不是白费"口舌"和不看对象了。

九牛一毛。从几条牛身上拔出一根毛来，比喻极其微小。此语与"多如牛毛"相应。泥牛入海。即泥塑的牛堕入海中，比喻一去不复返。也有作"泥猪入海"的。

汗牛充栋。形容藏书多。汗牛，即让牛出汗。用牛来运书，牛都要累出汗来；用屋来放书要放满整个屋子。汉牛与栋相并列，竟然用来形容藏书，较为奇妙。

庖丁解牛。喻技术熟练。此语源于《庄子》。

如牛负重。比喻负担特别重。造语编词的人终于发现了牛是如何为人类负重的了。

气冲牛斗。形容怒气很盛。此处的牛，为牵牛星；斗，为北斗星。牛斗，泛指天空。此语与"怒气冲天"相似。

有句有名的歇后语，叫做："牛鼻子装大葱——装（象）。"讽喻装模作样。牛够大的了，但要装象却不行，因为它没有象那样的鼻子。怎么办呢？只好在自己的鼻子上插一根大葱了。不过，牛自己是不会插大葱的，要插也得人去插。其实人在社会生活中有很多假面具。

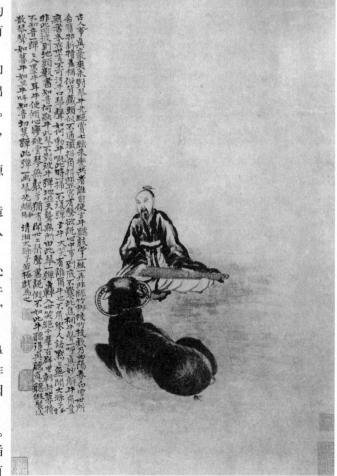

对牛弹琴图　清代　原济

关于牛的歇后语还很多，如：

牛角上抹油——又奸（尖）又滑。

牛踩黄泥路——越踩越糟糕。

牛皮灯笼——肚里明白。或：照里不照外。

黄牛的尾巴——两头摆。那是因为来了牛虻或者苍蝇。人两头摆，是为了个人利益。

牛的肚皮——草包。

骑着老牛追马——望尘莫及。

老牛吃青草——慢慢吞吞。

老牛钻狗洞——不顾大小。

水牛过河——露了头角。

水牛掉在井里——有劲儿没处使。

牛犊拉车——乱了套。

牛瘦骨不瘦——底子好。

老牛拉车——灾祸（载货）。

牛角尖敲锣——只想（响）一点儿。

牛蹄子——两半。

牛钻鼠洞——行不通。

隔山买牛——两头不见面。

小牛拉耕犁——不打不跑。

过了河的牛尾巴——拉也不回头。

除了歇后语，还有一些与牛有关的词

牛魔王　川剧脸谱

孙子牛变成老爷牛　七九年七月　华君武

汇。如：

吹牛。这是人们常用或挂在嘴边上的一个词语。吹牛，即"说大话"，但它的原意并非如此。在西北地区的黄河边上，人们用牛皮筏子来当船用，以渡激流。牛皮筏子是用牛皮缝制的，然后用嘴吹气，使它膨胀起来，成为充气筏子。这就叫"吹牛"，实际上就是"吹牛皮"，也有说"吹牛腿"的。不知何时、何因，"吹牛"成了"说大话"的替代语了，人们反倒把"吹牛"的本意忘了。世人好吹牛者，多为哗众取宠，信口雌黄，快乐快乐嘴，倒不见得有什么害人之心。所以，人们也将坐在一起聊闲天称为"吹牛"。有道是："吹牛不上税"，关起门来做皇帝。天南地北，海阔天空，云山雾罩，红口白牙，吹牛自有吹牛的乐趣。不过吹牛吹大发了，也不让人喜欢；如果得了"吹牛大王"的绰号，就不让人相信了。但"吹牛"毕竟与"撒谎"不同。

风马牛不相及。乍一看觉得很好理解风、马、牛，不属同类，放不到一块儿。后来才知道这是望文生义。原来这"风"，是雌雄畜牲相追逐的意思。此语为：由于马与牛不属同一种类，

地狱中的牛头马面　重庆大足石刻

所以他们在发情期不会追逐在一起。这里的"风"不是大自然之风，而是近乎于"风流"的风啊！

老黄牛。是个特殊的词语，多用来喻人，而不是指牛。那些在工作中勤勤恳恳、不计报酬、埋头苦干、任劳任怨的人，常常被称为"老黄牛"。由此，便产生一个"老黄牛精神"，即自我牺牲的精神。鲁迅先生有"俯首甘为孺子牛"之语，被许多人视为座右铭。

牛在人类文化世界中的形象，是一个特殊而又复杂的形象。在《西游记》中，铁扇公主的丈夫牛魔王，便是一头牛精。这牛魔王，牛首人身，力大无穷，连神通广大的孙悟空也难以将他制伏、擒住。后来佛祖差来峨眉山、须弥山、五台山、昆仑山的诸位金刚大神布下天罗地网，又有托塔李天王、哪吒三太子、巨灵神将等使其皈依佛祖。牛精在凡界，成为魔；皈依佛祖后，大约改成为神了吧？

可是阴曹地府的牛头属于鬼。牛头，为古代传说中阎罗王部下的两名鬼卒之一。据说"牛头"名叫阿傍，牛头人身，双脚为牛蹄。这"牛头"携同"马面"（马面人身），专门替阎罗王拘拿死者灵魂。不知人们为什么将温良、厚道的牛，安排到这个子虚乌有的冥冥世界为鬼卒。

不过民间还有美丽的牛郎、织女的故事。牛郎、织女，原是两颗星星的名字，遥挂天边。这一"郎"、一"女"，引动了人的想像，诗人便将两颗星宿拟人化，使其成为有情的一男一女。传说中，天河之东有织女，她是天帝的女儿，每天纺织不停。她纺织的不是布，而是天上的云朵。天帝见她十分辛苦，又十分孤单，便将她嫁给了天河之西的牛郎。织女成婚以后，便不再纺织，天上的云朵越来越少。为此，天帝非常恼火，就命令织女回到天河东岸，只让他们夫妻俩每年相会一次。

牛郎、织女的原型故事有了，人们并不满足。因为这故事还缺少生活气息。于是，一个情节较为复杂的故事产生了：

这牛郎，只是凡界的一个贫苦孤儿，以放牛为生，谁也不知道他姓什么叫什么，只管他叫牛郎。有一天，他在湖边上看见了好几个美丽非凡的女子；其中一个最年轻最美丽的走在最后面，名叫织女。这些女子是到湖边来洗浴的。这时候，与牛郎相依为命的老黄牛突然说起话来。它告诉牛郎，这些前来洗浴的女子都是天界的仙女，他只要拿到她们的衣服，她们便不能飞上天了。牛郎按照老牛的吩咐，藏起来最美丽的织女的衣服，织女便留在人间，成为牛郎的妻子。两个人在一起过着美好的生活，一个人放牛，一个人织布；后来，他们有了一儿一女。天帝得知织女私自下凡的事情以后，勃然大怒，便派遣天上的神将将织女捉回天庭。再说帮助牛郎娶织女为妻的老牛，见牛郎和织女过着美满的生活，很是高兴。可是有一天，牛郎发现老牛在悄悄落泪。在牛郎的追问下，老牛才说了实话。原来，它是天上的大力神，因触犯天规而受罚到凡界为牛。他说出了织女的秘密，使牛郎得以娶织女为妻，便会罪上加罪。死倒不要紧，但他不愿这对美满夫妻被拆散。老牛还告诉牛郎，它死了以后，一定要把它的肉挂在树上喂喜鹊；同时，将它的皮剥下来，做一双靴子，穿上这双靴子，就能腾云驾雾。说完，老牛叹了一口气，便死去了。牛郎和织女悲痛不止，然后牛郎按照老牛的吩咐，将牛肉喂了喜鹊，用牛皮做了靴子。天上一日，人间一年，天帝派遣的神将终于来了。风云突起，天雷轰鸣，不容分说，神将扯住织女就走。牛郎见了，慌忙穿起靴子，将一儿一女装进筐中，用扁担挑起来，追上天空。将要追上的时候，王母娘娘来了，她拔下头上的金簪，在牛郎和织女之间一划，一条大河便将牛郎拦住。这河，便是"银河"。从此以后，牛郎、织女隔河相望不能团聚。不过，他们毕竟是有儿女的，大概天帝因此开了恩，所以，每年七月初七，牛郎和织女得以在喜鹊搭的"鹊桥"上相会。

如今，"鹊桥"成了帮助男、女相识联姻媒介的代名词；牛郎、织女成了夫妇两人天各一方的形象语言。但是为牛郎、织女牵线的老牛，却被人遗忘了，这大概也体现了"老黄牛精神吧"。老黄牛任劳任怨，不求名、不争利，人们实在是不应把它忘记。

是不是受牛郎、织女故事的影响呢？后来，"二亩地、一头牛，老婆孩子热炕头"成为小农经济下田园之乐的典型描绘。

据说，每年七月初七，人间就很难看见喜鹊，因为他们赶赴银河，给牛郎、织女搭桥去了。这不，人们连喜鹊都没忘记；每到喜庆的日子，特别是男女新婚之时，许多人都要将喜鹊的剪纸贴在窗上。其实，牛郎织女情爱事，最应该纪念的是老黄牛……

"牛郎织女"的故事及"二亩地、一头牛，老婆孩子热炕头"，的确是中国古代社会男耕女织的生活图景；它反映了人们对安居乐业的"小康人家"的向往；它也表明了牛与农家密切关系。神话、传说，同样是人类现实生活的反映，同时也寄托了人们的期望和幻想。

不过牛的确有温顺的一面，也有凶猛的一面。也许是基于此吧；道家的师祖老子（太上老君）便以青牛为骑。历史上，人们也以牛为战。

战国时代，燕国进攻齐国，占领了许多城池，包围了即墨（今山东平度）。坚守即墨的齐国将领为田单。危急之中，田单派人向燕军假投降，从而麻痹了燕军。然而，田单派人收集了一千多头牛。他们在牛头上缚捆了尖刀，牛

牛郎织女　剪纸　陕西富县

尾上捆上涂了油脂的苇叶。夜间，田单令人点燃牛尾部的苇叶，驱牛直冲燕军大营。在冲阵牛群的后边，紧跟着五千名齐国名将。牛因身后起火，惊慌暴怒，一直向前冲去。结果燕军营垒大乱，五千奇兵趁机冲杀，大败燕军，不仅解除了即墨之围，而且乘势收复了许多失地。这就是有名的"火牛阵"。

牛，在人类的经济活动中起着重要的作用，它也对人类的军事、政治、文化发生影响。在我国如此，在外国也是如此。

在印度，牛被称为"神牛"（我国也有"神牛"、"金牛"之称）。屠宰牛，被印度教所禁止。据说在印度，到处可见行走的牛。在大城市中，闹市街头，牛在人群中穿行，司空见惯，为独特的印度风情之一。

世上还有一种"牛皮书"。它是爱尔兰文学中现存的最古老的手稿，因其原稿写在牛皮上而得名。据说，当年克朗麦克诺伊斯隐修道院的修士们从古老的手稿和口头传说中收集了一千一百余则故事，并利用源于8世纪和9世纪的真实资料和传说，编成这本"牛皮书"。书中穿插着宗教文章，并包括有史诗意味的《夺牛场征记》。但我想欧洲的"夺牛"，大概与我国的"逐鹿"有些类似。

当代人风行的衣服中，有一种叫做"牛仔服"、"牛仔裤"。牛仔，为美国西部牧牛骑手，为民间传说中的传奇式人物。1820年前后，美国的西迁移民在得克萨斯西班牙裔的牧童那里，学会了骑牧技艺。1865年，南北战争结束，美国北方城市中的牛肉市场日渐兴旺，得克萨斯的牧牛业开始得到迅猛的发展。在十年中，牧场从得克萨斯平原扩展到加拿大，并向西扩展到落基山山麓。牧场的牛群以每群2500头左右为最佳，由8至12名牛仔放牧。牛在秋冬之际圈养，春季里，牧主将其中肥壮的赶到靠近铁路的市镇上去销售。到1890年前，因农业的发展，大片牧区被改为农场；牧牛业渐渐被固定为在铁路附近围栏圈养的方式，使富有成效有传奇色彩的牛仔时代结束。但是，沉默寡言、自强不息和技艺超群的西部牛仔形象，却因小说、电影、电视的媒介而被无数人们所欣赏、传诵；昔日牛仔所穿的服装样式，也由此风行于世。

当然，更为引人注目的还属西班牙的斗牛和斗牛士。

斗牛场是露天的圆形建筑。前层较低，后层逐渐加高。在第一排观众前，有高栏挡住。高栏前后若干距离，还有一道木墙。牛追来时，人可以躲在木墙之后。

斗牛士的衣服，绣花描金（为紧身衣、裤）；斗牛士头戴三角帽，足登便靴。

斗牛被放出来以后，先由几位手执红披风、身着古装衣服的人来逗它。这些人中，有一个是斗牛士，其余为他的助手。助手引逗，斗牛士来观察牛的冲劲和特点，然后由两名手执长枪的骑士出场。骑士的双腿包裹着皮、布防护，马的股部也有防护，而马的双目是被蒙住的。骑士要对准冲撞而来的牛的肩头刺二次，再由手执短剑的"执剑人"登场。执剑人一身古装，双手持剑。剑上扎着红绿纸条，剑头带钩子；剑刺入牛体后，便可钩住。执剑人向牛迎去，把三批短剑（共六把）插在牛背上，之后斗牛士的助手们再次登场，又以红披风逗牛。最后伴随着号角声，斗牛士才正式出场。斗牛士不用披风，而是在剑上覆着一条红巾。他并着双足，扭动腰肢，并挥动红巾。此时此刻，身受枪刺和剑伤的斗牛已经暴怒，变得异常凶猛。见斗牛士挥动红巾，它会凶狠地冲撞过来，与之以性命相拼。经过几冲几躲的回合以后，斗牛士将红巾褪去，亮出宝剑，然后瞄准牛头，将剑刺入牛后颈上的只有铜钱大小的一块没有骨头的部位。牛倒地以后，评判员依据斗牛士的动作姿态及刺牛的准确情况，判给斗牛士一只牛耳朵或两只牛耳朵。

斗牛，充满了惊险，也刺激观众的情绪。不过，它毕竟是很残酷。但它给西班牙的旅游业带来了巨额的收入。

斗牛是西班牙的特色。人们提到西班牙，便一定会想到斗牛和斗牛士。法国大作家梅里美的著名小说《卡尔曼》，便绘声绘色地描摹了斗牛士的风采。比才创作的《卡门》歌剧中的《斗牛士之歌》，为风靡世界的名曲之一。

西班牙斗牛

斗牛

中国人对牛持有友好态度，这大概是全世界所有农耕民族的态度。

基于人们对牛的印象和理解，人们认为：属牛的人基本上是内向型的人，外表朴素、整洁、倔强、寡言，内里聪明、灵巧、热情。属牛的人大多很讲信用，且比较天真，但他不关心理解他人的情感。大多数属牛的人做事稳重，有条理，靠得住；他们对待工作往往是很认真的，很少马虎和半途而废。属牛的人一般都有耐心，但一旦发起脾气，也很吓人。

据有关资料及学者研究表明，牛曾为社会的图腾崇拜动物之一；但是人以牛为姓氏，却不是图腾的遗迹。

据说，西周的宋微子之后曾任司寇的牛文，牛文之后以其名中的字"牛"为姓氏。牛姓的历史名人有宋代的抗金名将牛皋及明末李自成军中谋士牛金星。此外，明初著名画家王冕有号为"放牛翁"。他小时曾为人牧牛，并于牧牛中写字、学画，后成通儒。据说王冕的《牧牛图》独具特色极为令人喜欢。这大概与放过牛，深懂牛的习性、特点有关。爱牛、懂牛的人，才会画牛而传其神。

牛入画，令人悠然联想到田家乐，耳畔仿佛传来《小放牛》的曲调。这时候，心里便会异常平和、宁静。

王冕是以放牛郎而成为大画家的。我国历史上，还有一位人物以"牛角书生"闻名。隋末唐初的李密，自小好读书。他少年时外出，便将一卷《汉书》挂在牛角上，一手持鞭，一手翻阅书籍。当时的尚书令杨素见到此况，赞叹说："何处书生，这样好读书！"后来"牛角书生"便用来比喻勤奋好学的少年。

在我国的布依、仡佬、土家、苗等民族中，有慰劳耕牛的传统节日，称为"献牛王"。贵州布依族献牛王的时间为农历四月初八。这一天，人们要让牛休息，并专门做黑米饭或糯米饭敬献"牛王"。仡佬族的"牛王节"则在农历十月一日，逢到此日，停止役使耕牛；人们以上好糯米做两个糍粑，分挂在牛角上，然后将牛牵扯到水边照看影子。这是让牛高兴并称之为"替牛王祝寿"。

旧时，在汉族、满族、蒙古族中流行"鞭春牛"。鞭春牛也叫"鞭春""鞭牛""鞭土牛"，为立春前的祈农之俗。元、明、清三代，都是在立春的早晨举行"鞭春牛"活动。清代，在立春的前一天，顺天府的府尹便穿着朝服率领僚属们，在东直门迎春，将芒神、土牛放进彩棚中。立春这一天，大兴、宛平县的县令在皇宫的午门外正中设案，恭候皇帝、皇太后、皇后；然后，芒神、土牛配着春山缓缓由午门进入皇城，顺天府尹则环绕土牛而走，边走边鞭打土牛……

此外，在我国北方地区，在春节期间还流行贴木版画《春牛图》。春牛图，也称"春牛画"或"春贴子"，源于立春时的鞭春牛，系一种祈春活动的艺术表现。春牛图一般绘画一牛、二芒童。芒童头有双髻，短衣短裤，手执柳条为鞭，或立牛侧，或追牛后，也有骑在牛背上的。

献牛王、鞭春牛、春牛图，都与耕牛有关，都寄托着人们对牛的几分敬意，并祈望来年风调雨顺，五谷丰登。在一个农业国里，以粮为本；而粮食的丰收，有牛的一份功劳。所以，对于祈农的"鞭春牛"活动连封建帝王都不敢怠慢。对牛的恭敬，我国如此，外国也不例外，特别是农业国家和游牧民族。例如尼泊尔便有一个节日被称为"牛节"。这是尼泊尔、印度信徒敬奉神牛（黄牛）而举行的民众活动，其主要内容为"神牛"（由人扮演）游行。据印度教红曲记载，牛的两角为两座圣山；印度教的三大神——湿婆、毗湿婆和大梵天，分别住在牛脸、牛颈和牛背上。又认为：牛的眼睛是日月神，牛奶是圣海，牛尿是圣河，牛屎是吉祥之物。

在当今的电子时代，"两亩地、一头牛，老婆孩子热炕头"已不是大多数人所渴求的理想生活。但是，人们依旧喜欢小桥流水、牛叫马欢、鸡鸣狗吠的田园景象。愿华夏子孙安居乐业，不"顶牛"，也不"吹牛"，像黄牛那样兢兢业业、携手并肩地去创造我们美好的未来。

丑年话牛

福

收获 剪纸 夏风作

说文解牛

日 高

一、是全牛还是牛头

《说文解字》："牛，大牲也。牛，件也。件，事理也。象角头三；封，尾之形。"他所依据的大概是小篆。"牛"字小篆写作半。许慎认为，"牛"字的上部分的三叉左右像牛角，中间一叉像牛头，所以他说"角头三"；中间部分一横为"封"，即牛的肩胛骨；下部分一坚像牛尾。许慎对"牛"字字形的分析是有问题的。甲骨文"牛"字写做半或半，像从正面看牛头的形状。上部分像牛角，中间部分两点或一横像牛的眼睛，当中一坚像牛的额骨及鼻骨。甲古文中还有一种比较特殊的牛的写法半。

二、甲骨文中的牛

从甲骨文资料中，反映出了商人对牛的分类状况。甲骨文中有写做这样的字半，半，半，半，有人认为分别指一岁、二岁、三岁和四岁的牛。还有一个写做半，为三岁的公牛。还有一些人认为这几个字不是表达牛的年龄，而是表达牛的数量，分别为一头牛，两头牛，三头牛，四头牛和三头公牛。这两种说法虽然不同，但考虑问题的出发点是相同的，就是认为牛角上的记号表示数量。的确，甲骨文中一，二，三，四写作 一，二，三，亖。然而，甲骨文又有一个这样的半。这样一来，问题就出现了。牛角上有五划，这个字表示五头公牛吗？这就难说了，因为甲骨文的五字写做乂或𠄡，不写作五"横"。有一种折中的说法，认为这个字是"合文"，即把两个字合成一个字，分别表示二岁和三岁的公牛，或两头和三头公牛。根据目前掌握的材料，这还是一个"悬案"。

黑旮牛

《尔雅音图》中牛的形象

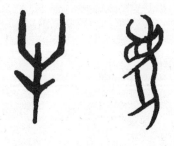

甲古文中"牛"字的两种写法

甲骨文中还有一个字写作 ，像牛在水中，可隶作汻。在商人心目中这是一种什么牛，还不太好说；有一种解释，认为是水牛。

三、与牛有关的字

1.公牛、母牛与牢

甲骨文比较清楚地反映出两种情况：一是牛的性别，二是牛的饲养状况。先说牛的性别。甲骨文中公牛写作 。商人用 ⊥ 表示雄性家畜或兽类。如公羊写作 ，公猪写作 ，公狗写作 。甲骨文中母牛写作 。甲骨文用 （匕）表示雌性家畜或兽类。如母羊写作 ，母虎写作 。这些字中都有一个"匕"字。

再说牛的饲养状况。甲骨文有一个写作这样的字 ，这个字就是"牢"；这个字内部是"牛"字。外部的 是什么意思呢？上半部分是关牛的圈，下半部分为牛进出的门及通道。古代放牧牛马羊群于山野之中，平时并不驱赶回家，

《尔雅音图》中牛的形象

甲古文中公牛的标志　　甲古文中的公牛

甲古文中母牛的标志　　甲古文中的母牛

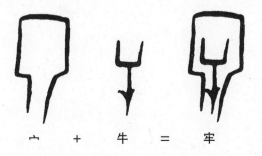

宀　＋　牛　＝　牢

仅在需用时在驻地旁树立木桩，把牛，马，羊赶进绳栏内收养。几十年前，在四川阿霸地区大金县一带，人们豢养牛，羊，仍以树立木桩绕绳索作 形为牢，与甲骨文字形完全相同。

2.犁与物

"犁"字和"物"字有着密切的联系。是什么把这两个字联起来的呢？仅仅因为它们当中都有一个"牛"字偏旁吗？事实不是这么简单。把这两个字联系起来的因素非常微妙地隐藏在这两个字中。在这两个字中，包含着一件家具，是它把这两个字联系起来的；也就是"犁"字中的"刂"和"物"字中的"勿"，是同一种农具。是什么农具呢？在甲骨文中有一个写作 的字，其中 像耒形， 像耒端刺田起土，这个字就是"犁"的本字；而"犁"是后起的形声字。"犁"字小篆写作 ，其中 还在一定程度上保留着甲骨文 字的刍形。所以，隐藏在"犁"字中的这个农具就是"耒"。

"物"字也与"耒"字有关。甲骨文中的"物"字写作 ，有时直接写作 ，与"犁"字写法

说文解牛

己丑贺岁

十二生肖艺术丛书·丑牛

福

《尔雅音图》中牛的形象

《尔雅音图》中牛的形象

《尔雅音图》中牛的形象

《尔雅音图》中牛的形象

相同。因为耒刺田起土，所以"物"的最初的含义为"土色"，"色"，"形色"。甲骨文中"物"的含义应是杂色牛。彡（犁或物）与彡（勿）形近，故彡字后世也隶定为"勿"。

可见，隐藏在"犁"，"物"中的农具"耒"把这两个表面看起来关系不大的字联系起来。

四、牛的典故

1.牛衣对泣

《汉书·王章传》记载：王章在做官之前，甚至没有被子盖。一次王章生了一场大病，只得卧在"牛衣"中（"牛衣"是给牛御寒用的披盖物。颜师古注："牛衣，编乱麻为之，即今俗呼为'龙具'者。"）。他认为自己快要死了，就哭着和妻子决别。妻子非常生气，把他教训了一顿："你现在得了病，不振作发奋，反而哭哭涕涕，哪像丈夫所为！"后来用"牛衣对泣"、"牛衣夜哭"、"牛衣病卧"来形容贫病交加，用"牛衣客"指贫寒之士。

2.牛蹄中鱼

汉代刘向《说苑·善说》记载：庄子贫寒，去向魏文侯借米。魏文侯唐塞说："等到我城里的米收上来之后，立即奉上。"庄子说："在我来拜见大王的路上，看见一个牛蹄踩出的坑中有一条鱼。那鱼对我叹息道：'我本来还可以活下去。'我对鱼说：'等我到汝南拜见楚王，让他决开江、淮之水来救你。'鱼说：'本来一盆水、一罐水就足以救我的性命；而您却大动干戈，非要决开江、淮之水来救我不可，等到那时，我早就成鱼干了。'"后来人们用"牛蹄中鱼"来比喻身陷绝境。

3.牛角之歌

《吕氏春秋·举难》和《晏子春秋·问下二》记载：春秋时期有一个叫宁戚的人，他非常穷，想在齐桓公手下做官，为他效力。一天，齐桓公出城迎接宾客，宁戚就下车下喂牛，手抓着牛角高歌。齐桓公留心听了歌，认为歌者非等闲之辈，就用车把宁戚载入京城，拜为上卿。后来人们用"牛角之歌"、"牛下歌"用作穷士求得重用的典故。

《尔雅音图》中牛的形象

《尔雅音图》中牛的形象

说文解牛

织女

史记四星在危南。乾亨危南星在牵牛为织女，横于其北织女。织女天女孙也。天宫星占曰抱牵牛一名天鸡在河鼓东。一名牵牛一名天鼓。不共织女值牵牛。阳不和曹植九咏注牵牛为夫织女为妇织女牵牛二星各处河鼓之旁七月七日乃得一会。

友如

吴友如版画中的"牛郎织女"

4.牛郎织女

指牵牛星（俗称牛郎星）和织女星。两星隔银河相对。《月令广义·七月令》引南朝梁殷芸《小说》，南朝梁宗懔《荆楚岁时记》引汉应劭《风俗通》所录神话传说：织女是天帝孙女，长年织造云锦。自从嫁给河西牛郎后就不再织了。天帝责令两人分离，只准每年七月初七在天河之上相会一次。这一天俗称"七夕"。这一天，喜鹊为两人搭桥，叫做"鹊桥"。古代风俗，在这天晚上，妇女们要穿针乞巧。

5.牛心炙

南朝刘义庆《世说新语·汰侈》记载：晋代王恺有一头善跑的快牛，被人誉为"八百里驳"。一天，王恺和王济比赛射箭，王济赢得了这头牛。王济吩咐属下，立即把牛心烹熟。片刻熟牛心被献上，王济尝了一口就让人撤下。后人用此作为豪奢的典故。

《尔雅音图》中牛的形象

牛字的不同写法

中国

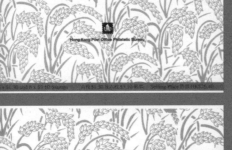

Year of the Ox Stamp Booklet 牛年邮票小册

The Year of the Ox

靳埭强設計 Designed by Kan Tai-keung

不丹

非洲尼日尔

日本

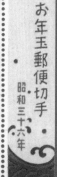

연 하 우 표

POSTAGE STAMP FOR NEW YEAR GREETING

연 하 우 표

POSTAGE STAMPS FOR NEW YEAR'S GREETINGS

韩
国

朝
鲜

조선민주주의인민공화국　Democratic People's Republic of Korea

조선민주주의인민공화국　Democratic People's Republic of Korea

老挝

蒙古

加拿大

多哥

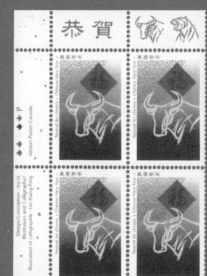

柬埔寨（上）　菲律宾　澳大利亚（右）

喀里多尼亚（左下）　　　　古　巴

500 F.C.F.A.

Franz

SCHUBERT

1797-1828

REPÚBLICA DE
GUINEA ECUATORIAL

500 F.C.F.A.

Año del
BUEY

CALENDARIO LUNAR CHINO

REPÚBLICA DE
GUINEA ECUATORIAL

500 F.C.F.A.

Johannes

BRAHMS

1833-1897

REPÚBLICA DE
GUINEA ECUATORIAL

爱尔兰

印尼

马绍尔　　马里（右二）

几内亚

澳门

牛郎织女

李露露

陕北布堆画《牛郎织女》

牛郎织女的传说，来源于很古老的神话故事，也来源于两个星辰。牛郎星是属天鹰星座，织女星是属天琴星座，牛郎有三个：河鼓一、河鼓二、河鼓三，通常说的牛郎星即河鼓二，而把河鼓一、河鼓三视为牛郎星的两个孩子。织女星也有三个，织女一、织女二、织女三。在河南南阳出土一块汉代画像石中心为白虎，白虎前刻出织女星座，白虎后为牵牛星座，其中的牵牛图像是一位农夫牵着一头牛，牛体上方呈横直线的三颗星，正是河鼓星座。织女图像，高髻坐姿，周围有四颗星星。《诗·大东》："维天有汉，监亦有光。跂彼织女，终日七襄。虽则七襄，不成报章。晚彼牵牛，不可以服箱。"其中虽有比喻，但缺乏故事。《古诗十九首·迢迢牵牛星》记载略详："迢迢牵牛星，皎皎河汉女，纤纤擢素手，札札弄机杼，终日不成章，涕泣零如雨。河汉清且浅，相去复几许，盈盈一水间，脉脉不得雨。"这段里已具有牛郎织女故事的基本轮廓。后来在吴均《续齐谐记》《荆楚岁时记》《风俗记》《博物志》等书中都有记载。在《全唐诗》卷八八七中卢仝有一首《月蚀诗》，就生动描述了

牛郎织女的故事：

人间一叶梧桐飘，蓐收行秋回斗杓。
神宫召集役灵鹊，直渡银河云作桥。
河东美人天帝子，机杼年年劳玉指。
织成云雾紫绡衣，辛苦无欢容不理。
帝怜独居无以娱，河西嫁与牵牛夫。
自从嫁后废织纴，绿鬓云环朝暮梳。
贪欢不归天帝怒，谪归却踏来时路。
但令一岁一相见，七月七日桥边渡。
别多会少知奈何，却忆从前思爱多。
匆匆万事说不尽，烛龙已驾随羲和。
桥边灵官晓催发，令严不管轻离别。
空将雨泪作滂沱，泪痕有尽愁无歇。
我言织女君休叹，天地无穷会相见。

在民间文学中，保留的牛郎织女资料更多，而且一代代相传，一代代添加，最后形成极为流行的民间故事，使牛郎织女传说成为我国四大民间故事之一，大体内容如下：

相传织女是天帝的孙女，或说是王母娘娘的外孙女，她有六个姊妹，共为七姐妹，天上有一组七星，就是七姊妹的象征。七姐妹住在银河东岸，她们以一种特殊的丝线，织成美妙的云彩，随着时间、季节的变化，这些云彩也改变颜色，号称"天衣"，也就是给天穿的彩衣。

银河比较浅，清澈见底。在河西岸就是人间了，那里住着一个牛郎，他的双亲早亡，哥嫂对他不好，让牛郎分家另过，只给他一头老牛。但是牛郎依靠自己的力量，老牛的帮助，披荆斩棘，耕田种地，很快建立了自己的家园，不过一个人过日子十分寂寞。有一天老牛突然开口说话了，说七姐妹要下银河温水泉洗澡，牛郎可趁机把织

女的衣服藏起来，让她答应当牛郎的妻子。牛郎按老牛的说法，藏起织女的衣服。当六个姐妹着衣归去之后，织女却回不了天上，急得没有办法的时候，这时牛郎说话了，他说我可以把衣服还给你，但要求你做我的妻子，织女一是无可奈何，二是也想尝试一下过人间生活的感受，于是答应与牛郎结婚，从此二人成了真正的夫妻。

婚后，二人男耕女织，相亲相爱，生活十分美满，还生一儿一女，但是他们的婚事为天帝和王母娘娘知道了，并派天神把织女捉回天庭问罪，牛郎带着儿女追赶，到了银河才发现，这条河已被搬到天山，天帝分界，仙凡异路，从此牛郎与织女被银河隔开了。牛郎只好带着孩子们在人间生活了。

有一天，老牛又说话了，出了一个好主意。老牛说："我快死了，死后把我的皮剥下来，你穿在身上，能够上天，与织女相见。"说毕，老牛死了，牛郎就按老牛的办法做了，披着牛皮，挑着孩子，上了天界寻妻。正当牛郎与织女要相见时，被王母娘娘发现了，她拔下头上的金簪，沿着银河一划，清澈的银河一下子变成了波涛翻滚的天河，从而又使牛郎与织女隔河相望。

牛郎并没有灰心，为了坚贞的爱情，为了孩子寻找母爱，牛郎以木瓢舀天河之水，牛郎舀累了，由子女舀，子女舀累了，再由牛郎舀，就这样一日复一日，一年复一年，一直在舀天河的水，他们的行动，感动了天帝和王母娘娘，允许他们每年七月七日晚上相会。《月令广义·月令》引《小说》："天河之东有织女，天帝之子也。年年机杼劳役，织成云锦天衣，帝怜其独处，许嫁河西牵牛郎，嫁后遂废织。天帝怒，责令归河东，但使一年一度相会。"为了相会，由鹊雀搭桥，二人在鹊桥上相见。《风俗记》："七夕织女当渡河，使鹊为桥，相传七夕鹊首无故皆髡，因为梁以渡织女故也。"《西京杂记》："织女渡河，使鹊为桥，故是日人间无鹊。至八日，则鹊尾皆秃。"织女在鹊桥上看见牛郎时，免不了倾吐衷情，甚至流泪，传说七夕节下的细雨，就是织女的眼泪，民间一看见下雨就说："织女姐姐又哭了。"道光《綦江县志·岁时》："七月七日，俗称牛女相会，如女式陈瓜果乞巧。遇雨，谓之'洒泪雨'。"

从此，牛郎也住在了天上，但是与织女不能相聚，因为天河相隔。秋天夜空明朗，在银河两边有两颗大星，就是牛郎星和织女星，与牛郎星成直线的两颗小星，就是牛郎的儿女。稍远的地方有四颗小星，是织女投给牛郎的四个梭子。在织女星附近有三颗小星，呈等腰三角形，是牛郎投给织女的牛拐子。据说牛郎把情书拴在牛拐子上，织女把情书拴在梭子上，互相传递信息，沟通爱情。

在这里，人们把牛郎、织女的故事与天上星座联系起来。《太平御览》卷六引《大象列星图》："河鼓三星在牵牛北，主军鼓，盖天子三将军也。中央大将军也；所以备关梁而拒难也。昔传牵牛织女七月七日相见者，则此是也。故，《尔雅》云'河鼓谓之牵牛'。又古歌曰：'东飞伯劳西飞燕，黄姑织女时相见'！其黄姑者，即河鼓也，为吴音讹而然。今之言者谓是列舍牵牛而会织女，故为此分析，令知断其疑也！"

汉画像石牛郎织女星宿

天河配 木版年画 民国 天津杨柳青

　　《天河配》即牛郎织女的故事。传说牛郎、织女为天上的两颗星座，因思念人间生活乐趣，被天帝得知，遣下凡尘，男耕田，女织布，以劳其心。限期满后，召织女回天宫。牛郎得耕牛之助，知道此事，肩挑子女追上天去。将到"南天门"时，王母为阻止牛郎追赶，以金簪划天河一道，牛郎和织女被滚滚河水分隔于两岸。后王母开恩，允于每年七月七日由喜鹊搭桥，二人相会于桥上。图写王母划河于南天门外。

天河配 年画 天津杨柳青

天河有個溫水泉
織女沐浴在裡邊
牛郎抱衣成姻配
每逢七夕方團圓
小青題

牛郎盗衣　年画　清末　天津杨柳青

七夕相会　木版年画　民国　天津

　　牛郎织女的故事，相传已有千年之久，最早传说织女为天帝的孙女，故又名"天孙"。织女长年在天上织云锦，自嫁给河西的牛郎后，织乃中断。天帝大怒，责令织女与牛郎分离，只准许每年七月七日晚上相会一次。图中是以民间传说，画金牛星与南天门神将分立空中，牛郎织女隔河相对，中有王母划天河一道，只准每年七月七日，喜鹊搭桥，欲渡二人相会于桥上。

牛郎织女

根据民间传说故事改编

墨浪 绘

一 传说织女星与牵牛星相爱，却遭到顽固的王母坚决反对。

二 王母百般阻挠无效，遂将牵牛驱逐出天界，使二人天各一方。

三 牵牛下凡做了牛郎。他的嫂子将他赶出门，只给了他一头老牛。

四 牛郎能耕善牧，衣食富裕，日夜思念织女。老牛劝他赴瑶池见织女。

五 织女自从与牵牛分别后，万分悲痛。这日，与众仙女相邀一起洗澡。

六 牛郎趁机将织女的衣裳藏起，织女怒斥牛郎。

七 织女知道牛郎就是牵牛后，百感交集，与牛郎一起下凡，组成家庭。

八 夫妻恩爱，男耕女织，牛郎与织女过着幸福美满的生活。

墨浪（1910—1963），原名王肃达，号赞虞，笔名墨浪。1910年6月16日生于北京，毕业于北京辅仁大学美术系，曾担任该校教员。解放后调入人民美术出版社创作室任创作员。为中国美术家协会会员，中国书法家协会会员。多次参加过全国美术作品展览，创作的四条屏中国画《三国演义》《牛郎织女》颇受读者喜爱，创作的连环画《石碣村》《青陵台》《三败高俅》《满江红》等作品脍炙人口。《石碣村》曾在1963年全国第一届连环画评奖中获奖。

九　不久，牛郎与织女生下一对儿女，一家人的生活更是充满甜蜜。

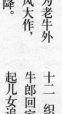

十一　一日，牛郎为老牛外出求医，忽然狂风大作，金甲二神从天而降。

十一　金甲二神奉王母之命，前来将织女强行带回天庭。

十二　织女不敌金甲二神。牛郎回家后，见状急忙担起儿女追到天上。

十三　眼看就要追上，王母突然出现，用金簪划出一道天河。

十四　天河阻断了这对恩爱夫妻，咫尺天涯却不能相聚。

十五　牛郎与织女的恩爱感动了百鸟，喜鹊搭桥让二人团圆。

十六　王母见众怒难犯，只得允许他们每年七月七日相见一次。

十二生肖艺术丛书·丑牛

紫气东来

晓梧

乾隆题"紫气东来"匾额

顾名思义，"紫气东来"就是紫气自东而来。比喻祥瑞降临。正是由于它的美好含义，所以在中国民间每当新一年的春节来临之际，家家户户都喜欢把它作为春联的横批，贴在门框上。

"紫气东来"这句成语典故出自汉朝人刘向的《列仙传》："老子西游，关令尹喜望见有紫气浮关，而老子果乘青牛而过也。"

老子乘青牛出关

老子（传说公元前600年左右—前470年左右），春秋时期思想家。姓李名耳，字伯阳，《史记》载为楚国苦县今河南鹿邑太清人，也有史料记载，老子为今安徽涡阳人，汉族，与孔子同时期而年稍长于孔子。有人说又称老聃。在传说中，老子一生下来时，就具有白色的眉毛及胡子，所以被后来称为老子。相传生

活在春秋时期。老子著有《道德经》，是道家学派的始祖，他的学说后被庄周发展。道家后人将老子视为宗师，与儒家的孔子相比拟，史载孔子曾学于老子。在道教中，老子是一个很主要的神仙，被称为太上老君，尊为道祖。从《列仙传》开始，把老子列为神仙，还说老子重视房中术。东汉时期，成都人王阜撰《老子圣母碑》，把老子和道合而为一，视老子为化生天地的神灵。成为了道教创世说的雏形。而在汉桓帝时，汉桓帝更是亲自祭祀老子，把老子作为仙道之祖。

在后人心目中，老子是一位大耳下垂、须发皆白，但精神爽朗，神态安详，乘青牛而隐逸的老者。画师所画"老子出关图"，大多为老成持重、飘逸达观的得道老者形象。

老子乘青牛出关说的影响很大。

刘向《列仙传》记老子出关："后周德衰，乃乘青牛车去。入大秦，过西关。关令尹喜待而迎之，知真人也。乃强使著书，作《道德经》上下二卷。"

传说老子在七十多岁的时候，天下大乱，诸侯之间争夺地盘和权位的战争经常发生，老

子预料到，将来会发生更大的战乱，所以就辞官不做，骑着一头青牛，离开了洛阳向西走去，平平安安地度过晚年。一个清晨，函谷关善观天象的关令尹喜突然看到东方紫气氤氲，便出关相迎，果然见一长须如雪，道骨仙风的老者，骑着青牛悠悠而来，这就是老子。尹喜把老子留下来，请他做篇文章再走，老子就写了一篇专门讲"道"和"德"的文章，约五千字左右，后来人们把这篇文章印成书，书名就叫《老子》，又叫《道德经》。老子写完文章后，骑着青牛继续向西走，后来就不知道到哪里去了。

从此，在道教的众多神仙中，老子成了至高无上的天神，叫"太清道德天尊"，在民间都尊他为"太上老君"。

老子何以乘青牛

老子乘青牛出关的故事虽广为流传，却不见于《史记》。乘青牛之说，显然是秦汉神仙家的附会。神仙家的附会，自有神仙家附会的道理。

在《中华文化论坛》中有学者考证老子乘青牛一说：

牛、马都是当时用于牵车的牲畜，神仙家为什么要说老子乘牛车而不是乘马车出关呢？其中不无寓意。牛是一种性情温和、柔顺服从的动物，且有忍辱负重、坚韧不拔的特点。《易传》曰："天行健，君子以自强不息"，"地势坤，君子以厚德载物。"这是乾、坤两卦所体现的精神，也是我们中华民族的精神。汉代人以马来比喻乾卦，以牛来比喻坤卦，他们以马和牛的品格来表达乾健、坤顺的特点。马所代表的乾卦所生发的"天行健，君子以自强不息"的精神，合乎孜孜不倦地入世进取的儒家的特点。牛所代表的坤卦所生发的"地势坤，君子以厚德载物"的精神，则合乎道家创始人老子的思想主旨。所以后世附会者编造老子乘牛的神话，应该说是"用心良苦"，有其深意的。

但是，老子为何乘青牛，而不乘黄牛、黑牛、白牛或其它什么颜色的牛？这或许是古代

紫气东来 清代 任伯年

神仙家或占星家的五星占有关。

在太阳系中，绕日公转的较大的行星，除地球外，尚有水星、金星、火星、木星、土星。古人将五星分别看作是五行的精灵或五帝之子。五帝即青帝、白帝、赤帝、黑帝、黄帝。"天有五帝，五星为之使。"（《唐开元占经》卷十八引《春秋纬》）"五星者，天之五佐。"（《史记·天官书》）"五星者，五行之精也，五帝之子，天之使者，行于列舍，以司无道之国。"（《唐开元占经》卷十八引《荆州占》）"列舍"指二十八星宿。五星还被用来分别象征五方、五帝、五事等神灵和事物。其中，木星（亦称岁星）是东方青帝的使

老子出关　现代　范曾作

者。"青"，主春，木德，代表了东方。老子自周入秦，向西而行，来自东方，后世人称"东方圣人"，用青色正可取其象征东方之意。

这样一来，"青牛"象征着一位来自东方文明地区的文化使者，带着他的崇尚阴柔之德的智慧，随着老子西出函谷关，隐向尚未开化的西方。

紫气东来出函谷

而今，一进入函谷关风景点，就能感受到"紫气东来"的文化气息，老子骑着青牛飘然而

至的石头塑像、老子撰写《道德经》的书案"灵石"和"自知之明"等名句的石刻……都跃然眼前。由于函谷关散发出来的"紫气东来"的浓厚的历史文化气息，吸引着海外众多的游客慕名而来，领略这千古雄关的美丽风采。

函谷关，在河南省最西部的灵宝市北边，是中国最早的雄关要塞之一，与山海关、武胜关等齐名，并称为中国八大雄关。关隘，自春秋时期开始建立，三千多年来，一直都是东去洛阳、西达长安的咽喉要道，成为历代兵家必争之地。

河南灵宝函谷关

中国历史上著名关隘据不完全统计有113处（实际远远不止），其中最著名的要算函谷关。史记中凡写到关隘之处前面必要冠以关名，如："玉门"关、"嘉峪"关等，唯一不必冠名的就是函谷关，因此，多以一个关字代表。也就是说，古书中只要在描述地理位置时出现"关"字，如"秦时明月汉时关"所说之"关"，就是函谷关。

历史上函谷关有新旧两关，旧关在河南灵宝县境内。新关在新安县城东里许，为汉武帝元鼎三年（公元前114）所建。

据史记载：战国时代，秦国为了防备东方诸国西进，在豫西"淆函孔道"的西端，据险

设关，名"函谷关"。汉武帝时，有位楼船将军叫杨仆，为新安县铁门镇南湾人，因"屡有大功，耻为关外民，上书乞徙东关"，而"武帝意亦好广阔"，于是便由杨仆主持，把函谷关迁建到新安，史称"汉函谷关"（简称"汉关"）。是关南靠青龙山，北托邙山，座西向东，前临涧水，距今洛阳市20公里，据历史记载，原汉关的建筑非常壮观：北抵黄河，南横洛水，直抵宜阳散关。关塞相连，有似长城。关前更仿秦关布居，筑有"鸡鸣"、"望气"二台，以壮其势。由此可见，函谷关的东迁，实有其重要的军事目的。

河南灵宝函谷关老子塑像

康有为书"汉函谷关"

新安"汉函谷关"遗址

东汉末年，京师洛阳设八关都尉官，汉关居首。以后历朝帝王常登临此关，文人墨客亦多有题咏。

2000余年来，汉关历尽风云战乱，屡遭破坏，多次重修，最后一次是在1923年。此次重修的规模据载为：关高25丈，南北长10丈，东西宽6丈。关额"汉函谷关"为康有为手笔；东门对联："功始将梁今附骥，我为尹喜谁骑牛"；西门对联："胜迹漫询周柱史，雄关重睹汉楼船"。关上四周有护关寨墙，中间是两层关楼，飞檐画栋，气势磅礴。关楼四门均有对联，东门为："四面青山三面水，一层紫气万层烟"；西门为："佑彼周室，宏我汉京"；南门为："紫气犹

存贤令尹，青牛重度古函关"；北门为："巍乎直同百二险，焕然重筑一丸泥"。重修汉关虽未必能与古关原貌相比，但两山夹峙，孔道中通，雄关横卧，城楼高耸，东面辽阔天空，西衬新安古城，其气势亦颇为壮观。

实际上，历史上的函谷关还有一处，称魏关。

魏关，位于灵宝市东北20公里，距秦关约5公里。相传三国时候，曹操西讨张鲁、马超，为了迅速转运兵马粮草，命许褚在那里开凿隧道，筑起关楼，距秦关不远，故称新关。这处后来成为东达洛阳，西接长安的重要交通干线。抗日战争时城楼毁于兵火，遗址为三门峡水库淹没，现仅留古道和烽火台遗址。

老子故里的传说

"老子出关"的故事，一直被人们津津乐道地传说着，演绎着。鲁迅先生也对此发生过兴趣，还专门创作了故事新编《老子出关》，还与别人打了一点笔墨仗。另外，老子出关中的"紫气东来"也成了中国文化中的一个基因，帝王之家将"紫气"当作吉祥、祥瑞，生孩子时如果紫气满室，古人认为这孩子必定大有出息。老百姓之家也把"紫气"当作吉祥的象征，于是把"紫气东来"这些字写在大门上等等。先民还认为，哪个地方有宝物，哪个地方就会在上空出现紫气。

河南鹿邑老子故里

花钱"紫气东来"

为"太上老君",又把这个台称为"老君台",还修了庙,进行祭祀。

这样有血有肉的传说故事很多,不仅成为老子文化的一个重要组成部分,也深刻地影响着中国几千年的民俗历史文化。

陶瓷"老子出关"

有趣的是老子骑坐的"青牛"也成了道教文化中的一个著名的意象,青牛后来成了神仙道士的坐骑。再往后,"青牛"也成了老子的代名词了,老子又被称为"青牛师"、"青牛翁"等。这青牛还被老子家乡的百姓看作是神牛,说老子当初出关是乘这青牛飞过去的,并且又有一段美妙的传说。

今天在老子的家乡河南省鹿邑县城内的东北角上还有一处高约13米的高台,叫"老君台",又叫"升仙台",台上有座老子庙。庙前埋有一根碗口粗的铁柱子,称为"赶山鞭"。相传老子50多岁时曾在这里讲学,此地离自己家有好多路,来来往往都要经过一座山叫"隐阳山"。这座山很高,遮天蔽日,山北见不到太阳,冰天雪地,寸草不生。山南又烈日当空,庄稼枯死,老百姓受尽了苦难。老子成仙后便与青牛一起飞回家乡去治理那座山。到了家乡,老子挥鞭打山,山顶削去飞到了山东,成了泰山。再一鞭子打去,把山腰打到了河南,成了平顶山。这时鞭梢甩断,甩断的鞭子飞到了山西。老子一看手中的鞭子只剩下一个杆子,就顺手插在地上,这就是老君庙铁拄子的来历。老子又乘青牛飞走了,而那鞭子杆就永远留在了那儿。百姓感谢老子前来赶走山,因为从这以后老子家乡就过起了风调雨顺的好日子了。百姓就把老子挥鞭赶走山时站立的土台叫"升仙台",将地上的铁柱子称"赶山鞭"。唐高祖李渊尊老子

翠雕"紫气东来"

铁牛镇水

晓梧

古人称牛为"土畜"，《魏书·礼志》说："宜为土德，故神兽如牛。牛，土畜。"土克水，常言道"兵来将挡，水来土屯"，古人用阴阳五行十二地支解释世界，衍生出奥妙无穷的变化。

土克水，金克木

铁牛镇水是古代重要的民俗符号，它由龙既属水又属木的双重属性所派生。

世上本无龙，古人创造出这水中神物。鲤鱼跳龙门的传说，鱼龙变化的漫想，都离不开这样的前提，那就是在古人的观念中龙为水族，是水中的精灵。即使跃过龙门飞上了天，它的根还是扎在江河湖海，它的家在水中的"水晶宫"。

龙兴云，龙播雨，俗信传了几千载。辰与龙的属相关系，就提供着这样一种依据：地支辰，五行属水。

依古代五行五方五色之说，辰龙又首先应该属木。东方木，色青；南方火，色红；西方金，色白；北方水，色黑；中央土，色黄。二十八星宿分为四象，东方青龙是一定要属木的。同时，这东方青龙，在由十二支结构的方位系统里，占了东方三支，即属虎的寅、属兔的卯、属龙的辰。这三项，应该都属木。

织梭化龙，在古代是颇为流传的话题。南朝刘敬叔《异苑》说，钓矶山是晋代陶侃曾经生钓的地方。有人在山下水中得到一织梭，带回家，挂在墙壁上。"有顷，雷雨，梭变成赤龙，从空而去"。梭化为龙，是龙属木之说下结的果子。织梭的形状，也容易引发游龙穿梭的联想。

"水生于申，壮于子，死于辰，三辰皆水"，即所谓水局三支。地支三合的玄思，将灵动之气注入地支方位之中，使得五行十二支解释世界

十二地支的水局三合

的语言，得到了极大的丰富，分出了木、火、土、金、水五局。

以十二地支表示方位，可以排为圆形，也可以排为正方形，十二支分置四方，东西南北各三支。按照五行原理，中央属土。属土的地支，由四方各抽调出一支，它们是辰、戌、丑、未，合称四库，坐镇中央。依此，丑牛既属土，又属金。

龙，五行属水、属木。由于"土克水，金克木"，所以古人表示防御水患的愿望，往往借用牛的形象。

黄牛助禹开峡

中国民间，大禹治水的传说故事，历来传颂不绝。

传说禹开凿巫峡后经历千难万阻来到西陵峡，只见一座座大山和高峰横立在江中阻拦着江水，禹驱使各种神兽也无力开通，正在万分焦急之时，神女奏请玉帝派土星下凡助禹开峡。土星化作一条力大无比的黄牛，一声吼叫，山崩地裂，一对锐角触开一条十数丈宽

长江西陵峡崆岭

黄陵庙禹王殿内大禹塑像

的峡道，使江水奔出峡门直泻东海……以后的人们为了纪念助禹开峡的神牛，将此峡起名为黄牛峡。

为纪念黄牛助禹开江有功，人们还在山下修了座黄牛庙来四时祭祀。宋朝文学家欧阳修任夷陵县令时，认为神牛开峡事出无稽，只信大禹治水，黄牛庙故改称黄陵庙。此庙始建于汉代，屡罹兵焚，多次重修。现仅存明万历四十六年（1618）重修的禹王殿、武侯祠等。庙的主体建筑是古人为纪念夏禹而建的禹王殿。此殿富丽堂皇，由36根两人合抱的楠木主柱支撑，柱上浮雕九条蟠龙，形态各异，栩栩如生。其中有一根"水女柱"立在殿之左侧，其离地约四米的柱面留有历经120多年的陈旧水迹。柱上挂着一木牌，上书"庚午年（1870）洪水至此"。这是珍贵的水文资料，记录了有史以来长江最大的一次洪水。庙内还存有许多记载洪水水位的碑刻。

禹王殿的右侧是武侯祠。三国时期，蜀相

诸葛亮入蜀时途经黄牛庙，在殿前竖立一块石碑。碑文中写道："赴蜀道，履黄牛，因睹江水之胜，乱石排空，惊涛拍岸，剑巨石于江中，崔嵬，列作三峰，平治泽水，顺遵其道，非神扶助于禹，人力奚能致此耶？……孰视于大江重复石壁间，有神像影现焉，鬓发须眉，冠裳宛然，如彩画者。前竖一旌，右驻一黄犊，犹有董工开导之势。古传所载，黄牛助禹开江治水，九载而功成，信不诬也。"从诸葛亮的记述中，可见，黄牛助禹开峡的传说久远。

黄牛峡的风物传说，土星化牛理水，立意取自五行的"土克水"。

李冰父子锁蛟龙

都江堰为中国古代水利史上的杰作。历代民间都传讲着李冰父子斗蛟锁龙的故事。

都江堰坐落于四川省都江堰市城西，位于成都平原西部的岷江上。都江堰水利工程建于公元前256年，是全世界迄今为止，年代最久、唯一留存、以无坝引水为特征的宏大水利工程。

鱼嘴，是修建在江心的分水堤坝，把汹涌的岷江分隔成外江和内江，外江排洪，内江引水灌溉。飞沙堰起泻洪、排沙和调节水量的作用。宝瓶口控制进水流量，因口的形状如瓶颈，故称宝瓶口。内江水经过宝瓶口流入川西平原灌溉农田。从玉垒山截断的山丘部分，称为"离堆"。《史记》载："都江堰建成，使成都平原"水

李冰父子塑像

都江堰宝瓶口

旱从人，不知饥馑，时无荒年，天下谓之'天府'也"。

《太平广记》引《成都记》："李冰为蜀郡守，有蛟岁暴，漂垫相望。冰乃入水戮蛟，己为牛形……"这是以牛斗龙。又传说，李冰父子将蛟龙赶上岸，穷追不舍。结局是，穷途末路的孽龙变成游山大汉，饥不择食，在路边小店吞下一碗面。它中了计，碗中间是一条铁链子。铁链一端钩在龙心上，另一端攥在治水英雄手中。李冰父子把蛟龙押到离堆脚下伏龙潭，锁在潭底铁柱子上。蛟龙怕铁，只得忍受羁绊，规规矩矩地为人们吐水灌田。

都江堰的传说，讲到化牛斗蛟龙、以铁锁蛟龙，牛与铁——俗信中治水降龙的两大法宝，全都用上了。这两种要素的合二而一，便是流传久远的铁牛镇水之说。

都江堰鸟瞰

据史料记载，都江堰鱼嘴在元、明朝时期分别以铁乌龟和铁牛进行加固。迎水之冲，砌石护岸，石堰外再加铁的防护，对于工程的加固具有实用意义。

大铁龟建于元代元统二年（1334），相传是由8000公斤生铁铸成，中间还贯有铁柱，然后再在铁龟身上垒砌石头，形成坚固的鱼嘴工程。但是一场洪水下来，堤堰被冲毁了，大铁龟也没了踪影。

大铁牛建于明嘉靖年间（1550），堪称都江堰历史上的一大创举。当时，人们用了一天一夜，用3.35万公斤铁水铸成了两头铁牛。铸成后的铁牛，头相合、尾相分，迎面望着滚滚而来的岷江。人们希望它们从此能抵挡住内外二江洪水的冲刷。然而，同铁龟一样，铁牛照样被洪水冲得无影无踪。

2002年，都江堰曾请来专家，用探铁仪器、红外线等仪器在都江堰河床进行探测，试图寻找铁龟、铁牛的踪迹，但探测器一探到河床，到处都有铁器反应，令专家无从下手。

郝穴镇北江堤铁牛矶

铁牛镇水

镇水铁斗曾经是我国江河湖泊的常见景观。"万里长江，险在荆江"。清乾隆五十三年（1788）乾隆下旨铸造镇江铁牛九尊，置于观音矶等重要荆堤险段。咸丰九年（1859），荆州知府唐际盛又在郝穴江边置镇水铁牛一尊。因置放地点是镇安寺湾，故称"镇安寺铁牛"。铁牛前立后蹲，俯视长江。萧放《荆州楚水的民俗与旅游》说：在荆州大堤各险段上，曾铸有十尊铁牛，现今只存一尊，在郝穴镇北江堤外坡。这尊铁牛头颈昂起，目视大江，牛背上有铭文："嶙嶙峋峋，其德贞纯；吐秀孕宝，守悍江滨；骇浪不作，怪族胥驯；翳千秋万代分，福我下民。"颂其贞纯之德，捍卫江滨之勇。为什么用勤劳的牛看管江河呢？据说因为蛟龙畏铁，而牛属土，土能制水，所以人们铸铁牛以镇水。

位于长江之滨的九江市东北隅还有一锁江楼。风雅微妙。此处原系一回龙矶，江岸突起跃出江面30余米，流水至此漩转激湍，常有行船在此处遭难。明万历十三年，九江郡守吴秀等筹集民间款项，汇集高师名匠，修锁江楼和锁江楼宝塔于石矶上，并铸铁牛四条护卫，为的是镇锁蛟龙，消灾免患，永保太平。所谓锁江楼，是为锁住不驯服的江水。另锁江塔一度又以矶名，称回龙塔。头上风云变幻，脚下波

郝穴镇北江堤镇水铁牛

十二生肖艺术丛书·丑牛

颐和园昆明湖东堤铜牛　乾隆撰铭文："夏禹治河，铁牛传颂，义重安澜，后人景从。"

涛翻腾，由于历经四百年变迁，江岸崩溃，楼毁、牛沉、阁倒。

黄河岸边的铁牛传说也不少。宋代的两位诗人写过陕州铁牛，苏轼《次韵子由送陈侗知陕州》诗："谁能如铁牛，横身负黄河"。陕州府治在河南三门峡一带，那里古时有座铁牛庙，封铁牛为顺济王。铁牛头在河之南，尾在河之北，相传是禹用来镇河的遗物。梅尧臣《送祖择之赴陕府》诗："君从金马去，郡在铁牛旁，山色临关险，河声出地长。"祖无择字择之。京官外放，梅尧臣送他去陕州，"铁牛"则指陕州铁牛庙。

河南开封，历史上屡遭河患之苦。那里有个铁牛村，明代铸铁犀镇水患，村子因此得名。铁牛村里有铁犀，铁犀即是铁牛，现位于开封城东北2公里许，铸造于明正统十一年(1446)。犀高约两米，背城面河，独角朝天，双目炯炯，呈永镇黄河波涛之势。

河南开封镇水铁犀

明初，黄河多次决口、改道，危害开封城。于谦受任山西、河南巡抚后，为防治开封水患，加厚黄河堤岸，修筑护城大堤。又根据五行学说，铸一铁犀，祈求神灵庇护，以消水灾。于谦亲撰《镇河铁犀铭》，铸于背后。铭文曰："百炼玄金，熔为真液，变幻灵犀，雄威赫奕。填御堤防，波涛永息，安若太山，固如磐石。水怪潜形……"铭文的要点，全在玄金灵犀，水

黄河开元铁牛

怪潜形两句。

1988年，在山西永济县发现并出土了唐开元铁牛、铁人，引起了各界人士关注。

开元铁牛是当时蒲津浮桥的镇桥之宝。这一发现不仅展现了我国古代桥梁交通、黄河治理、冶金铸造科学技术等方面的科技成就，为历史地理、水文地质、黄河变迁、环境考古以及黄河治理等，也提供了珍贵资料。

中国的传统民俗，是一个盘根错节的庞大系统。阴阳五行之说渗透其间，构成这一系统的逻辑关系的框架之一。阴阳讲求对立统一，五行探究世界本原，本来具有朴素唯物主义的倾向，后来被唯心的解说弄得神秘玄虚。古代民俗受此侵染，难免神秘主义的云山雾罩。然而，作为这一系统的逻辑关系，阴阳五行又形成一条骨干线索，透过它，可以看到传统民俗的来龙去脉，以及相互关系。十二生肖与十二地支相对应，而十二地支又有着阴阳五行的归属，这就使生肖文化成为研究传统民俗的一个窗口。蛟龙属水、属木的双重符号意义，铁牛镇水的民俗信仰，是一个典型的例证。

洪泽湖镇水铁牛铸于清康熙年间，铁牛肩部有铭文："维金克木蛟龙藏，维土制水龟蛇降……"两句铭文道出了人们赋予铁牛的符号意义。此种俗信甚至影响到皇家园林，颐和园昆明湖东堤的铜牛，便是其中一例。

现在，随着时代的前进，镇水铁牛已不再是神的力量和化身，而是一种坚韧不拔的象征，一种治水的标志；它以其特有的人文景观、迷人的故事，述说中华民族千百年来与自然灾害抗争的历史。

"牛" 的成语

吴牛喘月

吴牛喘月端砚

明的，好像西北风会吹进来一样，满奋一看这窗户，不禁打了个寒颤。晋武帝说："赐坐。"一个侍臣把椅子放到此窗下，满奋望着椅子，又望了北窗，感到十分为难，不敢去坐，傻呆呆地站在原地。晋武帝看了他的表情，不禁感到

此典指疑心而生惧。大意说：江南有一种水牛，江南地区在古代是吴国的所在地，所以水牛又称吴牛。水牛十分怕热，一到夏天，它总喜欢泡在水里，在阴凉的地方歇息。有的水牛一见到天上圆圆的月亮，就以为是正午的太阳，吓得不断地喘气。

南北朝的刘义庆，曾写过一本有名的笔记小说《世说新语》，书中记载了这样一个故事。西晋晋武帝司马炎手下有一个臣子，名叫满奋，由于他是南方人，所以特别怕冷，到了冬天，更是把西北风看得像猛虎一样。有一天，晋武帝召见他。当时正值冬天，外面西北风呼呼地吹着。满奋来到宫中，宫中朝北的窗子是用琉璃做成的，很结实，足以抵挡寒风，但看起来似乎是透

吴牛喘月铜镜

吴牛喘月铜镜

十分好笑。他想起满奋有怕风的毛病，知道他以为北窗上没有挡风的东西，就用手指北窗，笑着说："窗子是用琉璃做的，不会有风吹进来的。"满奋羞怯地说："臣是一条河里的水牛，见到月亮就喘起气来了。"

后来，人们就用"吴牛喘月"这个成语来比喻人遇到事情过分害怕，带有嘲讽的意味。

风马牛不相及

出自《左传·僖公四年》：春秋时，齐桓公率领诸侯的军队侵袭了蔡国，但是他并不甘心，又要攻伐楚国。当时，楚国处在南方，齐国却处在北方，双方相距遥远，众臣都劝齐桓公不要操之过急。齐桓公听不进任何劝谏，执意要攻打楚国。楚国境内一片惊慌，唯恐什么时候突然遭到齐桓公的袭击。

楚成王焦虑不堪。国家处在危难之中，得想个法子使民众安心，恢复以往的安宁。这时楚国的一位大臣勇敢地站出来对楚成王说："大王，臣愿出使齐国。"于是，楚成王便派遣他作为使者到齐国军营里去游说。见了齐桓公，他说："齐王，你们齐国人居住北方，而我们楚国处在南方，相隔数千里，如果你们国家的马牛走失会不会跑到我国境内来呢？""怎么可能？"齐桓公一笑置之，"那么我国本来天下安宁，百姓勤劳，融融乐乐，现在你们的兵马要践踏我们的领土，使百姓终日惶恐不安，朝廷上下也深感不平，难道是楚国招惹了你们吗？如果您们执意不收兵，那么楚国上下会全力以赴，奋起反抗！"使者义正辞严。齐桓公顿时语塞，只好收兵。

后来人们用"风马牛"和"风马牛不相及"比喻事物之间毫不相干。

带牛配犊

带牛配犊　清代　周慕桥绘

出自：《汉书·龚遂传》："民有带持刀剑者，使卖剑买牛，卖刀买犊，曰：'何为带牛配犊。'"

原指汉宣帝时渤海太守龚遂诱使持刀剑起义的农民放弃武装斗争而从事耕种。后比喻改业归农。

杀鸡焉用牛刀

此典出自《论语·阳货》：春秋时代鲁国有一座城市叫武城。孔子的一名学生子游当了武城的长官。他重视礼乐教化，认为这样的治理必定有效，于是他用礼乐教化百姓，城里处处可以听到弦乐歌声。有一天，孔子来到了武城，听到城里一片弦乐歌声。他知道这是他的学生子游所为。孔子见到了子游，他便开玩笑地说：

"杀鸡哪里要用牛刀呢？"子游正色地回答："我时常听先生说，'君子学了礼乐就会爱人，小人学会了礼乐就听使唤。'我之所以用礼乐来教化他们，就是让他们能有修养。现在城里的百姓都讲礼让，都能互相谦让，这正是我初时制定政策的目的。"孔子听了非常高兴，说："说得太好了！"

在子游的治理下，武城一直太平安宁，而且人与人之间和睦相处，相安无事。

后人常用"杀鸡焉用牛刀"表示做事不必小题大作。

宁为鸡口，无为牛后

出自《战国策·韩策一》：战国时期，七国争雄，其中秦国势力最大，经常侵略别国。而韩国是个弱小的国家。韩国的国君为了保住自己的国家，准备接受秦国提出的条件，向秦国屈服。就在这时，纵横家苏秦来到了韩国，他听说韩国向秦国投降，心中很焦急，因为韩国国君的这一决定完全与他的六国联合抗秦的主张相反。于是他劝韩王说："俗话说'宁为鸡口，无为牛后。'你现在准备和秦国结交，而且还是向他称臣，这和成为牛肛门又有什么不同呢？"韩王软弱胆小，苏秦竭力劝说，最后韩王终于决定要独立自主，摆脱秦国的控制。

"宁为鸡口，无为牛后"意思是宁愿做小而洁的鸡嘴，而不愿做大而臭的牛肛门。后来人们常比喻为宁可小范围内作主，而不愿在大范围内听人摆布。

老牛舐犊

出自《后汉书·杨彪传》：三国时期，曹操手下有一主簿，名叫杨修，聪明博学，智慧过人。一次有人给曹操送来了一盒他很喜欢吃的酥点，曹操高兴地在盒上写了"一合酥"三个字。曹操因有事顾不上吃就出去了。杨修马上打开盒子，叫大家将酥点分吃了。曹操查问此事，杨修说："您在盒上写着'一合酥'，这不就是一人一口酥吗？我们怎敢违背您的命令，

就把它吃了！"曹操虽然很不高兴，但也无话可说。

又有一次，魏蜀战争中，曹操领兵攻打汉中，驻军于斜谷界口，处于进退两难的境地，进攻并不有利，退又怕丢面子，心中很不平静，正在这时，厨子给曹操送来鸡汤，汤中有块鸡肋，曹操感慨万分。这时，夏侯淳来请示口令，曹操随口说道"鸡肋！鸡肋！"杨修听到口令之后，马上收拾行装。夏侯淳见了，问他为什么，杨修说："鸡肋食之无味，弃之可惜。宰相把汉中当作鸡肋，就是留在这里没有必要了，要准备回去了。所以我先收拾好行李。"后来，曹操果然下令回师。曹操知道杨修早就猜中他的心意，万分嫉恨，又因杨修是曹的对头袁术的外甥，怕以后会有后患，所以就借口杨修扰乱军心，把杨修杀了。杨修被杀，老父杨彪万分痛惜。一次，曹操问道："你为什么瘦得这样厉害啊！"杨彪悲伤地说："我像老牛舐犊一样，爱我的儿子，现在小牛死了。我这老牛怎么能不瘦呢？"曹操听了，默默无语。

后来，人们以"老牛舐犊"这一成语用来比喻父母疼爱子女的深挚感情。

归马放牛

此典出自《尚书·武成》。书中讲，周武王统帅大军消灭了商朝，建立了周朝，但是江山虽定，山川大地却满目荒凉，一片萧条，商纣王的

残暴荒淫使百姓民不聊生，痛苦不堪。面对这样的局面，周武王心里非常焦急，如何使国家重新兴旺、经济发展起来呢？于是他施行仁政，希望百姓能归田务农。于是，周武王削减了军队，提倡文教。

当时为了作战，征用了许多马和牛，现在战争已结束，应全力发展经济。于是周武王下令把马放回华山的南面，把牛放回桃林的原野，他想以此来告诉百姓战争结束了，战备放松了，不再用兵打仗，希望百姓能全心投入生产。

百姓看到周武王这样的命令，渐渐安心了，于是周朝很快兴旺发达了起来。后来人们就用"归马放牛"比喻战争停止，不再用兵。

牛角挂书

牛角挂书 现代 范曾作

此典比喻勤俭读书，出于《新唐书·李密传》：隋朝有个读书人名叫李密，他原是贵族出身，后来家境破落，少年时曾到宫廷中作侍卫，但因为他喜欢读书，在值班时不专心，被免去了侍卫的职务。李密回家以后，发愤读书，从不浪费能够用来读书的点滴时间，一次，李密骑着牛出外办事，他把一套《汉书》挂在牛角上，从中抽出一本，坐在牛背上一边赶路，一边读书，学习十分专注。当天，正好

碰到大臣杨素坐车外出，他看到一个少年专心坐在牛背上读书，不由暗暗称奇，他让驾车的人放慢车速，慢慢地跟在后面。走了好久，杨素看到李密一本书看完了，准备再换一本看，便上前问道："你是哪儿的书生？""我叫李密，辽东襄平人。"杨素又问："你读的是什么书？""我正在读《汉书》中的'项羽本纪'。"杨素很亲切地跟李密谈了一阵，觉得这个少年不是个等闲之辈，前途无量，鼓励说："你这么好学，将来一定会有成就的。"杨素回家后，把情况讲给儿子杨玄听，杨玄便和李密结交，成了知心朋友。

公元613年，杨玄看到隋朝大势已去，便乘机起兵反隋，并请李密为他出谋划策，但杨玄却没有采纳李密的妙计，以致兵败身亡。后来李密投奔了瓦岗寨的农民起义军，成为这支起义军的首领。

九牛一毛

出自《史记·报任少卿书》：汉朝名将李陵带兵讨伐匈奴，不幸战败投降，汉武帝听到后非常生气，痛骂李陵叛国，不少大臣也随声附和，中人司马迁认为李陵不是真心投降，而是在等待立功赎罪的机会。汉武帝见司马迁为李陵辩护，十分生气，下令把司马迁关入黑牢，处以残酷的腐刑。司马迁本想自杀，了结自己的一生，但他又想，自己只是一个地位低微的人，即使死了，在皇帝和大臣的眼里，只不过像"九牛亡一

毛"罢了。于是，他打消了自杀的念头，决定坚强地活下去。就是在这种坚毅精神的支持下，他在狱中含辛茹苦，写成了《史记》这部伟大的巨著，留芳千古。

后来，人们便把司马迁这句"九牛亡一毛"简化为"九牛一毛"的成语，比喻极为渺小、轻微，一点也无关紧要。

牛衣对泣

牛衣对泣　连环画　现代　罗枫绘

出自《汉书·王章传》："初，章为诸生，学长安，独与妻居。章疾病，无被，卧牛衣中，与妻诀，涕泣。"

这则成语故事，说的是西汉时，有个人叫王章，他是泰山钜平人，出身贫寒，年轻时到京城长安读书，是太学中的一个穷学生。他和妻子住在一所简陋的房子中，家徒四壁，甚至连床和被褥都没有，生活十分清苦。这年冬天，天气寒冷，王章夫妻只得在地上铺上一层厚厚的草作床，身上盖的是乱麻和草编成的"牛衣"。有一次，王章得了重病，失去了生存的信心，躺在牛衣中哭起来。他一面哭，一面和妻子诀别。他的妻子是个坚强、贤惠的女人，她劝慰丈夫说："我们虽然很穷，只要你养好身体，发愤读书，目前的困境是可以改变的，为什么要这样绝望呢？"王章听后，很受感动，决心生存下去，在妻子的照顾下，他的身体果然一天天好起来。并且功成名就，汉元帝时官至左曹中郎将，汉成帝时又从司隶校尉选拔为京兆尹。

后来，"牛衣对泣"这一成语，用来形容生活贫穷和困苦。

对牛弹琴

此典出自《理感论》：古时候，有一个音乐家公明仪，擅长弹琴。有一天，他看到一头十分健壮的牛在低头吃草，他就在草地上按下琴桌，给牛弹奏了一曲清越抒情的《清角之操》。

但是，牛好像没有听到什么似地，还是低着头，一个劲地吃草，不理他。公明仪看到牛毫无反应，不由停了下来。他想，我弹的乐曲如此美妙，为什么它置若罔闻呢？终于，他领悟到了，不是牛没有听到琴声，而是这种曲子太高雅，它根本听不懂。

后来，用"对牛弹琴"比喻对蠢人讲大道理白费口舌，有看不起对方的意思。

『牛』的成语

连环画《对牛弹琴》

编文 吴文焕　　绘画 卢辅声

东汉末年，有个学者牟融，对佛学颇有研究。但他向儒家学者宣讲佛义时，却不直接用佛经回答问题，而是引用儒家的《诗经》、《尚书》来证明佛教的道理。

儒家学者责难他，问他为何这样做？牟融平心静气地回答："我知道你们能理解儒家经典，所以引用儒家的话和你们谈。你们没有读过佛经，如果和你们谈佛经，不是等于白讲吗？"

随后，牟融向他们讲了一个"对牛弹琴"的故事，说从前有个著名音乐家公明仪，一天，他对着一头正在吃草的牛，弹了一曲高深的"清角之操"。牛没有理会他，仍然自顾吃草。

公明仪对牛仔细观察，明白不是牛听不见他的琴声，而是牛听不懂这种曲调，所以跟没有听见一样。

他弄清原因后，重又弹起了一首像蚊子、牛蝇、小牛叫唤的乐曲。那牛立刻停止了吃草，摇着尾巴，竖起耳朵听起来。

牟融讲完这个故事后说："我所以引用你们所懂的《诗经》来解释你们提出的问题，也就是这个道理啊。"那些听他讲学的儒家学者这才心悦诚服了。

十二生肖艺术丛书·丑牛

斗牛之戏

李露露

在椎牛期间，往往举行斗牛仪式。乾隆《贵州通志》："祀祖，择大牯牛头角端正者，饲及茁壮，即通各寨有牛者，合斗于野，胜即为吉。斗后，卜日砍牛以祀。"这说明斗牛是在椎牛之前，具有占卜、喜庆和取悦于神的目的。

追溯斗牛之始，应该上溯到猎牛时代。猎牛的核心活动是与牛斗，从而攫取生活资料。随着农、牧业生产经济的出现，猎牛日趋减少，但是人类与牛的联系有增无减，如饲养、放牧、役使、椎牛等，人类也把往昔的捕牛或斗牛技艺搬到生活中来，形成了惊险生动的斗牛娱乐。

象人搏牛

过去一提到斗牛，就想到西班牙的斗牛士以及他同牛搏斗的惊险场面，有人甚至说，西班牙式的斗牛为欧洲式斗牛，唯独欧洲有，其他地区不存在，而牛与牛斗，则是中国式斗牛，中国没有人与牛斗的斗牛方式。其实，这种看法是很片面的。中国固然有两牛相斗之戏，也有让人与牛相斗之戏，后一种形式由来已久，而且形式多变，远比西班牙式斗牛丰富多彩。首先，是人与

牛首象人纹印　汉代　故宫博物院藏

牛斗，即象人搏牛。

象人，指中国古代与牛相斗的人，因其戴象皮帽或披象皮外衣而得名，这种象人斗牛，是人与牛相斗的异称。《汉书·礼乐志》："象人。"颜注引孟康曰：象人"若今戏鱼、虾、狮子也。"象人搏牛是在考古中发现的，试举几例：

山东嘉祥武氏祠上有一组"搏猎图"，其

象人搏牛　汉画像石　河南南阳

斗牛之戏

斗牛　陶塑　现代　吴小媚作

中一人拉角，一人持尾，把一头肥壮的牛提拉起来，其下有一人，单臂握后腿，把一头牛头朝下提起来。该图表现的就是人与牛搏斗的形象。

徐州铜山县洪楼汉墓上有一幅力技图，其上有搏虎、拔树、举臼、擒鹿、担瓶和曳牛等形象。其中的曳牛者，头戴面具，身披熊或虎皮，手操牛尾，把一头牛头朝下，背在肩上，牛还蹬蹄挣扎。

河南南阳出土的斗牛画像石更多，有的象人与牛斗，另外，还有的象人与牛周旋，跃跃欲试。

河南南阳发现两幅犍牛图，也是人与牛斗，但是两人参加，一人是戴面具的象人，身披虎或熊皮，对公牛做挑逗状，刺激公牛前来撞击象人。正在此时，另一人从牛后冲上去，抓住牛的睾丸，用刀割之，于是公牛疼痛不止，挣扎不停。这种斗牛的人与牛搏斗，直接起源于猎牛方式。在山东、河南所发现的汉画像石上就有不少人与牛斗的形象。但是斗牛人都是佩戴面具，披兽皮、象皮，故曰象人斗牛。方法是由斗牛人逗引公牛来应战，然后斗牛者把公牛制服。在我国许多少数民族地区仍还保留着这种斗牛方法。

浙江金华地区有人与牛斗的习俗，以把牛摔倒为胜。壮族也有掼牛游戏，也是人与牛斗。

方法是人冲向猛悍的牛，用手抓住牛角，并且用头顶住牛的天灵盖，互相顶架，当牛往后退却时，顶牛人把牛角往上一抬，用肩顶着牛颈，水牛出气困难，前足推动平衡，此时掼牛人以脚别住牛腿，用肩撞牛，使牛翻倒在地。另外，在宁夏、甘肃地区，回族在喜庆之际必举行掼牛比赛，由一人一牛入场，牛要披红花，斗牛者着披风，双手握住牛角，与牛进退，斗牛者以突袭的动作，即将牛角扭向一侧，用右肩扛住牛下巴，使力把牛脖子一别，即把牛摔在地，取得掼牛的胜利。关于掼牛，回族还有一个传说，远古时期回族椎牛时，必须用几个人才能把牛摔倒，十分费劲，而且危险，有一次一个青年独自就把牛摔倒了，捆住牛，受到众人夸奖，从此人们都模仿他的办法，一人掼牛，久而久之，使掼牛成为一种民间娱乐活动。

在谈到象人斗牛时，还应该谈谈国外的斗牛情形。在西班牙、墨西哥、南美都有斗牛风俗，又统称欧式斗牛。欧式斗牛传至我国澳门，在澳门也有斗牛娱乐。

澳门斗牛有两种形式：

一种是斗牛士、捕牛队与牛斗。斗牛士身穿18世纪的华丽盛装，手持短标枪，手舞红色披毡。当牛冲向红色披毡时，斗牛士即以短标枪刺牛颈，这时捕牛队也冲入现场，共同将牛制服。

另一种是斗牛士与公牛斗。斗牛士先挥动双色大披毡，引逗公牛出来，公牛冲出来后，斗牛士用短标枪刺其颈，且挥动大披毡，最后以刺中为目标，斗牛士就可以凯旋了。

通过澳门斗牛活动看出，它与欧式斗牛既有共性，又有特点：

第一，澳门斗牛不是为了将牛刺死，而是象征性地把牛颈刺伤。他们通过斗牛比赛，选出最佳种牛，用来配种繁殖，功利目的比较明确。

第二，葡萄牙政府明确规定要保护斗牛士和斗牛，每只牛一生仅能参加一次斗牛活动，其角尖必磨平，并包以皮套，斗牛士所用的标枪，尖锋只能有三厘米，不可过长。

澳门斗牛来自葡萄牙，发源于12世纪，当时是军人训练体能的方式之一。当时的国王把野牛作为假想式的敌人，让军人们练习征战，从而使斗牛活动在上层社会和军队中间相当流行，后来才面向社会，变成一种娱乐性活动。

澳门斗牛活动规模较大，参加斗牛表演者50人左右，包括斗牛士、骑士和捕牛队，后者实为斗牛的支援队伍，另外还需有20头公牛，3匹良马。1966年举行了首届斗牛会，场面十分隆重，1974年又举办了第二届，1986年又办了第三届，今年又将要举行第四届斗牛大会。每次斗牛活动都有数千人参加，场内斗牛士与牛激烈争斗，场外号角齐鸣，内外呼应，热闹非凡。

通过上述斗牛看出，澳门斗牛是比较文明

斗牛　甘肃嘉峪关市黑山四道鼓心沟岩画

画面为一只体形肥硕的野牛，眸视前方，对面站立一人双手叉腰作对峙状，似在引斗野牛，仿佛一场惊心动魄的格斗场面即将开始。凿刻法制作，刻痕较深。

的，故有"人道式斗牛"之美誉。

古代斗牛是怎么起源的呢？有人说是为了给公牛去势，即在人与公牛捕斗中，乘机把公牛的生殖器割下来。这种说法，不能令人信服。首先，我国远在商周时期已有去势或阉割技术，到汉代又有了相应的发展，是用不着在举行庞大的斗牛仪式中从事阉割的。其次，在谈到斗牛时，还要提到二朗神斗牛魔的故事。民间传说远在战国末期，秦国强大，在今四川地区设立蜀郡，李冰任太守。当时成都地势低洼，江河密布，洪水一下，田野荒芜，人畜死亡。李冰发动民众，修筑了都江堰。但是修一次，决堤一次。有一次，李冰的儿子二郎在江堤视察水情时，突然发现江中有一头野牛，翻起数丈浪涛向堤坝冲去，二郎对跟随他的弓箭手说："这头牛就是江神，现在我在胳膊上拴一白色带子，下去与牛魔搏斗，你们见牛魔就射箭，助我一臂之力。"说毕，二郎变成一头大水牛，与牛魔厮斗，直到洪水消退为止，但是二郎也消失在江水中。从此都江堰水患止住了，江水可灌田万亩，使四川成为天府之国。人们为了纪念二郎的功绩，专门修建了二郎庙，世代加以供奉。

我国古代斗牛的基本内容是人与牛斗，而这一格斗有它古老的来源，即起源于狩猎活动。野牛是重要的狩猎对象，也是最凶猛的野兽之一。人类对付野牛的办法，有多种多样，有的用地弩涂毒射杀，有的用陷阱或木城活捉，也有的群起而攻之，有的握角，有的操牛，的有搬肩，有的则对准其要害部位，如咽喉、肛门、甚至生殖器，以利矛刺杀之，往往百发百中，置野牛于死地。我国古代的象人斗牛，基本是再现了猎人在山间同野牛格斗的种种表演。因此，斗牛来源于狩猎，又高于狩猎。斗牛是对远古猎牛的回忆。通过斗牛活动，还锻炼了人们的勇敢、智慧和大胆向前的精神，正因为如此，斗牛才为广大人民所喜爱，在历史上有旺盛的生命力，并长期地保存下来。

牛与牛搏斗

另一种斗牛方式，是牛与牛斗，这也是一种古老的斗牛方式，流传十分广泛，在许多民族中都流行。

首先是苗族斗牛。

传说从三国时代诸葛亮时起，苗族就有斗牛之戏，至今还保留着，文献记载屡见不鲜。

民国《黔西州志·民俗》称苗族："祀祖择大牯牛头角端正者，饲及苗壮，好与各寨有牛者赌斗，胜者吉。斗后，卜日砍牛以祀。主祭者服白衣青套，细褶宽腰裙。祭后，合亲族，高歌畅饮。"

民国《八寨县志稿·风俗》中称白苗："祀祖，择大牯牛角端正者养之，饲及苗壮，约七年至十三年，则通知合寨，有牛者相斗于野，胜则喜，败则延，巫师祝之，无论胜败，均杀之以祀祖先、食宾客。"

从上述记载看出，苗族为了祭祀祖先，事先必合族共购牛饲养，以苗壮凶悍为宜。祭祖前举行斗牛，然后杀牛供给祖先，并且煮牛肉

贵州苗族斗牛

共食，宴请宾客，说明斗牛有多种功能。苗族斗牛是在祭祖前夕举行，然后才杀牛祭祖，使斗牛成为取悦于祖先的手段，又是活人娱乐的重要形式。《黔中苗民图》中的白苗"祀祖之期，必择大牯牛，以牛角端正肥壮者饲之，肥则聚合寨之牛斗于街，胜则为吉，即卜期屠之，以祀祭祖者。"

现在苗族还合寨共购一雄牛，称牛王。派专人饲养，称为牛王公公。通常是一寨一头，牛栏十分神秘，门上挂有狗头、草标等避邪物。每个牛王都有专称，如"胜霸天"、"南山虎"、"大将军"，并将名字写在木牌上，其上还配有歌颂牛王的对联，如"碰似电闪雷鸣，斗如关公斩将"。斗牛有一定场合，由一或二个寨子担任主寨，负责斗牛事宜，事先通知各寨，以木牌示之，其记得有刀痕，以表火急。斗牛前夕，男人不能劈柴，女人不能纺织，有种种禁忌，青年人则欢集一歌，以田螺占卜，预测斗牛胜败。出发时，先由青壮年至牛栏集合，呼喊动员，其他村民听后也整装出发，鸣礼炮三响。牛王在前，胸部悬铃，背上置鞍，乐队、旗队、人群随后，浩浩荡荡，势不可挡。抵达斗牛场，各寨占据一方，休息片刻之后，然后互相邀请，双方同意后，劈木为记，各执一半为凭。开始时，双方各牵牛王，打着火把入场，三声断响，吹笙击鼓，双方向前投火把，二牛王也相对冲击，有的二牛一碰就有胜负，有些经过几个回合才能有输赢。如果二牛难解难分，又不分上下，各方以绳牵住牛后腿，拉开为平局。斗胜的牛王，披红挂绿，锣鼓相庆，败北牛王，难免为刀下之鬼。

其次是水族斗牛。

斗牛是水族人民喜爱的一种别有风趣的民间游艺活动，多在端午等重大节日举行。水族斗牛，不是人与牛斗，而是牛与牛斗。为了争得荣誉，各村寨常常凑集钱物，购买强健的大牯牛，精心饲养，以作斗牛的"牛王"。斗牛开始之初，斗牛队伍要轮流入场以显示其威力。一名男性壮年，高举"牛王"美称的牌子在前开道。"牛王"所在村寨的锣鼓、芦笙队伍紧随其后，"刀斧手"举起金爪斧钺，寨老身穿古装持伞走在中间，村寨的人们手持旌旗大纛跟在后面，接着镶有铁角、背罩红缎、颈吊铜铃的"牛王"，由两名头戴雉尾帽、身穿羽衣的小伙子牵着，威风凛凛地走入斗牛场，并绕场三圈。这种仪式俗称"踩塘"。待各个"牛王""踩塘"完毕，斗牛遂告开始。霎时间，两头"牛王"雄狮般地相向跑来，翘首横目，鼻吹粗气，迅即低头伸角向对方猛击，牛角轰然而碰。两头"牛王"奋力拼搏，各施其能。观众敲锣打鼓，呐喊助威，整个斗牛场子气氛非常热烈。"牛王"若久斗不分胜负，双方"刀斧手"，就用金爪钩住牛鼻套各自拉开，算是"棋逢对手，将遇良才。"若一方失败，获胜的"牛王"就要披红挂绿再行绕场一周以表胜利。饲养"牛王"的人家一般会得到主办者的奖励和表彰。

此外是侗族斗牛。

侗乡每个村寨都有一个神秘的所在——牛王宫。其实所谓牛王宫，就是牛栏，多建在村寨中央鼓楼附近。但为什么叫牛王，难道这里仍保留古老的斗牛风俗？

当外人走近牛王宫大门时，就会被乡导拦住了。抬头一看，牛栏门上悬挂着一个大草结，这是谢绝外人进入的标记。真是非同小可！斗牛对侗家来说，显然不仅仅是游戏娱乐了。

每个侗寨都养着一两头雄水牛，其体型骠悍，能征善斗，被尊崇为牛王。每头牛王都有名号，榕江如烧寨的斗牛叫"平辽王"，门寨子的斗牛为"大碰王"，林所寨的斗牛称"教师爷"，每头牛都有自己的征战史，都有"过五关斩六将"的业绩。如"教师爷"就先后战胜过七头牛，1980年与栽麻寨牛王拼搏时，将对方撞死，自己也伤一角，成为独角英雄，名震榕江。

选择牛王非常严格，胸围以18至24拳为宜。毛旋位置要好，有秘诀说："四条腿，四个旋，朝右弯，另有四个旋在肌肉上，最大旋在肚中央。"牛角要由粗渐细，不能过长，不能朝外弯，以朝内弯为佳。牛角上生有年轮，一般五岁牛角开始出现，当角上有了三四道时，说明该牛已经七八岁了，是斗牛的最佳年龄。

十二生肖艺术丛书·丑牛

黔

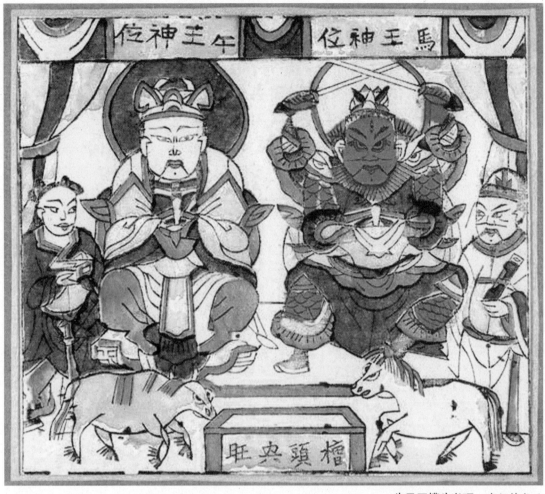

牛马王槽头兴旺　朱仙镇年画

侗族对斗牛有一套科学管理方法。主持斗牛者为"宁杜袋"，即牛头公，是经村寨选出来的未婚者或老年人，要求多谋善断，懂得斗牛规矩。牵牛者为"宁改公"，饲养人为"弓国"，即牛公公，牛公公由村寨成年人轮流担任。

侗族村寨共养耕牛的风俗来自原始公社时代。当时不仅有公田、公牛，还有许多公共财产与活动。随着原始公社的瓦解，逐渐变成各户出钱、共同买牛、轮流饲养，到了80年代，一般一寨仅仅供养一头牛了。

侗族斗牛有特定时间，一般在二月或八月农闲期间举行，每12天进行一次。每逢斗牛节，整个村寨沉浸在一种内地不常见的喜悦亢奋之中。清晨，牛头公起得很早，在巫师的率领下和几个年轻人同到牛王宫祭祀。巫师念咒，乞求

灵神保佑，众鬼回避，出师获胜。念结，放礼炮三响，锣鼓齐鸣。然后两个牵牛人握住"把条"，把牛牵出牛王宫。由于斗牛力大凶悍，必须当它幼小时，在鼻子上穿上木环，平时木环上拴缰绳，斗牛时则拴两根把条，以便人以手臂之力能控制它。斗牛被牵到鼓楼前小坪，全寨子的人都聚在这里，看牛斗公为牛系银铃，备彩鞍，在牛装上包红帕，帕上插有仙鹤尾，还要在牛角上包光闪闪的铁角，在牛肩上披红挂绿，再鸣炮三响，队伍便出发了。

出村时，由一人打着圣母伞在前面领路，其次为牛头公，他身穿特制的衣服，头上插鸡羽，手持竹鞭，边走边用竹鞭扫地，为队伍开路。接着是旗帜、牛牌、牛、锣鼓队和随行人群。这天全寨男女老少都要前往斗牛场，村内

几乎空无一人。这天还有不少禁忌，如不准舂米、捶布，妇女不能做针线活等。

斗牛场所选在村寨交界且交通方便之处，要求四面为山坡，中间为平地。平地中央就是牛塘——斗牛场。各个村寨抵达牛塘以后，根据巫师的八卦图和牛的生辰八字，选择一处背阴朝阳的地方，安营扎寨，每场斗牛少则几千人，多则万人以上。

斗牛有规定的步骤。第一步是"送约"，即由牛头公率领年轻人、锣鼓队选择斗牛对象。第二步是"踩场"，示威队伍前面是举名牌的人，在名牌上写有斗牛名号，还附有诗句，如在"大碰王"名牌下书有"头碰南山猛虎，角打北海蛟龙"、"本师大碰王，武艺最高强，谁能敢来此，叫它见阎王"。在名牌后边是举着金爪白斧的仪仗队，接着是锣鼓队和斗牛。在斗牛的后边，又是一群打旗的人。第三步是"斗牛"。当双方准备好以后，由裁决人一声令下，双方的牛头公举着火把，率领两个或四个牵牛人，将牛由两侧引入牛塘。

此时，铁炮轰鸣。当两牛相距15米时，双方牛头公同时丢掉火把，牵牛人见此即解下把条，两牛脱离了控制，如猛虎下山，拼命前冲，只见烟尘滚滚，瞬间便碰撞起来。这时人们猛击锣鼓，大声呼叫，舞动彩旗，点燃火炮，为自己的牛王助威。倘若二牛久斗不分胜负，四角绞结不解，双方牵牛人要拿来粗棕绳，分别拴住两牛的后腿，像拔河似地将牛拉开，叫做"打角"。经打角被拉开的牛，皆为胜者。如果两牛进场后，一牛一见对方就逃之夭夭，不战自败，被视为"跑荒"，回村后往往被主人杀了共食。如果两牛交战几回合以后，一方败退，另一方追击，往往能追出数里，最后追击者取得全胜。

斗牛结束后，胜方的姑娘们蜂拥而上，抢走败方的旗帜、牛鞍，败者不能阻拦。姑娘们把这些胜利品悬挂在鼓楼内，炫耀村寨的胜利。当胜方凯旋归来时，依旧鸣枪放炮，欢呼不已，这叫"贺牛"，此时必须给牛喂红米饭、甜酒，并赞美它旗开得胜，立了大功。牛王胜利归来后，除贺牛外，还要杀一只狗，将狗挂在牛栏门口以避邪。狗肉煮熟，由参加斗牛的成年男子共食。同时，各寨亲朋前来祝贺。夜幕降临，年轻人急忙吃过晚饭后，有的抱琵琶，有的提着牛腿琴，互相邀请，向鼓楼蜂拥而去，与村寨外的姑娘们欢聚，共唱大歌，庆祝活动往往持续三天之久。

侗族为什么如此热衷于斗牛呢？从历史上分析，早先牛用于祭祀，每次杀牛祭祀前，必有一个斗牛活动。当然近代的斗牛意义远不止于此。首先，牛的优劣是村寨贫富的标志，因此斗牛过程是双方较量财力的过程。其次，人们养牛技术的高低，可以通过斗牛反映出来。第三，斗牛能体现侗族的尚武精神，还能促进村寨团结繁荣。可见，一头牛系着村内百家心，这是侗族斗牛流行至今的生命力所在。

其实，牛与牛相斗也流行于西北地区，段成式《酉阳杂俎》："龟兹国，元旦斗牛、马、驼为戏，七日胜负，以占一年羊马减耗繁息也。"

那么在汉族地区是否也有牛与牛相斗呢？回答是肯定的，这方面首推浙江金华斗牛。当地斗牛与苗、侗等民族斗牛相似，例如：

选择牛有一定条件：一要公牛，二要健壮，三要好斗。选好斗牛后，有两项工作是不可缺少的，一方面是精心饲养，让牛多休息，多睡觉，除喂草外，还喂米粥、酒，另一方面是训练，平时把牛赶到草场或水田中，让该牛与其他牛相斗，只有经过几十次预演，才能培养出勇猛的斗牛。斗牛有高低之分，因此分为三等，斗牛时，优对优，劣对劣，必须旗鼓相当，棋逢对手。

每头牛都有一定名称，这是根据牛的形状、色泽和斗技命名的，常见的名字有"老鼠挂"、"西洋挂"、"飞龙"、"三桠权"、"乌龙枪"、"黄狮子"、"花旦"、"如虎"、"大王"、"勇士"等等。斗牛有一定装饰，牛角上扎花，牛首挂头牌，其上插鸟尾，背上披"背红"，其上多有刺绣，背红上置旗鞍，鞍上也插各色彩旗，牛颈下系铜铃。从这些装饰看出，牛饰具有华丽、离奇、奢华的特色。

金华斗牛的时间，多选择在春、冬农闲之时，必须占卜看吉日，通常在下午开始。斗牛场所是临时选择的空旷之地，或者较大块的水田地，或者是草场。在场地南北各以竹子设一龙门，供斗牛出入，但场地尽量要四周高，中央低，便于观众居高临下观看斗牛。

斗牛时，由牵牛人或卫士把牛牵出牛栏，为其披红挂绿，喂饱敬酒，然后牵入斗牛场。其中有两种斗牛方法：一种是一头牛先从北门入，站于场地中央，等待来者，另一牛由南门入，入龙门后，看见中央站着一头雄牛在场，怒不可止，直冲向场地中央，两牛开始厮斗。另一种是两头牛分别由两个龙门进入，共同向场地中央冲撞，当两牛目光相遇，即眼红耳立，怒气上涌，向对方冲去，或以牛角相抵，或以身躯压制对方，二牛相斗，不可开交，周围的观众，也齐声呐喊，击鼓助兴，使二牛更加勇往直前，直到决出胜负。大约斗过若干回合，一牛败逃，一牛直追，这时容易伤牛，甚至折角，身亡，因此拆牛人必须上前制止，拉住牛绳牵走，牵拉不动时则用梯形木架挡住牛首，阻挡向前，直到牛怒气消失，才把牛牵引到场外。

斗牛之后，胜方举村同庆、宴宾客，敬斗牛，这时许多村落都来争购此牛，其身价大增，败方则情绪低落，拆牛人散去，斗牛也就成为刀下之鬼，或者当肉牛转卖他方。

从上述事实看出，这种

金华斗牛

斗牛与搏牛没有必然联系，但是它较搏牛优越，因为人与牛斗容易伤躯，牛与牛斗对人就安全多了。这种娱乐活动的发明，无疑是与人们对牛习性的了解和应用分不开的。众所周知，许多动物都有固定的性热期，有固定周期性的性冲动，此时雌雄性动物相互追逐，但是雄性动物之间又有强烈的排斥同性的本能，往往发生激烈的竞争，人们正是利用动物的同性相斥，异性相吸的原理，发明了斗鸡、斗鸟、斗猪、斗羊、斗牛等娱乐活动。

著名的民俗学家钟敬文先生指出："西班牙式的斗牛，与中国式的斗牛，是产生于两种不同经济背景之下的。前者是狩猎时代的产物，后者是农耕时代（或兼畜牧时代）的产物。前者的目的（无论是自觉的，抑或非自觉的），在演习着人类对于兽类（牛）的征服能力，或对于实际劳动——狩猎野兽——模仿的游戏。后者则在致使或比赛那于初民生活有迫切关系的生物（兽力的奴隶）主体力之壮健，当然同时在表现上不免带着一些宗教的意味。"事实上正如前面所述，与牛搏斗由来已久，可以追溯到史前的旧石器时代的狩猎生活，当时猎牛的办法可能是利用套索、陷阱或飞石索，一旦把野牛套住，即群起而攻之，利用石器、棍棒与野牛格斗，这种格斗正是象人斗牛或西班牙斗牛的先河，正是在猎牛的基础上，发展起来的斗牛之戏。当然，这种斗牛处于农耕时代，其时已经饲养耕牛。所谓中国式斗牛，是牛与牛相斗，其起源也不是始于

斗牛图　云南沧源佤族自治县曼帕岩画点

画面上两头弯角的野牛，相对而立，进行决斗，四周站着欢呼的人群。

农耕时代，因为人类在狩猎时代就已认识某些动物在交尾期同性相斥、异性相吸的道理，并发明了鹿笛、鸡哨等拟声工具，在这种情况下，人类掌握牛的习性是预料中的事，当人们开始饲养耕牛以后，也就自然而然地发明了牛与牛斗的游戏。所以，从根本上说，斗牛都发端于狩猎时代，而成熟于农耕时代。不过，最初的斗牛都有宗教的驱动力，过去归纳为三条：祈赛、庆祝神殿开光、解除杀气，"乡民为祈报神祇；在偶像装成开光之日，藉以娱神并解除杀气的一种表示"。从我国苗族、侗族、水族等民族的斗牛看，斗牛有三种功能：

一种是敬神，通常是每年祭祖前举行斗牛，然后杀牛祭祖，由此着出，斗牛仅仅是祭祖的一部分内容。这类记载甚多，乾隆《贵州通志》卷七，就详实记述了苗族祭祖时举行的斗牛活动。白苗"祀祖择大牯牛斗角端正者，饲及苗壮，即通各寨有牛者合斗于野，胜即为吉。斗后，卜日

苗族祭祖活动

砍牛以祀。"黑苗"每十三年畜牯牛祭天地祖先，名曰吃牯藏。"其间必先斗牛。

一种是改善生活的重要节日。斗牛、祭祖之日，必然停止生产，全民休息，这是农忙之后的休整。人们利用宗教节日活动，养精蓄锐，举行斗牛、歌舞、赛马等文艺活动，而祭祖之后，必然分肉共食。乾隆《贵州通志》卷七苗族："祀后，合亲族高歌畅饮。"东苗祭祖也"酿酒砍牛召集亲属，剧饮歌唱"。在这种共食中，或以人为单位，或以户为单位，平均分肉，仍还保持古老的共产制消费原则。

一种是文化娱乐活动。斗牛是一种娱乐，古今皆然，但斗牛不仅是一种游戏的娱乐，也是一种广泛的社交活动。如斗牛期间，流行的串亲戚、谈情说爱，都是重要的人际交往。斗牛活动中的歌舞对后世文化有相当影响。《异述记》卷上："今冀州有乐名蚩尤戏，其民两两三三，戴牛角而相抵，汉造角抵戏，盖其遗制也。"说明戏剧文化受到了斗牛的影响。

《三才图绘》插图　明代

斗牛之戏

黔

牛的起源与驯化

居龙和

在中国古代的传说和信仰中，牛是一种神圣的动物。

牛科动物的起源与进化

据科学考证，牛科动物起源于中新世，由原古鹿类分化的一支混杂而进步的支系，很可能起源于原始的羚羊类。在牛科动物中，一般将牛属、水牛属、倭水牛属、非洲野牛属和野牛属的动物通称为牛类。牛类是哺乳动物中最后出现的进化最先进的一个类群。在上新世和更新世，向着很多复杂的适应方向辐射发展，欧亚大陆是它们早期发展的区域，很多牛科动物的化石在我国和印度的上新世和更新世的地层中被发现。牛类的共同特点是雄兽和雌兽头上都有表面光滑的角，紧靠着枕骨的两侧长出，角的基部远远地分开，吻边没有毛，尾巴较长，末端有簇毛，眼睛前面和趾间没有臭腺，雌兽有4个乳头，牛的胃由4个胃室组成，即瘤胃、网胃、瓣胃和皱胃等。

在中新世时期的北美洲出现了叉角羊，是牛类分化出来的一支，体形似鹿，它们既有扁平而弯曲且不脱落的角，又有鹿角似的分叉结构，

叉角羚

现在大部分种类已经绝灭，仍然生活在北美洲大陆的叉角羚则是叉角羊分化中残存的种类。

家牛的起源与进化 现在世界上大约饲养着11亿只家牛，大约500个品种，依照其用途分为乳用种、肉用种、肉乳兼用种和肉用与劳役兼用种等。牛的祖先：家牛的祖先是原牛，牦牛的祖先是野牦牛，水牛的祖先是野水牛。

原始牛是一种生活在草原和开阔森林地带

原始牛

的巨大动物。最早的原始牛，有巨大的角，横断面趋于扁平。第三间冰期的原始牛，身体逐渐变小。到了末次冰期数量逐渐多起来。更新世的原始牛，被划分为几个亚种：欧洲发现的为旋锥角原始牛，埃及发现的为哈恩原始牛，印度发现的为纳玛原始牛。这两个家牛系是否同种尚不清楚，但家牛都是它们的后代，以及它们的杂交品种。

欧洲系的家牛是在大约7000年以前由生活于欧洲及非洲北部的原始牛经过人工饲养、培育而成的。欧洲原始牛最早出现于第二间冰期，德国的斯蒂海姆和英国的斯万斯孔人类化石地点都曾发现过。自距今一万年以来的全新世的原始牛得到了更大的发展，被称为典型原

始牛。典型原始牛分布甚广，体形雄伟，颈部有小的肉垂，头顶有饰毛，从前的数量很多，后来随着森林被大量采伐而逐渐减少，并于1627年绝灭。

亚洲系的家牛的祖先可能是生活于印度的瘤牛，考古工作者在印度北部锡伐利克山发现的大量原始平额牛化石证明了印度是原始牛的起源地，从那里再传布到欧亚大陆。学者们也认为原始牛来自亚洲中更新世早期的纳玛牛，而纳玛牛来自于早更新世的平额牛，平额牛是一种小型的牛，经过纳玛牛的进化，身体逐渐向大发展。

中国最早的原始牛见于山西襄汾县丁村遗址。从现有记录来看，出现的时间比欧洲略晚。在中国关于原始牛还没有完整的记录，既未发现过纳玛牛，也未发现过平额牛，由于材料零星，还未弄清属于哪个亚种，绝灭的时间也不明。中国新石器时代的遗址，虽不断出现牛骨，但尚未见原始牛的记录，估计在我国的新石器时代已绝迹。

体型大小是家牛区别于原始牛的一大特征。一般地说，家牛较原始牛小，角心也短而细，牙齿瘦弱，下颌骨低长，额骨宽大而平。原始牛在旧石器时代晚期，是人类的狩猎对象之一。在早期人类居住洞穴的洞壁上可见十分生动的原始牛壁画。例如在法国多尔多涅的拉斯科兹洞穴（12000年前）中原始牛的壁画，画清了雌雄大小和毛色，公牛为黑褐色，母牛为红色。

家牛的品种很多，概括说来，可分为两大类：一类是"旱牛"，一类是"水牛"。所谓"旱牛"，虽然有大有小，角也有长有短，但都是原始牛的后裔，而现有的品种大多都是后来的人工变异。家牛的开始饲养，是新石器时代人的功绩。最早的考古记录是在伊拉克北部的巴纳布尔克的发现，年代为公元前5000年前。据学者研究认为，开始饲养家牛的时间比饲养绵羊和山羊为晚。最初饲养的目的，是为了吃肉。现代有专为吃肉饲养的品种。用牛拉犁是时代较晚的事。据文献记载，甲骨文中已有像牛拉犁挖土的字形，证明公元前1000多年前的商代已有了牛犁。再后是用牛驾车，最后才发展成了乳牛。

旱牛

水牛和旱牛，从角上极易区分，旱牛角的横断面是圆形或椭圆形，而水牛的角则是三棱形的。现生于南亚地区与家养水牛有关系的野生水牛有两个亚种，即典型水牛和黄褐水牛。生物学家林奈先生远在1758年已提出前一亚种为家养水牛的基础，即原种。据说水牛于公元前4000年已开始饲养，有人认为我国的饲养水牛源自印度；但也有人认为也许这种野生水牛原来在我国华南地区就有分布并被驯化了。水牛适于温热和多水之乡，淮河以北则不易见到。

牦牛的起源与进化　现在的家养牦牛，在国内外的一些文献上，都说是起源于我国的西藏，现在的野牦牛，是家养牦牛的祖先。但从我国华北、内蒙，以及西伯利亚、阿拉斯加等地发现的牦牛化石考证，西北高原生物研究所青藏高原生物进化与适应开放实验室，通过分析野、家牦牛mtDNA D-loop部分序列遗传变异及构建牦牛单倍型系统发育关系，发现我国家牦牛

家牦牛

起源于两大高度分歧的母系支，分歧时间大于100,000 年以上，且这两个高度分歧的母系支源自同一基因库，是遗传上的连续群体。同时，Bayesion 分析表明，最早的牦牛驯化发生在全新世早期。研究表明，不论现今分别在我国藏北高原昆仑山区的野牦牛，或是由野牦牛驯养而来的家牦牛，都是起源于距今三百多万年前(更新世) 生存并广为分布在欧亚大陆东北部的原始牦牛。后来，由于地壳运动、气候变迁而南移至中国青藏高原地区，并能适应高寒气候而延续下来的牛种。

因此，可以这样说，牦牛起源于欧亚大陆的东北部；现今的家养牦牛和野生牦牛，都是同一祖先的后代，它们之间不存在先代、后代的关系。现在的野牦牛，也不是家牦牛的始祖、始源或祖先。另外，通过对牦牛遗传多样性特征进行分析，研究人员还发现牦牛的驯化中心为青海、西藏地区，即现存野牦牛分布区的周边地带。在我国历史上，殷周时期即开始用牦牛与普通牛、瘤牛进行杂交，它们之间通过能育的母犏牛进行基因交流。因此，可以这样认为，现存的牦牛在其起源和形成的一定程度上吸收了普通牛及瘤牛的一些基因。该研究对认识青藏高原生态系统的演化过程提供了科学依据，填补了人类文明进程中大型有蹄家养动物驯化历史研究的最后空白。

麝牛的起源与进化 中国科学院古脊椎动物与古人类研究所研究员邓涛说，在中国甘肃省和政地区发现的和政羊是和政地区三趾马动物群中最有代表性的动物之一，数量

北美麝牛

非常丰富。其四肢与普通概念的羊比较接近，但其头骨和身体其他构成材料又与在北美洲阿拉斯加发现的一种麝牛化石相近，同时又有不一致的特点，甚至更原始，故将其定位为一个新物种。首次在世界上记述的一个麝牛亚科中的新属新种，被命名为布氏和政羊。和政羊是麝牛类早期的祖先类型，北美麝牛的起源应该是亚洲，后来因地球气候变化才通过白令陆桥（现白令海峡）迁徙到北美地区。和政羊的个体，小于现生的北美麝牛，它具有短而粗的角心，其横切面呈三角形，左右角心的基部在头骨上非常靠近甚至愈合，这是麝牛亚科的重要特点之一。

根据达尔文学说，一切动物或牛种，不管是现存的，或在古代存在而现已灭绝的，彼此都有着不同远近程度的亲缘关系。如果它们的形态和内部结构等相似之处越多，生殖隔离程度越小，它们的亲缘关系就越近，或它们从一个共同祖先进化而来的时间就越近。否则，它们脱离开共同祖先后，经过了一段相当长的进化时期，有的在万年甚至百万年。

现存牛科动物简介

牛科动物是有蹄类中最成功最进步的一科，包括现存半数的有蹄类。牛科动物种类繁多，其科以下的分类争议也多，可以分成多个亚科和族。牛科动物并非起源于非洲，但是现在在非洲却最为繁盛，其中有些亚科是非洲所特有。亚洲牛科动物种类也较丰富，欧洲和北美洲也有少数，而南美洲和大洋洲没有原产的牛科动物。牛科动物除了牛亚科的牛族统称为牛，羊亚科的羊族统称为羊外，其它多统称为羚羊。

牛亚科动物分类学分类： 脊椎动物门、哺乳纲、偶蹄目、反刍动物亚目、洞角科、牛亚科。

牛属：原牛、家牛、瘤牛、牦牛、白肢野牛、大额牛、爪哇野牛、林牛。

水牛属：亚洲水牛。

非洲野牛属：非洲野水牛、赤水牛。

倭水牛属：低地倭水牛、高山倭水牛、民都洛水牛。

野牛属：美洲野牛、欧洲野牛。

牛亚科动物特征与生物学特性 牛亚科动物体形大，体长60～350厘米，尾长18～110厘米，肩高60～280厘米，体重150～1500公斤；雌雄均具角，角的截面为圆形或三角形，角不分叉，门齿与犬齿均退化，反刍功能完善；颈、肩或背部常具有由脊椎的背棘支持并有发达的肌肉而形成隆起。全世界共有5个属：亚洲水牛属、非洲水牛属、倭水牛属、牛属和野牛属，共有16种。分布于印度、菲律宾、中国和欧美大陆。栖息环境多样，浓密的森林，开阔的草原，甚至海拔5000～6000米的高寒苔原都有分布。性喜水，常驻在水中翻滚和浸泡。食物以植物为主。听、嗅觉灵敏，视觉较差。喜群居生活，雄性好斗。雌牛孕期8～9个月，每胎1仔，幼兽能很快与成兽一起活动。牛亚科动物具极高的经济价值，其中有很多种类已被人类驯化为家畜，可供役用、肉乳用和制革等。

水牛是人类的忠实朋友 水牛是亚洲野水牛、非洲野水牛和倭水牛的通称。亚洲野水牛约于公元前4000年已被人类驯化，作为农耕、驮物、驾车、运输、骑行等的役兽，驯化为役用的水牛是家畜中最温顺听话、最能吃苦耐劳、最受人们喜爱的家养动物。中国家养水牛存栏数约2358.4万多头。

亚洲野水牛分布于印度及其邻近国家，体长250～300厘米，肩高150～180厘米，耳廓较短小，头额部狭长，背中线毛前向，背部向后方倾斜，角较细长，毛色黑灰、淡棕黑色。栖息于热带丛林、竹林或芦苇丛中，喜集结成数十头的小群、甚至几百头的大群活动。性喜游泳，长时间在泥水中翻滚嬉耍。亚洲野生水牛在自然环境中已十分罕见。

非洲野水牛生活于非洲热带草原区至荒漠草原区。非洲野水牛一般耳大而下垂，头部短宽，背中线毛向后披，背部平直，角较粗大，全身黑、棕或赤色。因分布地不同，体形大小、角

非洲野水牛

的形状及被毛的颜色等方面都有差异。平原野水牛的颜色深，体形大，角距宽而且角基甚粗；森林野水牛体形较小，有赤色或棕赤色被毛，角较小且呈新月形。平原野水牛聚大群活动，夜行性。非洲草原气候恶劣，常出现季节性的干旱，造成水源缺乏，植物生长不良，故非洲野水牛有季节性的逐水、草迁移的习性。在水足草丰的草原上常聚集成数百头以上的大群游荡觅食，遇敌侵袭时，除快速逃避外，常以公牛为主，组成利角向外的圆形阵，母幼躲于中间，用集体的力量，能有效地防止伤害。

倭水牛，也称西里伯斯倭水牛。是水牛属中体形最小的种类，肩高约1米左右。分布在亚洲热带西里伯斯岛。性情孤僻，单独或成对活动。一般在早晨和黄昏活动频繁。性喜水，常在溪水泥潭中长时间浸泡、翻滚。性好斗，雄性为争夺雌性常发生激烈搏斗。无固定栖巢，在密林中游荡，以草为食。倭水牛在自然界中数量极少，是濒临灭绝的野生动物。

野牛家族的兴衰 野牛家族的历史源于欧洲和亚洲，远古时代欧亚大陆上原始森林密布，耕地极少。人类的经济活动构成对野牛生存的直接威胁，目前欧亚大陆上95%以上的原始森林已荡然无存。

野牛（白袜子、野黄牛），是一种生活在亚洲的体形硕大的野牛，是牛科动物中最大的牛种。体重可达1000～1500公斤。其最明显的外

牛的起源与驯化

黔

白肢野牛

貌特征是四肢下部为白色，俗称"白袜子"。主要分布于中国云南省南部及印度半岛和东南亚诸国。

栖息于热带雨林、热带季风雨林、热带季风常绿阔叶林和稀树高草丛，多游荡于沟谷中上游的稀树草坡，一般沿较固定的区域和路线活动和觅食。性喜聚群而居，数头至几十头不等，以强壮的雌牛为首领。遇到敌害干扰集体进退，受伤后或被逼迫无路时，反击能力极强。野牛的嗅觉和听觉十分灵敏，性机警，是原始森林中凶猛而狡猾的兽类。以青草为主食，亦喜食鲜嫩树叶、竹笋，偶尔也盗食农田作物。喜舔食林中盐硝塘泥水。

野牛由于栖息环境的恶化及人类无度的偷猎捕杀，野外种群数量已急剧减少，中国云南省西双版纳地区仅存700～800头。现已被列为国家一级重点保护野生动物，并在野牛分布区内建立了面积达27.4万平方公里的5个自然保护区，有效地制止了偷猎现象，野牛栖息地的生态环境基本得到保护。

欧洲野牛原分布于欧洲中部广大地区，目前仅限于原苏联和波兰边境的部分林区，已属于半野生半人工放养的动物。欧洲野牛肩高近2米，体长2米多，体重1000公斤，是欧洲最大的野生动物。欧洲野牛头和背上的隆肉比美洲野牛小，栖息于森林中，一般冬季在较低海拔地区活动，夏季则移到高海拔的山区避暑。结小群活动，性情较暴躁，雄性为争交配权和领导权而激烈搏斗。

欧洲野牛到了1627年几乎绝迹。1914年第一次世界大战，在立陶宛和高加索山区仅存的400头欧洲野牛惨遭屠杀。幸运的是有几只野牛送往动物园。后来人们将饲养的欧洲野牛引进到前苏联和波兰边境的毕亚罗维查森林林区，在那里欧洲野牛繁殖成半野生动物。主要以橡树、榆树、柳树及其它树木的嫩枝、叶为食，很少吃草。欧洲野牛因人类的良知觉醒，才不致灭绝，真是不幸中的万幸。

欧洲野牛群

美洲野牛实际上是欧洲野牛的迁移种群。人类对欧洲大陆的开发，迫使欧洲野牛迁移他乡。欧洲野牛迁移到北美洲大草原上，这里的气候、环境非常适宜野牛生长，野牛迅速繁殖，数千万只野牛称雄北美洲原野，广泛分布于加拿大向南到墨西哥的广阔地域。

18世纪以前，美洲野牛野外总数量约有6000万头。千百年来北美洲土著印第安人以野牛皮肉为生，他们将野牛赶到悬崖边缘大批屠杀，而真正灭绝性的杀戮北美野牛的是移居北美的欧洲牛仔，在19世纪的短短的100年内，他们屠杀了数千万头野牛。到1903年时北美原野上仅剩下21头野牛。1905年美国总统罗斯福颁布法令，人类首次将幸存的美洲野牛等一批珍贵的野生动物置于国家保护之下。目前美国和加拿大境内尚余四万多头，大部分都生活在自然禁猎区内，受到政府的保护。

过去美洲野牛是活跃在北美洲大草原上的巨兽，雄性野牛体长2.7米，高1.8米，体重达900公斤。栖息在开阔的草原地带，有的也出没于山地森林之间。美洲野牛喜集大群，白天活动，通常缓步或慢跑，边游荡边觅食，每

1870年拍摄的美洲野牛头骨山

是黑褐色的，偶尔会出现棕色、金黄色个体。体重可达600—1200公斤。栖息于海拔4000～5500米以上的山间盆地、湖盆四周及山麓缓坡。牦牛极耐寒而且怕热，夏季常出现在海拔6000米以上的高山冰川间隙草地，冬季高山积雪，便下降到海拔3000米左右的低山区活动。常年生活在空气稀薄、植被贫乏的高寒草原或荒凉的寒漠地带，为填饱肚子，每天大部分时间都在觅食，食物以高山寒漠植物为主。在极其恶劣的生态环境条件下，形成了耐苦、耐寒、耐饥、耐粗食、抗病力强等顽强的适应能力。喜结群活动，小群十余头，大群可达几百头。为觅食常随季节变化进行较大范围的迁

天移动约3～5公里，在遇到惊扰时，它们能以每小时近50公里的速度狂奔，此时黄尘蔽日，十分壮观。它们以草为食，性情比欧洲野牛温顺。雄性野牛竞争颇具绅士风度，双雄对峙时，面对面慢步相向而行，边走边摇头，边吼叫，以硕大的体魄和威猛的气势震撼对方，弱者知难而退，礼让对方不战而胜之，真可谓君子动口不动手。

爪哇野牛分布于东南亚的印度尼西亚爪哇岛、婆罗洲、缅甸、泰国、印度支那和马来半岛。爪哇野牛比印度野牛体形小，双角角度较窄，臀部有一大块十分明显的白斑，尾较长。栖息于东南亚的热带干旱、开阔的森林地带，雨季它们迁到较高的山地，旱季移至低山区活动。夜行性，喜结群活动，性机警，胆小，行动十分谨慎，人类难以接近，故人类体养殖数量很少。无固定栖息地，在密林中游荡生活，以草为食。由于人类经济活动扩展和过度的捕杀，爪哇野牛野外种群数量极少，已是濒临灭绝的野生动物。

野牦牛是中国青藏高原上能适应特殊的高寒气候的特有物种。野牦牛体形庞大，四肢粗短，在后颈部有一明显的隆起。大多数野牦牛都

野牦牛

移，在高崖陡壁之间游荡，如履平地。家养牦牛个体小于野牦牛，是高寒地区极重要的肉用和役用兽类，素有"高原之舟"的美誉。人类长期的乱捕滥猎，是导致野牦牛濒危的首要原因。分布区域大部分在海拔4000米之上，不足40万平方公里，估计世界上现存的野牦牛总数不超过15,000头。野牦牛列为国家一级重点保护野生动物。

野牦牛已经有上百万年的发生历史。曾广泛分布在中国以及亚洲北部。现在野牦牛几乎仅幸存于中国的青藏高原。牦牛是以我国青藏高原为起源地的特产家畜，也是"世界屋脊"著名的景观牛种。藏语叫雅客，国外通称为"yak"，即为藏语的译音。牦牛的叫声像猪鸣，所以又称它为猪声牛。西方国家见其主产于我国青藏高原藏族地区，因而也称它为西藏牛。牦牛的尾巴像马尾，所以也有人称它为马尾牛。

麝牛

其他牛科动物 麝牛是牛科羊亚科麝牛属的唯一物种。麝牛分布于北美洲北部、格陵兰、北极群岛等气候严寒地区。体形硕大，低矮粗壮，体长180~245厘米，肩高110~145厘米，体重200~300公斤。头大，四肢短粗，蹄宽大，被毛厚而粗糙，背毛长16厘米，颈、胸和前半身毛长达60~90厘米，特殊的身体结构使其极耐严寒，适应冰天雪地的恶劣环境。麝牛栖息于多岩石的荒芜地带，集大群活动，主要食草和灌木枝叶，冬季刨挖雪下苔藓类食之。性凶猛、骠悍、不畏强敌，当狼、熊等强敌侵袭时，麝牛群即形成防御阵形，成年雄麝牛在最前沿，母幼围于中间，雄麝牛会出其不意地发动攻击，用尖锐的长角袭击对方，进攻后立即退回原位，严阵以待。其深厚的被毛有效地保护身体不被咬伤。因麝牛皮毛极珍贵，故遭到极度猎杀，几乎灭绝。后经保护，种群数量大为恢复。

羚牛属牛科羊亚科羚牛属，是牛科动物中的古老孑遗种类，中国有四个亚种，皆为中国一级保护野生动物。主要分布于中国西南、西北地区，有秦岭亚种、四川亚种、云南高黎贡山亚种和不丹亚种。羚牛体大而粗重，体长170~220

厘米，体重230~350公斤。因其体质强壮，耐劳而且耐饥渴，饲料粗放，故当地人从幼兽开始驯养后，可用于农田耕作、驮物运输等。栖息于海拔1500~4000米的针阔混交林、亚高山针叶林和高山灌丛草甸。属强集群性动物，每群十余只、至上百只的大群，晨昏和夜间活动。白天躲藏在密林中休息，习惯沿着平时通往森林、草坡、水源或舔食岩盐和硝盐地点所踏出的路迹行进。嗅觉灵敏，群中有"哨牛"，受惊扰时发出报警叫声，由雄"头牛"带领，雌牛押后，幼

金毛羚牛

弱夹在中间，迅速隐入密林。由于羚牛分布区因经济活动扩展而缩小和人为偷猎，羚牛野外种群数量下降，野外种群面临因分割而导致遗传性状衰退的危险境地。在野外陕西亚种仅存1200头，四川亚种有7100头，高黎贡山亚种有3500头，不丹亚种约有2000只。现已被列为国家一级重点保护野生动物。

中国的牛文化

牛为六畜之首 我国劳动人民早在渔猎刀耕时期已学会驯化饲养牛。甲骨文有象形牛字，《周礼》、《左传》等古籍已有用牛耕田、拉车、祭祀甚至打仗的记载，牛在中国的历史至少有5000年。牛为六畜之首。远古时期牛已是人类的主要食物来源，便产生了对牛的一种原始信仰。当人类进入新石器时代，开始了原始农耕、制陶、畜牧生产。人类认识到牛不仅可以猎杀吃肉，还可捕捉、饲养、繁殖，从而发明了养牛技术。到了商周时人类发现牛是一种动力资源，可以挽犁拉车，伴随着牛环、犁具、驭车等科学发明，极大地促进了农业及其它各业的发展，引发了商周青铜文化和迅猛发展的秦汉社会变革。后来牛被广泛应用到手工业、开采业、交通运输业、战争、医药等领域。在人类生活的各个角落里都存在着牛文化的影子，牛也是最早被人类驯化的野生动物之一。可以说人类对牛的解剖生理学的了解，要早于人类对自己的解剖学的了解。而"庖丁解牛"的熟练程度能达到出神入化的境地，是千万年来人类长期屠杀解剖无数牛后才获得的技艺。

中国黄牛的起源 中国幅员辽阔，地形复杂，在不同的自然环境中育成了不同的地方黄牛品种，载入全国品种志的就有30多个。中国著名黄牛品种有：秦川牛、南阳牛、蒙古牛、鲁西牛、延边牛、徐闻牛、晋南牛、闽南牛、渤海黑牛、复川牛等。

中国黄牛的起源进化与遗传多样性一直是国内外动物遗传学家感兴趣的课题之一，但中国黄牛起源复杂。近年来中国科学家首次对中国

鲁西牛

南阳牛

上海水牛

10个黄牛代表性品种的主要产区的共47个个体采集血样，进行Cyt b基因全序列的测序分析。通过采用UPGMA法构建了10个黄牛品种分子系统树，将47个个体分别与瘤牛和普通牛聚在一起。结果表明，中国黄牛起源的多元性，主要起源于瘤牛和普通牛2大母系来源。在进化过程中，北方黄牛受普通牛的影响较大，南方黄牛受瘤牛的影响较大；中原黄牛同时受普通牛和瘤牛的影响，是由普通牛和瘤牛长期交汇融合形成的。而欧洲牛、非洲牛和印度瘤牛都分别是单一起源。

中国黄牛的驯化 中国早在七八千年前的史前遗址中已出土大量黄牛、水牛遗骨，最初的饲养可能发生在长江流域地区。那时人类将野牛驯化为家畜，代人耕地，种植水稻及其它役用。由于野牛野性大，性凶猛力大，初驯化野牛时，可能从野牛幼犊开始。《淮南子·本经训》："拘兽以为畜。"就是将幼小野牛用绳索拘之，耗其野性。一般在小牛时将牛鼻穿孔，套一木环或铁环，作为拴系缰绳的地方。据说早在商代就有穿牛鼻子的形象记载。民谚有"牵牛要牵牛鼻子"的说法，牵牛鼻子正抓住了牛的要害，这样就比较容易控制难以驾驭的牛，使牛更易于役用。只要控制好以牛鼻环为中心配置的牛笼头和缰绳，再驯练役牛听懂几种极简明的驾驭号令，一般呼牛的号令都为单数字语，如走喊："驾"、"嘚"，停车喊："吁"、"站"，向左转喊："哟吁"，向右转喊："喔"，牛便能十分顺服地为人类服务了。据说用某种音乐可以使母牛多产乳，这可能就是从古人"对牛弹琴"而获得的启示吧。

牛形象的铸造文化 中国古代商、周、战国、秦汉时期，盛行青铜器具，有很多用牛的形

牛鼎 现藏于美国滨州大学博物馆

西周早期饪食器。该鼎圆腹立耳，柱足，体饰三组兽面纹，细雷纹垫底，足饰浮雕兽面，盖钮和双耳饰兽头，器盖铭文"牛"。

象制作的鼎、尊等器皿，用为祭祀、饮器、或随葬的明器。1934年在河南安阳侯家庄西北岗发掘出一件牛鼎，高73.4厘米，口长64.1厘米，口宽38厘米，重110.4公斤，面饰牛纹，四足饰牛首。在青铜器的铸造中表现的牛形象十分丰富逼真，或丰腴健壮，或浑圆雄健，或在牛鼻上铸饰铜环，造型独特优美，极具时代气息。以后各朝代亦铸铜牛、错银牛灯、铁牛等牛雕作品。最著名的是山西永济蒲津渡遗址出土的四件唐代铁牛，唐开元十二年（724）铸造，原为了固定浮桥之用，兼有镇水降妖之意。四件铁牛每个长3米，宽2米，高1.8米，重55～75吨，体形之庞大，实为世之罕见。北京颐和园十七孔桥头的铜牛，则是清代牛雕的代表作。在古人的心目中牛是镇水降妖的神兽，故在兴修水利、桥梁等的关键地段，或水患横行之地都要设庞大的铜牛、铁牛以镇水患。

黄河铁牛

吴牛喘月铜镜　元代

牛角

成语"吴牛喘月"的正解　古代吴地即现在长江流域偏中下游一带，水牛是这一地区农耕作业的主要役畜。水牛缺乏汗腺，在高温炎热的夏季，热得喘作一团。因此在高温炎热天气，水牛惧热而犯牛脾气拒绝劳作，见水就卧而不动，极易耽误农时。农民便采用"夜作"来解决这一矛盾。即在太阳落山后，气温凉爽时役牛耕作。白天烈日当空，让牛在水中纳凉，并喂饱牛肚子，夜间凉爽时，牛便能顺服驾御，午夜饲喂一次，一直可工作到天明。水牛所畏惧的是高温和烈日曝晒，在凉爽的夜晚工作时，即使见到皎皎明月，一般也不会因此而消极怠工的。"吴牛喘月"的说法，说明了人们对水牛怕热的生物学特性是十分了解的。

牛角的民俗内涵　牛角是牛的象征和牛御敌的锋利武器，故在中国民间有将牛角用作重要的装饰物的习俗，主要用于人体装饰和建筑装饰。在中国，很多少数民族把牛角视为表示威猛和避邪的灵物，视牛神为图腾加以崇拜，故常将牛角作为头饰或在身上绘牛角状纹身等，将牛角装饰在门框上或室内或拴在村落显要位置的柱子上，用以装饰、避邪、祭祖，有的将整个牛角从根部取下，两只角连在一起，呈一端正的

半圆的新月形连角，把这样的牛角高高挂在堂屋中央，表示富贵、吉祥之意，也表示对先人的祭奠。如苗族头上的牛角是用银制的，所以配戴银牛角是主人富有的标志，亦为了显示美观，易于社会交往，并可有效地吸引异性；陕西民间流行由子孙为老人祝寿时，送老人"牛鼻梁鞋"，鞋上有两角，祝愿老人会有牛一样健壮的身体，长命百岁，万寿无疆。

"鞭春牛"的社会意义　中国历史悠久的"鞭春牛"活动，起源于史前时代的春耕仪式，先由氏族长进行耕种，其余人跟随而作，而那时只有锄头和人挽犁。耕牛出现后就开始了鞭牛拉犁而耕的破土春耕仪式，后来又出现了土牛、纸牛等象征性的鞭春牛。自古以来人们就把立春节的鞭春牛当作春天到来时的头等大事来办，成为了春耕开始的动员令，寄托着广大农民祈求丰收的愿望。《淮南子·主术训》："春生夏长，秋收冬藏。"古人认为立春时节，是人类自身繁衍的重要时节，故古代人喜欢将婚恋时节选在春暖花开的季节。所以说"鞭春牛"有其深刻的社会意义，其目的一是祈求农业丰收，二是祈求人丁兴旺。前者解决人类的衣食之源，为人类生存提供物质基础，后者是繁衍人类本身，为人类的持续发展提供新的生产动力。人们通过"鞭春牛"的形式，来祈求上苍保佑人类生存的两大基本支柱。

牛的世界

短角牛 Shorthorn

原产于英格兰东北部的诺森伯兰、达勒姆、约克和林肯等郡。由于是从当地土种长角牛改良而来，改良后的牛角较短小，故称为短角牛。

短角牛的育种工作始于18世纪初，由伯克尔主持向肉用型方向改良，以供城市牛肉的需要，而后由柯林兄弟，利用"古巴克"公牛进行近亲繁殖，并由白蒂斯培育成乳肉兼用牛。1950年以后，短角牛中一部分又向乳用方向选育。目前，短角牛有肉用、乳用和乳肉兼用等三种类型。

短角牛分为有角和无角两种。角细短，呈蜡黄色，角尖黑。被毛多为深红色或酱红色，少数为红白沙毛或白毛，是唯一有沙毛色的现代牛品种。部分个体腹下或乳房部有白斑，鼻镜为肉色，眼圈色淡。体型清秀，乳房发达。

短角牛饲育于全世界。北美、南美（特别是阿根廷）和欧洲都甚多。在澳大利亚长期以来就享有盛名。在南美广泛地被用作种畜。在美国玉蜀黍产区各州数量最多，也用于级进育种以改

良当地的或未改良的牛品种。中国于1913年首次引入乳肉兼用型短角牛，以后又相继多次引入，主要用于改良蒙古牛，对中国草原红牛的育成起了重大作用。

夏洛莱牛 charolais

夏洛莱牛为大型浅色牛品种，在法国育成，原为役用，现已用作肉牛，饲养量居肉牛之首。该牛对气候适应能力很强，在世界五大洲，70多个国家都有分布，并被做为改良肉牛品质的首选。夏洛莱牛的生长性能强、饲料转化率高、胴体重高，并且肉质优良，有大理石花纹。此外在繁殖性能上，夏洛莱牛具有双犊率高、产奶量高及寿命长等优点。夏洛莱公牛与其它品种牛杂交，生长速度及胴体结构都会有很大改善。

中国在1965年开始从法国引进，至1980年初共引入270多头种牛，分布在13个省、自治区、直辖市，现已发展到500多头。

夏洛莱牛属于大陆型肉用牛中的大型牛。角圆而较长、向两侧向前方伸展、并呈蜡黄色。胸极深、背、腰臀部肌肉鼓突明显，尻部肌束沟清晰。四肢粗。毛色白或乳白，有的呈黄白色（奶油白色），皮肤及粘膜上有肉色的色素。

夏洛莱牛生长快是其最大特点，牛增重快，瘦肉多，可在最短期内生产最大限度的肉量。夏洛莱牛有良好的适应能力，耐寒抗热，冬季严寒

不夹尾、弓腰、拘缩，盛夏不热喘流涎，采食正常。夏季全日放牧时，采食快，觅食力强。

夏洛莱牛适应中国自然条件的特点，与中国黄牛杂交，其后代体格大，增长速度加快，役用能力增强，是一个最理想的杂交组合，很受群众欢迎。

海福特牛 Hereford

海福特牛产于英国英格兰的海福特郡，是世界上最古老的早熟中小型肉牛品种。现在分布在世界许多国家，中国从1964年开始引进。

海福特牛分有角和无角两种。体躯宽大，前胸发达，全身肌肉丰满，头短，额宽，颈短粗，颈垂及前后区发达，背腰平直而宽，肋骨张开，四肢端正而短，躯干呈圆筒形，具有典型的肉用牛的长方体型。被毛，除头、颈垂、腹下、四肢下部和尾端为白色外，其他部分均为红棕色。皮肤为橙红色。具有体质强壮、较耐粗饲的特点，适于放牧饲养，产肉率高。

犊牛初生重，12个月龄体重达400公斤，平均日增重1公斤以上。成年体重，公牛为1000-1100公斤，母牛为600-750公斤。海福特牛肉质细嫩，味道鲜美，肌纤维间沉积脂肪丰富，肉呈大理石状。

婆罗门牛 Brahman

是美国人用印度瘤牛、欧州瘤牛、美国瘤牛及部分英国牛培育形成的适于热带、亚热带(甚至温带)饲养的肉牛品

种，从澳大利亚活畜引进，250头。公牛含12个品系，是国内唯一的婆罗门种群。1979年2月，邓小平同志访问美国，美国将一头婆罗门公牛作为礼品送给他。这头婆罗门公牛1980年5月运到我国，饲养在广西畜牧研究所。

婆罗门牛的典型特征是大垂耳、大垂皮、高瘤峰、长四肢、长脸，常见毛色为灰色，次为红色，也有棕色和黑色。体重在肉牛品种中居中间水平，成年公牛700-900kg，母牛450-630kg，初生重27-29kg。婆罗门牛的产肉性能好，且具有耐热、耐粗饲、抗蜱等吸血虫和易管理等优良性状。

麝牛 musk-ox

偶蹄目牛科麝牛属的唯一种。分布于北美洲北部、格陵兰、北极群岛等气候严寒的地区。体型大，但低矮粗壮。有麝香的气味。雄体肩高约1.5米，重约400公斤；雌体较小。头大，吻部宽，眼小，耳中等大小，端部尖形，部分隐于毛中；雌雄均具角，截面圆形，老年雄体的角长约60厘米。雄体的角基宽，从颅骨的中线向旁伸展，在头的两侧向下弯，末端向上弯曲。四肢短而粗，具宽大的蹄；毛被厚，毛粗糙，背部毛长16厘米，颈、胸部和前半身的毛长达60厘米，最长可达90厘米，极耐寒；毛棕色，冬季毛更长呈黑棕色；尾短，仅7至10厘米。脸部毛较短。粗毛下有一厚层绒毛，夏季脱落。爱斯基摩人用其绒毛制类似羊驼绒或开士米的细布。

麝牛栖息于多岩荒芜地方，成群活动，一群时常20～30只。无进攻性，性勇敢，在任何情况下都不退却逃跑。当狼和北极狐等敌害出现时，一群麝牛立即形成一圈，成年公牛站在最前沿，而把幼牛围在中间。公牛会出其不意地发动进攻，用尖角袭击对方。由于自己的毛被长而厚，可保护身体不被敌兽咬伤。公牛进攻后，立即返回原地，严阵以待。

麝牛生活在加拿大和格陵兰广阔而没有树木的冻土上，主要吃草和灌木的枝条，冬季亦挖雪取食苔藓类。雌麝牛每年4月产仔，但幼仔的成活率很低，由于当时天气很冷，夜比昼长，初生的幼仔往往因乳毛未干即被冻死。在繁殖以前，雄牛为了争夺群体的领导权而打斗。在此期间，它们会从脸部的腺体中释放出浓重的麝香味。它们用头撞击对方，展开激烈的战斗，直到一方让步离开为止。麝牛毛皮极好，曾被大量猎杀，几乎灭绝。后经保护，现种群数量已有所恢复。

圣格鲁迪斯 Santa Gertrudis

圣格鲁迪斯牛在美国得克萨斯州育成。以婆罗门牛与短角牛杂交，10年后于1920年获得

优秀的种公牛，到1940年选育成功。新品种适应热带和温带气候，得到广泛的应用。

圣格鲁迪斯牛同其他用英国牛种和婆罗门牛混血而成的品种有共同之处，公牛都有小型的肩峰，胸部比较深，骨骼不特别粗，颈下和颌下有垂皮，肚下有比较发达的脐垂。耳朵大小中等不下垂，毛色以红色及枣红色为主，有的个体腹部有白色毛片。毛短光亮，皮肤松软。

圣格鲁迪斯牛体格比较高大，以体重与体高相比，相对较轻，表现为瘤牛的体格特点。其体型有利于在热天散热，在古巴等赤道地区国家受欢迎，在中国曾有一度将圣格鲁迪斯牛称做"古巴牛"，后来得到更正。

西门塔尔牛 Simmental

西门塔尔牛原产于瑞士西部的阿尔卑斯山区的河谷地带，而以伯尔尼州的平原地区所产的品质最好，在法、德等国的边邻地区也有分布。原是瑞士的大型乳、肉、役三用品种，占其总牛数的50%。在世界各国分布很广。

西门塔尔牛在产奶性能上被列为高产的奶牛品种，在产肉性能上并不比专门化肉用品种逊色，在生长速度上也是较快的。因此，在现今西门塔尔牛成为世界各国的主要引用对象。中国各地均饲养有西门塔尔牛，尤其在北方被用来改良当地的黄牛，取得较为满意的效果。

西门塔尔牛为大型兼用品种，体格粗壮结实，头部轮廓清晰，嘴宽，眼大，角细致，向外向前拧转向上。前躯较后躯发育好，胸和体躯深，腰宽身躯长，尻部长宽平直，肌肉丰满。四肢粗壮，蹄圆厚。乳房发育中等，四个乳区匀称，泌乳力强。被毛浓密，额部和颈上部有卷毛。毛色多为黄白花或淡红白色。背和体侧大部为有色毛片，肩胛和腰部常有条状连片的白色毛片，头部白色或带小块色斑，腹、腿部和尾巴均为白色。鼻镜、眼睑为粉红色，蹄为淡黄色及浅褐色。

西门塔尔牛的体格较高大，肌肉发达，产肉

性能良好。胴体瘦肉多，脂肪少，且分布均匀，肉质佳。

水牛 buffalo

偶蹄目牛科几种反刍哺乳动物的统称。

印度水牛是一种体型粗大的动物，野生于东南亚，在旧大陆的整个温暖地区作为家畜饲养，是东南亚种稻地区的主要挽畜。全身为暗黑色，无稀疏，角大，其横断面呈三角形。肩高1.5米或更高，重800公斤。野生的印度水牛成群栖息，在沼泽地区和多草的密林中。胆大，凶猛，常袭击侵入其领域者。驯化的印度水牛用作挽畜，其奶、黄油和皮亦可用。

非洲水牛亦身躯粗大，毛稀，黑色，肩高1.5米。雄体重900公斤。角向下弯曲，然后向上再向内，角基部形成若干大型瘤节，这些瘤节在头顶部几乎相接。非洲水牛有一个亚种栖息在稠密的西非森林中，体型较小，浅红褐色，角较短。非洲水牛以前分布在整个非洲撒哈拉以南地区，后由于疾病和狩猎，数量大为减少。在开阔的或灌木覆盖的平原和开阔林地群居。受伤的非洲水牛被视为最危险的动物之一。非洲水牛从未被驯化过。

西里伯斯水牛是西里伯斯岛浓密森林中的一种小型深褐色水牛，胆小，栖于该岛内地，角尖而直。常被猎取以取其肉、皮和角。比它稍大

的小水牛与之近缘，栖息在菲律宾民都洛岛；极为胆小难驯，现已所剩无几。它和西里伯斯水牛的几个亚种在《红皮书》中已列为濒于灭绝的动物。

印度野牛 gaur

偶蹄目牛科野生牛类的一种。小群栖于印度、东南亚和马来半岛的山地森林。比其他野牛都大，肩高1.8米或更高。体大，蓝眼，角弯曲。背前部隆起如山脊状，下腿白色。雄体深褐或浅黑色，雌体和幼仔为浅红褐色。数量上已大为减少，仅于印度、缅甸和西马来西亚有散在群。马来亚印度野牛在《红皮书》中已列为濒危种。

欧洲野牛 aurochs

灭绝的欧洲偶蹄目牛科动物，可能是现代牛的祖先。直到1627年在波兰中部还有幸存者。为大型黑色动物，肩高1.8米，角展开向前弯曲。有德国育种工作者宣称，他们自1945年以来用西班牙斗牛与长角牛及其他品种的牛杂交，重新创出欧洲野牛，体型却较小，可能不具备与欧洲野牛类似的遗传成分。

牦牛 yak

牦牛被称作高原之舟，是西藏高山草原特有的牛种，主要分布在喜马拉雅山脉和青藏高原。牦牛分为野牦牛和家牦牛，野牦牛又叫野牛，藏名音译亚归。偶蹄目，牛科，牛亚科、牦牛属。是家牦牛的野生同类，典型的高寒动物，性极耐寒。青藏高原特有牛种，为国家一类保护动物。

牦牛全身一般呈黑褐色，身体两侧和胸、腹、尾毛长而密，四肢短而粗健。牦牛生长在海拔3000米至5000米的高寒地区，能耐零下30℃—40℃的严寒，而爬上6400米处的冰川则是牦牛爬高的极限。牦牛是世界上生活在海拔最高处的哺乳动物。

野牦牛体形笨重、粗壮，但比印度野牛略小，体长为200至260厘米，尾长约80至100厘米，肩高160至180厘米，体重500至600千克，雄性个体还明显大于雌性个体。野牦牛具有耐苦、耐寒、耐饥、耐渴的本领，对高山草原环境条件有很强的适应性。

野牦牛一年四季生活的地方不一样，冬季聚集到湖滨平原，夏秋到高原的雪线附近交配繁

殖。野牦牛性情凶猛，人们一般不敢轻易触动它，触怒了它会以10倍的牛劲疯狂冲上来，有时还会把汽车撞翻。中国牦牛占世界总数的85%，其中多数生长在西藏高原。不过，牦牛有识途的本领，善走险路和沼泽地，并能避开陷阱择路而行，有时可作旅游者的前导。

黄牛 Bos taurus domestica

中国固有的普通牛种。在中国的饲养头数居大家畜或牛类的首位，饲养地区几遍全国。在农区主要作役用，半农半牧区役乳兼用，牧区则乳肉兼用。头部略粗重，角形不一。体质粗壮，结构紧凑，肌肉发达，四肢强健，蹄质坚实。因自然环境和饲养条件不同，各地黄牛在体型和性能上亦有差异，一般分为蒙古牛、华北牛和华南牛三大类型。饲养方法大致分为舍饲、半舍饲

和放牧3种。雄性身体比雌性强大；两性均具角，横切面呈圆形；有的种类颈下垂肉发达，有的不明显；雄性上体通常深棕褐色、灰褐色、棕黑色，雌性毛色略浅；腿的下部多白色。黄牛大多以役用为主。秦川牛、鲁西牛、南阳牛等都是中国黄牛的优良品种。

羚牛 Takin

羚牛并不是牛，它居于牛科羊亚科，分类上近于寒带羚羊，是世界上公认的珍贵动物之一，在中国被列为国家一类保护动物。因它体形粗壮如牛，

长2.1米，约重300公斤，活像一头小水牛，而头小尾短，又像羚羊，它叫声似羊，但性情粗暴又如牛，故名羚牛，又称"六不像"。它生有一对似牛的角，角从头部长出后突然翻转向外侧伸出，然后折向后方，角尖向内，呈扭曲状，故又称扭角羚。羚牛是一种高山动物，栖息于海拔3000—4000米的高山悬崖地带。由低至高依次生长着常绿落叶阔叶林、落叶阔叶林、针阔混交林、针叶林和高山草甸灌丛，海拔愈高条件愈酷，气候也愈冷。可是羚牛并不在乎，林下生长的灌木、幼树、嫩草及一些高大乔木的树皮都是它们的美味佳肴，它们白天隐匿于竹林、灌丛中休息，黄昏和夜间出来觅食。上下往来于群山之中，纵横于悬崖峭壁之间，如履平地。它们身上长有一身厚密的被毛，能抵御严寒，不怕寒冷，可是怕热，夏季气温接近30℃时，每分钟气喘即达100次以上。

紫气东来

十二生肖艺术丛书·丑牛

"牛"的绘画

猎野牛 岩画 青海海北藏族自治州刚察是舍布齐沟

赶牛图 岩画 云南省沧源佤族自治县勐省岩画点

野牛 岩画 早期铁器时代 内蒙古阿拉善右旗孟根布拉格苏木曼德拉山

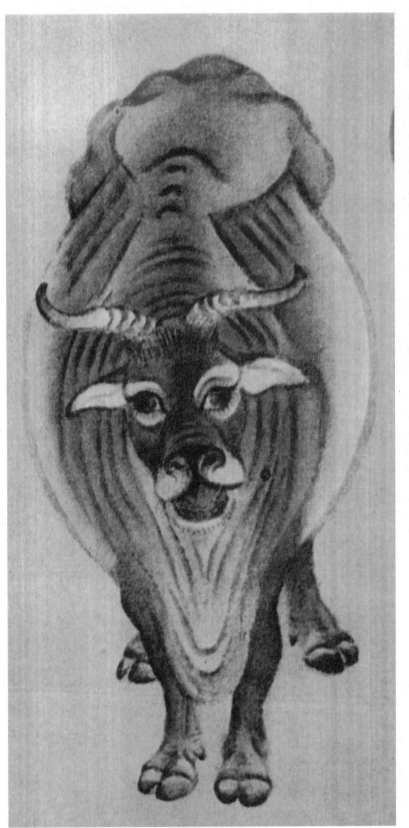

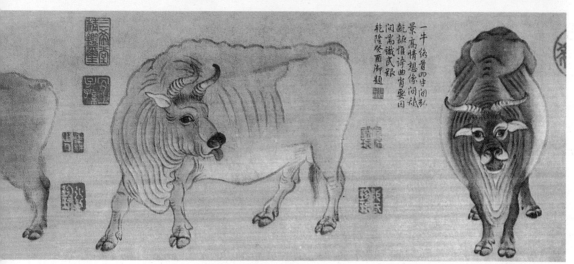

五牛图　唐代　韩滉

　　韩滉(723—787)，字太冲，长安（今陕西西安）人。以画牛著称。

　　《五牛图》卷在北宋时曾收入内府，宋徽宗还曾题词签字，但这些痕迹都因后人的挖割而不复存在了，只有"睿思东阁"、"绍兴"这些南宋宫廷的印记表明它南渡的身世。元灭宋后，大书画家赵孟頫得到了这幅名画，如获巨宝，留下了"神气磊落、希世明笔"的题跋。到了明代，《五牛图》卷又陆续到了大收藏家和鉴赏家项元汴与宋荦的手中。清代乾隆皇帝广诏天下珍宝，《五牛图》卷被征召入宫，乾隆皇帝非常喜爱，并多次命大臣在卷后题跋。清朝末年，这幅名画被转到中南海瀛台保存，1900年，八国联军洗劫紫禁城，《五牛图》被劫出国外，从此杳无音讯。1950年初，周恩来总理收到一位爱国人士的来信，信中说，《五牛图》近日在香港露面，画的主人要价10万港币，自己无力购买，希望中央政府出资尽快收回国宝。周总理立即给文化部下达指示，鉴定真伪，不惜一切代价购回，并指示派可靠人员专门护送，确保文物安全。文化部接到指示后，立即组织专家赴港，鉴定《五牛图》确系真迹，这幅名画终于回归祖国。

春草平坡而迤
深徐行斜日入
桃林童児牧手
無狗束韻牧于
今已得心
　　沈周

卧游图册之二　明代　沈周　故宫博物院藏

老子出关图　明代　张路　故宫博物院藏

牧童牛背绿杨烟，断续歌猎
往还不与人间荣辱事满裳
风雨六尧天辈
甲辰四月 西厚老人杨晋

柳塘春牧图 清代 杨晋 故宫博物院藏

双牛图轴

清代

张槃

紫气东来　清代　任伯年

牧牛图　清代　任伯年

柳牛图　现代　齐白石　中国美术馆藏

春之歌　现代　徐悲鸿

雪山牦运　现代　吴作人

十二生肖艺术丛书·丑牛

迎春图　现代　李可染

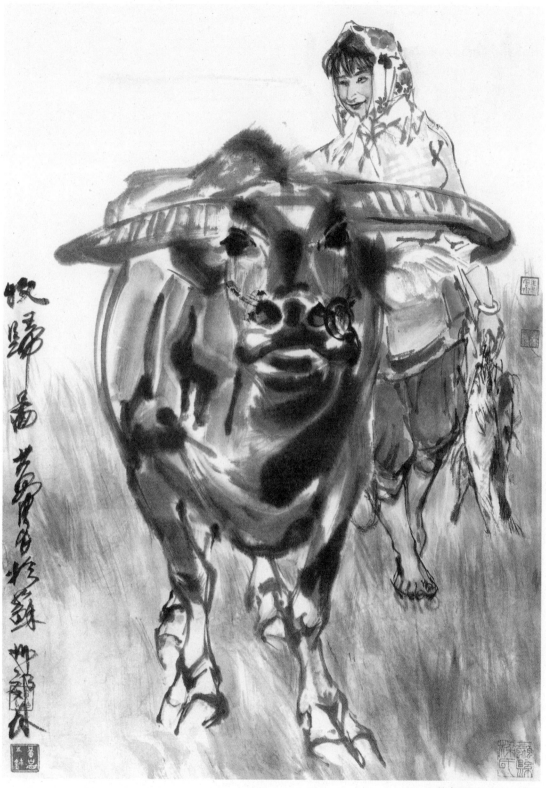

牧归图　现代　黄胄

十二生肖艺术丛书·丑牛

老子出关 现代 范曾

放牧图　现代　石鲁

十二生肖艺术丛书·丑牛

春之曲　现代　杜滋龄

俯首甘为孺子牛

俯首甘为孺子牛
一九四九年五月
师白

现代 姜师白

己丑贺岁

十二生肖艺术丛书·丑牛

农舍　现代　杨善深

浴牛图 现代 张广

己丑贺岁

十二生肖艺术丛书·丑牛

"牛" 的雕塑

青玉牛首管形饰 商代

　　黄绿色玉，土沁。玉形管的起源，是旧、新石器时代所佩带的骨管。到了新石器时代，玉管形饰在各地区文化中几乎都有发现，良渚文化中还有一种方形玉管。玉管形饰是配饰。

铜牛灯 汉代

错银饰铜牛灯 东汉 南京博物院藏

　　1980年5月，在江苏省甘泉乡出土的东汉错银饰铜牛灯，是南京博物院的"镇院之宝"。该灯通高46.2厘米，灯盏承接在牛背中的圆形座基上，牛头顶部有烟筒直上而后弯曲与灯罩相接，牛腹中空可储水滤烟尘。

铜牛　战国

玉牛首　西周

陶酱黄釉牛车　隋代　故宫博物院藏

三人缚牛铜扣饰　西汉　云南

陶牛　东汉　广西壮族自治区博物馆藏

鎏金铜牛　西汉

　　鎏金铜牛，挺胸昂首，长嘴微张，宽鼻大眼，双弯角后抿，斜竖耳，粗颈，颈下有多道褶皱纹，四腿直立，腿短蹄硕，显得体态肥壮，有一种粗壮有力的感觉。整体雕塑特征圆润丰满，姿态略加夸张，着重大体轮廓，力求简练的结构，表现善良憨厚、温顺自然的静态。

二牛交合铜扣饰

西汉　云南李家山青铜器博物馆藏

　　一公牛体型较大，两后腿站立，两前腿伏于一母牛的背上，头依母牛之肩部，嘴微张，双目鼓圆，尾夹于后股间，腹部前倾作交合状；母牛体型略小，头前伸，尾上扬，与公牛配合默契。这种生殖崇拜反映了古滇人期望畜群繁衍、财富增长的美好愿望。

『牛』的雕塑

四人缚牛铜扣饰

　　表现的是剽牛祭祀即将开始的场面。在祭祀场所右侧立一柱，柱上拴一头身躯健壮的巨角牛，牛角上倒挂双腿紧束的幼童，即人牲。

牛虎铜案　青铜器　战国　云南省博物馆藏

　　1972年在江川县李家山古墓群遗址出土。案又称"俎"，是中国古代一种放置肉祭品的礼器。牛虎案就是用来放献祭牛牲的，是古代祭祀中最重要的献祭。因牛牲居祭祀"三牲"中首位。其器既有中原地区四足案的特征，又具有浓郁的地方民族风格。

黄釉牛

唐代

陕西历史博物馆藏

高17.5厘米 长25.5厘米

　　牛直立于方形踏板上，作平视前行状。双角，大耳直立，眼圆睁，鼻孔大张，肩胛高隆，躯体浑圆健壮，神态温顺笨拙。

邢窑黑白釉黑篷牛车　唐代

木牛车　唐代

为唐代舆车之缩影。

五牛铜枕 西汉

　　高36.4厘米、长70厘米、宽13厘米。1972年
云南江川县李家山出土。

铜牛灯 西汉

牛尊 商中期 陕西历史博物馆藏

　　通高24厘米, 长38厘米, 1967年陕西蚊橡山贺家
村出土。

错金银云纹铜犀尊 西汉

中国国家博物馆藏

　　中国古代做成动物形的酒尊不乏其
例, 如商时期铜器中的牛尊、象尊、豕
尊等。

　　考古发现证明, 犀牛曾广泛生活在
中国古代中南部地区。犀牛皮质坚韧,
春秋战国时期被用于制作盔甲。作为一
种重要的军需, 因而导致大量的犀牛被
捕杀, 进入唐宋已基本绝迹, 明清时代
的人已不知犀为何物。

牛尊 商代 殷墟博物馆藏

圆明园十二生肖铜像牛首　清代

黄杨木雕卧牛　清代　故宫博物院藏

圆雕卧牛，四肢着地，顾盼回首，脊背高耸如瘤，肋骨嶙嶙。一小兽嬉戏于卧牛身畔，亦弯身回首，作亲昵状。二兽动势互相呼应，小兽戏卧牛之尾，牛尾则自然搭于小兽身上，愈显联系之密，构图之巧。

此作虽是小品，却摇曳多姿，布局精当，刀法娴熟，是传世黄杨木作品中较为突出者。

翠卧牛　清代

小童牧牛铜像　清代

澄泥牧牛砚 明代 故宫博物院藏

　　砚作卧牛状，牛仰首，双眼圆睁，目视前方，牛角向后弯曲，四足相对，牛尾向前甩动。牛背作圆月，为砚池，一牧童俯于牛背上，身向前探。砚池绛黄有褐斑，砚周为墨色。泥质坚硬细润，有如石制。造型生动，是明代澄泥砚珍品。

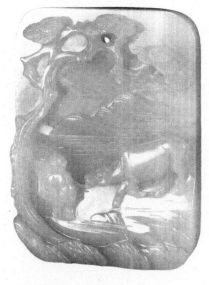

青白玉牧牛牌饰 清代

　　这种方形玉牌又叫"子刚牌"，传为明末名匠陆子刚创制，是明清以来极流行的一种玉佩。这件牌子运用高低不同层次的浮雕，并巧妙地利用玉料两种不同的颜色在这块小方牌上呈现了一幅立体生动的图画，层次分明，形象逼真。

铜牛摆件 民国

青白玉牛

花釉斗牛 现代 山东淄博陶瓷

野牛 现代 山东淄博陶瓷

十二生肖艺术丛书·丑牛

"牛"的肖形印

牛印 秦代

牛印 秦代

牛首象人纹印 汉代 故宫博物院藏

牛 现代 来楚生篆刻

牛 现代 寒月篆刻

牛 现代 矫毅篆刻

百牛赐福（8方） 陈冠英 张维萍篆刻

牛纹篆刻（16方）　现代

"牛"的年画

大清光绪三十年甲辰财神春牛图 年画 清末 上海

　　宋《东京梦华录》载："立春前一日，开封府进春牛入禁中鞭春，开封、祥符两县，置春牛于府前。至日绝早，府僚打春……"

　　图绘一芒神鞭春牛，以示春临。四周立各路神仙，中为武财神赵公明。上有一年十二个月中二十四节气时间，提醒农家勿误农时。左右有利市仙官、招财童子，寓意财源广进，恭喜发财，故题为"财神春牛图"。

牛转乾坤 现代 朱沛城作 台湾

钟馗为驱魔除害的象征，在全国年画产地中，都有它的威猛形象。不仅如此，历代名画也常取钟馗作题材，画钟馗专事打抱不平，以泄胸中忿满之气。

此图绘钟馗坐骑一条黄牛，立眉怒目，颇有神威。有"驱邪降福"、"财源广进"、"四季平安"等旌旗飘动于左右。因此图绘刻于丁丑年，故题作"牛（扭）转乾坤"。

生意兴隆　线版印年画　现代　香港

　　图绘一春牛，芒神坐骑其上，犹存迎春古意。香港是商业贸易繁荣之地，又是金融市场发达的地方。所以图上刊印的"生意兴隆"、"横财顺利"、"中外贵人扶"、"五方财宝进"等发财致富的词句，也都反映于尺幅之纸上。

洪福齐天　墨色版印年画　民国　天津

天下太平　线版印年画　民国　上海

　　此为1912年由陆新昌纸店刻印的一幅历画，因逢中国农历癸丑年，故"天下太平"的钱眼儿中有一牛。从图中所绘人物看，时民国虽然成立，但宣统还未退位。

十二生肖艺术丛书·丑牛

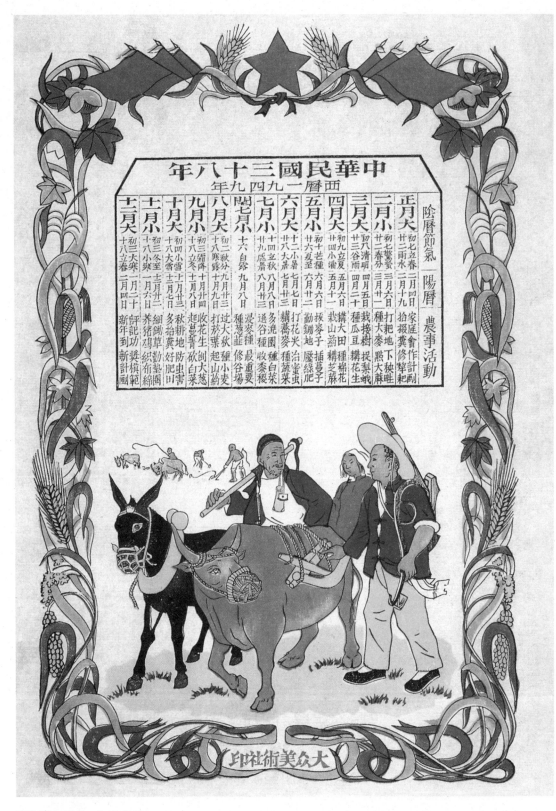

春牛图　现代　河北武强

春牛图

春牛图　现代　天津杨柳青

"牛"景名胜

北京颐和园铜牛

在北京颐和园昆明湖东堤，十七孔桥的东侧，有一处独特的景物，一头大小和真牛相仿的铜牛蜷卧在雕有波浪的青石座上。铜牛体态优美，两耳竖立，昂首凝眸，目光炯炯地遥望着颐和园的远山近水。

颐和园的铜牛铸造于清乾隆二十年（1755），铸造精良、形象逼真。相传大禹治水时每治好一处，就铸一条铁牛投在水底，由此成为中国历史悠久的古老风俗习惯。到唐代以后，铁牛就放置在岸上了。乾隆皇帝疏通了昆明湖以后，也按当时的风俗铸了这只铜牛放在东堤上。牛背上刻有乾隆手书《金牛铭》。《金牛铭》上写道："金写神牛，用镇悠永。……敬兹降祥，乾隆乙亥。"中国古代把铜也称作金，因此颐和园铜牛又称为"金牛"。

1860年英法联军和1900年八国联军入侵北京时，铜牛曾遭一定程度损坏。但历经枪林弹雨的沧桑岁月，至今依然如新铸造的一般，特别是铜牛背部的金牛铭篆书文字，没有一个笔画

缺损残坏。今天，人们把铜牛看成是一件珍贵的艺术品，它和颐和园铜亭、铜麒麟、铜狮子一样有名，成为来此游览的人必看的独特景物。

山西蒲津渡遗址

古代黄河上的著名渡口——蒲津渡位于山西省永济市古蒲州城西门外黄河东岸，历史上著名的蒲津桥和唐开元铁牛也位于此处。后因黄河东移，开元铁牛等没入水中，悄然消失。20世纪40年代，河水沿蒲州西城墙外流过，据当地老人回忆，枯水季节，下水还可摸到铁牛牛角，行船还有被牛角挂伤船底的情况。50年代后，三门峡库区蓄洪，河床淤积，再加上河水西移，到了六七十年代铁牛已被深埋于黄河水面下2米有余的河滩里了。

1988年，永济县博物馆在县委、县政府的大力支持下，经过一年多的查访勘探，于次年8月发现并出土了唐开元铁牛、铁人，引起各界人士关注。

开元铁牛是当时蒲津浮桥的镇桥之宝。铁牛是用作拴铁索用，铁索连舟便成了浮桥。铁牛每尊高约1.9米，长约3米，宽约1.3米，牛尾后有横轴，直径约0.4米，长约2.3米。轴头有

纹饰，各轴不同，分别有连珠饰、菱花、卷草、莲花等。

铁牛造型生动，前腿作蹬状，后腿作蹲伏状，矫角、昂首，牛体矫健强壮，尾施铁轴，以系浮桥。腹下有山，其下有6根直径0.4米，长约3.6米的铁柱斜前连接，每根铁柱分别有反向出伸铁足各一，功能同地锚。在铁牛的上下部位均有铸范缝痕迹，可观察浇铸、范块痕迹，分析出铸造的工艺技术。黄河蒲津渡遗址的发现展现了我国古代桥梁交通、黄河治理、冶金铸造科学技术等方面的科技成就，为历史地理、水文地质、黄河变迁、环境考古以及黄河治理等方面提供了珍贵资料。

具记载，另一组铁牛在黄河西岸陕西境内。

河北"卧牛城"

河北省邢台市被称为卧牛城。史书记载：邢台城为春秋时邢所建，十六国时期由后赵皇帝石勒扩修，北宋时又进行重修。城墙周长九里十三步，阔六步，上可卧牛，故俗称卧牛城。然而，民间却另有一种传说。说是很久很久以前，邢台一带土地肥沃，水草丰盛。常年在太行山上打猎的姬运、姬生兄弟俩，一天下山时，看到有一头神牛，头南尾北，席地而卧在这里。那时，牛是丰收吉祥的象征。于是，他俩就带领一班人用智慧和勇敢战胜了兴风作浪的"黑龙"，然后大家便在神牛卧过的地方定居下来，繁衍生息，逐渐形成了城镇。人们亲昵地称自己的城镇为卧牛城。至今，邢台市还有许多关于牛的掌故。市南面有东牛角村、西牛角村，市

北面有牛尾巴河横贯东西，市内有牛市街、拴牛撅、牛心坑、牛蹄坑等。另外，还有一些变化的地名，如南长街、北长街，传说为神牛的肠子变化而成，原先是写成南肠街、北肠街的。市郊的叔伯营村，则是当年的领袖姬运、姬生兄弟俩居住的地方。

浙江海宁镇海铁牛

在浙江海宁观潮，看波涛汹涌的钱塘江潮被蜿蜒曲折的海塘所折服，却并不一定知道，民间传说这是海塘上一镇海铁牛的"功劳"。

相传，由于钱塘江潮水兴风作浪，常常冲毁海堤，危害百姓。为此乾隆皇帝到海宁巡视，并决定建造海塘。由于潮水汹猛，海塘无法建造。为此监工大臣忧心忡忡。一天晚上，夜潮神托梦于大臣：只要铸造一对铁牛就能筑起海塘。于是监工大臣就命当地百姓捐铁铸牛，日夜开工，没几天就铸成了这对铁牛。

镇海铁牛始铸于清雍正八年，原有五座，乾隆五年(1740)又铸四座，分别置于钱塘江北侧沿岸。其前蹄内跪，牛腿座地，造型逼真，形态自如。当时有一种说法：水牛克水，以牛治水，使怒潮不再成为祸害。可惜的是那对铁牛毁于"文革"，1986年6月为了恢复"镇海铁牛"这一景观，文物部门根据资料重新设计并由浙江邮政机械厂资助铸造了这对铁牛，分别置于占鳌塔东西两侧，新铸的铁牛上仍保留了铁牛铭："唯金克木蛟龙藏，唯土制水鬼蛇降，铸犀作镇奠宁塘，安澜永庆报圣恩。"

说到铁牛，这里还有一个小故事，那是在

1753年8月的一天夜晚，钱江涌潮似发怒的巨人，猛吼咆哮，直冲盐官，至铁牛下，竟翻卷而起，把置于塘顶六七米高、重达1500公斤的铁牛冲出十余米，令人惊叹不已。

现在，随着时代的前进，镇海铁牛已不再是神的力量和化身，而是一种坚韧不拔的象征，一种治水的标志，它以其特有的人文景观、迷人的传说为风景区增添风采。

河南开封镇海铁犀

铁犀，位于开封城东北2公里许。明代政治家于谦于正统十一年(1446)铸造。犀高约两米，背城面河，独角朝天，双目炯炯，呈永镇黄河波涛之势。明初，黄河多次决口、改道，危害开封城。于谦受任山西、河南巡抚后，为防治开封水患，加厚黄河堤岸，修筑护城大堤。又根据五行学说，铸一铁犀，祈求神灵庇护，以消水灾。于谦亲撰《镇河铁犀铭》，铸于背后。当时犀被安放在黄河岸边的回龙庙中。康熙三十年(1691)河南巡抚阎兴邦重建庙宇，改回龙庙为铁犀镇河庙。阎兴邦撰文，刻立改建铁犀镇河庙碑和铁犀铭碑，保存至今。清道光二十一年(1841)黄水灌开封，庙被黄沙掩埋，铁犀幸存。

湖南茶陵南浦铁牛

"茶陵铁牛"又称茶陵铁犀，铸于南宋绍定五年（1232）。这年，茶陵城刚竣工就被洪水冲

垮了一段。于是，县令刘子迈"抬铁数千斤，铸为犀置江岸以杀水势"。

茶陵铁犀有三奇——

第一奇，把犀铸成独角牛。有人说，是因为工匠没见过犀，才把犀铸成牛。民间传说却有一说：据说洪水冲毁城墙，漫进城内，老百姓深受其害。县令刘子迈为此寝食不安。一个晚上，河神托梦，要他用"万户针"铸犀置江岸，就能镇河妖，治洪水。这时，他即将离任，送礼的人很多。送礼他一律拒收，说："礼物请带回，要送就送缝衣针"。消息一传出，送针的人络绎不绝。刘子迈请工匠溶针铸犀，还把家中多年积蓄的银两全部垫出。工匠们很受感动，把犀铸成"独角牛"。比喻刘子迈这位清官像牛一样，为老百姓做好事，是老百姓的朋友。

第二奇，洪水不淹其头。茶陵铁牛昂头跪伏，栩栩如生，仿佛随时腾跃而起，与敢于兴风作浪的河妖决一死战。可是，颈脖下却有个窟窿。据说，原来还有座铜牛。有一次，河妖兴风作浪，铁牛与河妖拼斗了一夜，战败了河妖，肚子饿了，跑到了对面瑶里村吃了几株萝卜，而铜牛却在睡懒觉，铁牛狠狠骂了他一顿。铜牛心怀恶意，到瑶里去拨弄是非，说自己斗败了河妖，铁牛不但不助战，反而偷吃萝卜。瑶里人一听，气恼地用梭标朝正在睡觉的铁牛脖子上一捅，捅了一个大窟窿。铁牛一气之下，用独角把铜牛顶下了河。从此，铁牛更加警觉，昂头跪伏。河妖见它不睡觉，不敢兴风作浪，所以，涨洪水也淹不过铁牛的头。

第三奇，历经近八百年风风雨雨，仍不锈不斑，锃光发亮。1982年，建了铁犀亭后，底部反而出现几点锈斑。大概是茶陵铁犀过惯了"天地为栏夜不收"的生活，才在风风雨雨中不锈不斑吧。

湖南邵阳龙桥铁犀

龙桥铁犀位于邵阳市，原指放在青龙桥

（1978年改名为"东风桥"）的桥墩上镇水怪的一对铁犀，现泛指以原青龙桥一带邵水两岸水域和市街为中心所构成的景区。

青龙桥横跨邵水，历来都是连接两岸的交通要塞，唐代乾宁年间已建木桥，屡毁于水灾。南宋理宗宝庆初（1225年前后），郡守宋仲锡将木桥改为石墩桥，并且在石墩上放置了一对铁犀以镇水怪。清道光年间，邵水发生大水，青龙桥上的铁犀被大水冲入河底。一百三十多年后（1968），在修建资江大桥时，施工人员意外从河里捞起一只铁犀，很难想象这个庞大的铁犀是如何从离此几百米远的青龙桥来到资江大桥的。

"龙桥铁犀"是宝庆十二景中人们最为熟悉的一个风景点。出水铁犀现安置在双清公园大门内喷水池中。

海南三亚石牛湾

石牛湾——位于三亚东海岸，清澈见底的海水，有蜈支洲的海水，但比蜈支洲更多姿多彩的礁石，绝对是三亚海景之一绝。美

丽的风景是大自然的产物，大海的广阔，寂静的椰林，形象多姿的礁石：如企鹅慢摇；如海豚戏水；更栩栩如生似牛群回首。作为三亚海岸线边缘最原始的海湾，连当地人也绝少涉足。

扬州邵伯镇水铁牛

邵伯地处江淮冲积平原，素称"水乡"，有

"东西南北四湖通"之美誉。密布的河网造就了邵伯独有的水乡风情，同时在历史上也是水患频仍的地带。

康熙四十年（1701），朝廷在淮河下游至入江处设置九牛，安放于水势要冲，以期镇水安澜，同时亦作为水位测定之标志。现保存最好的铁牛被安置于邵伯镇斗野亭侧。铁牛长1.98米，高1.10米，重约2吨，腹空，横卧在厚约10厘米的铁座上，铸工精细，造型生动。

"牛"的玩具

牛头壶　陶哨　贵州牙舟

春牛　泥　陕西凤翔

牛　泥泥狗

　　河南淮阳"泥泥狗"是淮阳太昊陵"人祖会"中泥玩具总称，是一种原始图腾文化下产生的一种独特的民间艺术，又称"陵狗"或"灵狗"。

春牛　布　山西黎城

牛头壶 陶哨 贵州牙舟

　　牙舟陶，始于明代洪武年间，距今已有六百多年历史。牙舟陶的产品多为生活用具及陈设品、动物玩具和祭祀器皿，其特点造型自然古朴，线条简洁明快，色调淡雅和谐，具有浓重的出土文物神韵。

牛 泥咕咕 河南浚县

　　浚县泥玩具久负盛名，是典型的地域文化。据《资治通鉴》论载，隋末农民起义军与隋军争夺黎阳仓（当时浚县称黎阳），瓦岗军首领李密手下有一员大将在此屯兵。当时军中有一些会捏泥人的将士，为了纪念在战场上阵亡的将士和战马，便用当地的胶泥捏一些泥人、泥马以表思念之情。后泥塑手艺代代相传，继承下来。

　　浚县泥咕咕以民间老艺人王蓝田为代表，采用传统手法捏制，作品造型古朴，色彩鲜明。泥咕咕尾部有两个小孔，形成巧妙的结合，吹时能发生"咕咕"的声音，故名"泥咕咕"。目前，浚县"泥咕咕"被国家列入民间艺术抢救项目之一。

牛 陶 江苏

犀牛 烧土泥哨
贵州黄平 吴国清作

牛头壶 陶哨 贵州牙舟

小放牛 泥 山东高密聂家庄

水牛 磁哨 江西

水牛 陶哨 云南建水

卧牛 泥 陕西凤翔

喂牛　陶泥模　河北新城

斗牛　泥　陕西凤翔

斗牛　泥　陕西凤翔

娃娃骑牛　泥　陕西凤翔

毛绒玩具牛

"牛" 的卡

属牛的人——

　　比较踏实有毅力，能够完成艰巨的任务。有强烈的自我表现欲，天生的领导人物。

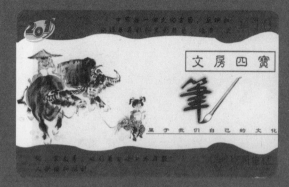

"牛"的火花

武进火柴

WUJINCHINA

丑

遂昌火柴

河北剪纸—小花牛　32-18

奇思妙想 12●5

水刷

长沙火柴厂

旅游火柴
LUYOU HUOCHAI

十二生肖

丑牛

1961年 1973年 1985年 1997年
12-2

老子骑牛

广州火柴厂

丑
12-2

旅游火柴
LUYOU HUOCHAI

中国制造

十二生肖

12·3

·牛·字源C

69

欧洲野牛

偶蹄目、牛科，分布于欧洲东部

丽水火柴　LISHUI

长沙火柴

书画同源

花蝶迎春 徐玉梦 写於上海 中國票券 SH12—01

春風得意 徐玉梦 写於上海 中國票券 上海火柴 SH12—02

步步高陞 徐玉梦 写於上海 中國票券 SH12—03

必定如意 徐玉梦 写於上海 中國票券 上海火柴 SH12—04

悠閑自在 徐玉梦 写於上海 中國票券 上海火柴 SH12—05

舐犊情深 徐玉梦 写於上海 中國票券 上海火柴 SH12—06

財源滚滚 徐玉梦 写於上海 中國票券 上海火柴 SH12—07

福在眼前 徐玉梦 写於上海 中國票券 上海火柴 SH12—08

笛聲悠揚 徐玉梦 写於上海 中國票券 上海火柴 SH12—09

對牛彈琴 徐玉梦 写於上海 中國票券 上海火柴 SH12—10

专心致志 徐玉梦 写於上海 中國票券 上海火柴 SH12—11

年年有餘 徐玉梦 写於上海 中國票券 上海火柴 SH12—12

12·6 长沙火柴 趣味数字

祁门火柴 半 12—2

12—3

西班牙画家 毕加索
（一八八一年十月二十五日——
一九七三年四月八日）

长沙火柴

第一稿　1945年12月5日

毕加索笔下的牛

长沙火柴

第二稿　1945年12月12日

毕加索笔下的牛

长沙火柴

第三稿　1945年12月18日

毕加索笔下的牛

长沙火柴

第四稿　1945年12月22日

毕加索笔下的牛

长沙火柴

第五稿　1945年12月24日

毕加索笔下的牛

长沙火柴

第六稿　1945年12月26日

毕加索笔下的牛

长沙火柴

第七稿　1945年12月28日

毕加索笔下的牛

长沙火柴

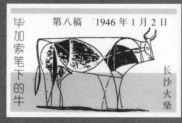

第八稿　1946年1月2日

毕加索笔下的牛

长沙火柴

第九稿　1946年1月5日

毕加索笔下的牛

长沙火柴

第十稿　1946年1月10日

毕加索笔下的牛

长沙火柴

第十一稿（完）　1946年1月17日

毕加索笔下的牛

长沙火柴

乙丑年　芜湖火柴厂
WUHU HUOCHAICHANG（6-5）

乙丑年　芜湖火柴厂
WUHU HUOCHAICHANG（6-6）

乙丑年　芜湖火柴厂
WUHU HUOCHAICHANG（6-1）

乙丑年　芜湖火柴厂
WUHU HUOCHAICHANG（6-2）

乙丑年　芜湖火柴厂
WUHU HUOCHAICHANG（6-3）

乙丑年　芜湖火柴厂
WUHU HUOCHAICHANG（6-4）

黑白花牛

乙丑年

Yichounian

15—15

1985

水牛

乙丑年

Yichounian

15—14

1985

黄牛

乙丑年

Yichounian

15—13

1985

斗牛

乙丑年

Yichounian

15—12

1985

短角牛

乙丑年

Yichounian

15—11

1985

瑞士牛　85.10—1

农历乙丑年

短角牛　85.10—2

农历乙丑年

瘤牛　85.10—4

农历乙丑年

乳牛　85.10—5

农历乙丑年

西泽乳牛　85.10—6

农历乙丑年

希尔福牛　85.10—7

农历乙丑年

安哥尔牛　85.10—8

农历乙丑年

亚州黄牛　85.10—9

农历乙丑年

牦牛　85.10—10

农历乙丑年

全国首届火花展评会

1990 · 武汉火柴　2

牛

十二生肖

重庆纸蜡梗火柴

83 B
12—3

28-1 斗牛 动物世界 松溪火柴

牛 28-2 松溪火柴 动物世界

28-5 牛 动物世界 松溪火柴

火松溪柴 28-6 动物世界 犀牛

28-7 乳牛 动物世界 松溪火柴

动物世界 28-8 短角牛 松溪火柴

28-9 麝牛 动物世界 松溪火柴

28-11 动物世界 犏牛 松溪火柴厂

牦牛 动物世界 松溪火柴 28-12

彩色火柴

南京火柴厂出品

Y JIANGXI
91Y T2 28-26
Yak 牦牛 江西火柴厂

X JIANGXI
91Y 12 28-25
oX 牛 江西火柴厂

彩色火柴

GB393-88 MG-1
天津火柴厂出品

"牛" 的票证

十二生肖艺术丛书·丑牛

"牛"的剪纸

丑牛　剪纸

牧童　福建漳浦　陈正坤　黄索作

小放牛　河北

耕地　陕西庆阳　陈玉明作

牛　陕北　周苹英作

十二生肖艺术丛书·丑牛

牛车　民国　甘肃天水

放牛　窗花

牛耕图　陕北民间剪纸

春牛得子　窗花

牛　陕北民间剪纸

『牛』的剪纸

牛郎织女　山东莱州

牛　十二生肖剪纸　辽宁锦西

牛　剪纸　陕西

牛　十二生肖剪纸

春牛图　剪纸

鸡与牛　陕西民间剪纸

牧读　陕西黄陵

春牛　剪纸

牛　蓟县剪纸

牛　山东高密　李百钧藏

牛头花　广东潮阳

牛　十二生肖剪纸

春牛　民国　西北地区

己丑贺岁

"牛"的卡通

十二生肖艺术丛书·丑牛

Good taste

十二生肖艺术丛书·丑牛

"牛" 的图案

十二生肖艺术丛书·丑牛

十二生肖艺术丛书·丑牛

附 记

20世纪牛年大事记

中国农历辛丑年（光绪二十七年）
（1901.2.19—1902.2.7）

摩根（1837—1913）

2月25日，美国金融家和工业组织家，第一次世界大战前20年间的世界金融巨头之一摩根，将10家公司合并组成美国钢铁公司，拥有资本逾10亿美元，成为当时世界上最大的公司。

摩根公司在美国几次金融恐慌、金融危机中，发挥了举足轻重的作用。

3月23日，菲律宾反美起义首领阿奎纳多被美军俘获，起义失败。

4月23日，德、法两国侵略军侵占娘子关。

4月24日，由于一位名叫比利·史密斯的运动员在拳击比赛中丧生，英国法庭开庭审判并判定史密斯的对手无罪。从此确定了拳击比赛规则，使拳击成为合法体育项目。

4月29日，美国国会再次通过限制华工入美的法案。

4月29日，清政府宣布惩办各省不尽力保护教士、教民的地方官员56人。

5月1日，俄国彼得堡、莫斯科、梯弗里斯等城市的工人，举行"五一"罢工。

5月10日，留日学界最早宣传革命的报纸《国民报》在东京创刊。

5月31日，德国舰队撤离吴淞回国。

6月3日，八国联军统帅瓦德西回国。

6月9日，清政府授醇亲王载沣为专使大臣，赴德国"谢罪"。

6月12日，古巴被迫接受丧权辱国的《普拉特修正案》，沦为美国的"保护国"。

6月18日，清政府授户部侍郎那桐为专使大臣，往日本"谢罪"。

6月24日，19岁的毕加索首次在巴黎举办个展。

6月25日，清政府在北京德国公使克林德被杀处，为其兴建牌坊。至12月，牌坊建成，横匾刻上谕一道，被国人视为国耻。

7月24日，清政府改总理各国事务衙门为外务部，班列6部前，派和硕庆亲王奕劻总理外务部事务。

7月31日，八国联军开始撤离北京。

8月4日，南非兰德金矿工人举行罢工。

8月10日，美国钢铁公司工人举行大罢工。

麦金莱（1843—1901）

9月6日，美国第25任总统威廉·麦金莱在纽约州布法罗"泛美博览会"上发表演说时，遭无政府主义者枪击。14日因伤重去世，成为美国立国后被刺身亡的第三位总统，终年58岁。麦金莱去世后，副总统西奥多·罗斯福继任。

9月7日，英、美、法、德、意、奥、俄、日等11国公使与清政府全权代表签订不平等的《辛丑条约》。条约共12款，附件19件。

9月20日，清政府决定设立西文东文学堂。

10月4日，各国划定北京使馆界址：东至崇文门，西至正阳门，北至东单，南至城墙。使

馆界内由各国驻兵管理，中国人概不准居住，成为完独立于中国的行政和法律之外的"国中之国"。

10月6日，慈禧太后等自西安启程回京。《辛丑条约》签订后，列强承认慈禧太后执政合法，同意"两宫仍旧临朝"。慈禧挟光绪皇帝于1902年1月3日回到北京。

11月7日，清末大臣、淮军创始人、洋务派首领李鸿章在北京病故，终年78岁。

李鸿章自1870年继曾国藩任直隶总督兼北洋大臣，掌管清廷外交、军事、经济大权。60年代起开办近代军事工业，先后设立江南制造局、轮船招商等洋务事业。利用海关税收购军火和军舰，扩充淮军势力，建立北洋海军。在对外交涉中主张妥协，签订了《烟台条约》、《马关条约》、《中俄密约》和《辛丑条约》等丧权辱国的不平等条约。

11月18日，美国与英国签订有关开凿巴拿马运河权的《海约翰——潘赛福条约》。美国得到开凿、管理与防卫运河的独占权，并同意保证运河的中立，允许任何国家的船只为和平目的通过运河。

11月23日，台湾嘉义黄茂松等发动反抗日人统治的起义。

12月10日，首届诺贝尔奖颁奖仪式，在诺贝尔逝世纪念日举行。每份奖金为15.08万克朗。

德国科学家威廉·康拉德·伦琴因发现X射线，获首届诺贝尔物理奖；荷兰范特霍夫因研究化学动力学和化学平衡理论，获首届诺贝尔化学奖；德国埃米尔·冯·贝林因研究血清疗法防治白喉、破伤风做出贡献，获首届诺贝尔生理学及医学奖；法国诗人、散文家获得首届诺贝尔文学奖；瑞士琼·亨利·杜南与法国弗雷德里克·帕西共获首届诺贝尔和平奖。

12月12日，意大利物理学家马可尼在纽芬兰的圣约翰收到第1个横越大西洋的无线电讯

号。在此前的几次试验均因天气原因而中断。这次成功的试验没有采用升空的气球架设天线，改用风筝架起天线。

1902年1月18日，慈禧太后第一次撤帘露面，公开召见各国驻华使节。

十二生肖艺术丛书·丑牛

中国农历癸丑年
(1913.2.6—1914.1.26)

2月10日，越南安世农民起义领袖黄花探被内奸杀害，坚持近30年的安世农民抗法战争失败。

3月3日，美国华盛顿妇女5000人举行盛大游行，争取妇女参政权力。

3月18日，希腊乔治一世在萨罗尼卡被暗杀，康斯坦丁继位。

3月20日，袁世凯指使赵秉钧派人在上海沪宁车站枪杀国民党代理事长宋教仁。22日，宋教仁逝世，终年32岁。24日，刺杀宋教仁的凶手被抓获，使得这一案件真相大白。4日23日，凶手在狱中暴毙。

3月21日，美国俄亥俄河流域大水灾，财产损失达1.75亿美元，近20万人无家可归，约700人丧生。

4月1日，美国福特汽车公司建立最早的汽车装配流水线。

4月3日，55岁的英国女权运动领袖艾米琳·潘克赫斯特以所谓"煽动纵火罪"被判监禁3年。她于10年前组织了"妇女社会政治同盟"，争取妇女参政权。

4月8日，中华民国第一届国会开会。临时参议院宣告解散。

4月14日，比利时各地罢工要求改革选举制度，政府做出保证后工人复工。

4月21日，德国建造的世界最大的豪华客轮"阿基塔尼亚"号下水。这艘客轮不仅巨大，而且异常豪华，被称为"飘浮在水上的宫殿"，是与英国"奥林匹克"号相媲美、炫耀实力的产物。

4月26日，袁世凯为筹军费，派国务总理赵秉钧与英、法、德、俄、日5个帝国主义国家的银行团在北京签订《善后借款合同》。借款计2500万英镑。规定：中国必须聘请外国人协助管理盐税征收事务。将盐税控制权出卖。借款签字后，全国掀起了反对善后大借款的浪潮。

5月1日，上海召开3万余人的全国公民大会，宣布袁世凯三大罪状。

5月1日，赵秉钧因宋教仁被刺案牵连，托病辞去国务总理职，袁世凯令陆军总长段祺瑞暂代国务总理。

5月2日，美国政府首先承认袁世凯政府。

5月10日，美国国会确定每年5月的第2个星期日为"母亲节"。

5月13日，世界第1架4发动机飞机"俄罗斯勇士"号，在俄国圣彼得堡试飞成功。

这架飞机宽达27.5米，是当时普通飞机的2倍，时速可达95公里。

5月29日，共和、民主、统一三党合并组成"进步党"，举黎元洪为理事长。拥护袁世凯，反对国民党。

5月31日，汉阳兵工厂工人罢工，反对以贬值纸币发放工资。黎元洪将厂长免职，允许以银元、纸币分成搭配发放工资。

5月31日，美国通过宪法第十七条修正案，规定议员由选民直接选举。

6月1日，希腊和塞尔维亚缔结反对保加利亚的同盟条约。罗马尼亚参加同盟。

6月14日，英国为埃米莉·戴维森举行葬礼。这位女权运动者在埃普索姆大赛马会期间，试图抓住英王的马缰时丧生。送葬队伍的横幅标语上写着："继续战斗，上帝将保佑我们胜利。"

6月29日，第二次巴尔干战争爆发。由于巴尔干同盟国间争夺领土，和协约国与同盟国两集团的挑拨操纵，保加利亚向塞尔维亚宣战。

门的内哥罗和土耳其不久加入反保战争。7月29日，保加利亚战败求和。8月10日，塞尔维亚、门的内哥罗、希腊、罗马尼亚与保加利亚在布加勒斯特签订合约。第二次巴尔干战争结束。

7月12日，李烈钧在江西湖口宣布独立，组织讨袁军，通电讨袁。黄兴亦在南京迫使江苏都督宣布讨袁。15日至8月4日，江苏、安徽、湖南、四川、广东、福建等地相继宣布独立，参加讨袁。7月22日，孙中山在上海发表讨袁通电，要求袁世凯下台。9月1日，南京失陷，历时两个月的二次革命失败。孙中山、黄兴再度逃往日本。

8月12日，英国都柏林电车工人举行罢工，遭到英国警察镇压，伤亡数百人。

8月13日，德国社会民主党领袖奥古斯持·倍倍尔去世，终年67岁。

9月11日，国务总理熊希龄组成"名流内阁"。

10月6日，袁世凯以武力强迫国会选其为正式总统。7日，国会选举黎元洪为副总统。10日，在北京庆祝中华民国开国两周年之即，于清

宫太和殿举行正、副总统就职典礼。此前，驻北京的俄、法、日、德、英、意、奥、西、葡等国公使，已照会外交部，承认袁世凯政府。

10月10日，巴拿马运河的最后一座大坝被炸开，大西洋和太平洋在此连接。

10月17日，塞尔维亚入侵阿尔巴尼亚。

10月26日，中国台湾爱国志士罗福星等人潜进新竹警察厅缴取枪械时被捕，日本殖民当局随即大肆搜捕爱国人士。12月4日，罗福星等6人被判死刑，131人被判有期徒刑。

11月4日，袁世凯下令解散国民党。

12月1日，台湾苗栗革命党人赖来等发动抗日起义，失败。

12月10日，印度作家、诗人、社会活动家泰戈尔，获诺贝尔文学奖，成为第一位获得诺贝尔奖的亚洲人。

泰戈尔一生创作丰富，所作歌曲《人民的意志》，1950年被定为印度国歌。

12月13日，达·芬奇的名画《蒙娜丽莎》被人从巴黎卢浮宫偷走两年后找回。

中国农历乙丑年

(1925.1.24 — 1926.2.13)

1月26日至30日，中国社会主义青年团第三次全国代表大会决定，把团的名称改为共产主义青年团，并通过新团章。

2月1日，段祺瑞在北京召开善后会议，与孙中山倡导的国民会议相对抗。

2月1日，在中国共产党的支持和帮助下，广东革命政府举行第一次东征。3月，东征军打垮了陈炯明的主力。

2月8日，中国胶济铁路工人举行大罢工。

2月27日，希特勒出狱后对4000名党徒发表演说。

2月28日，德国艾伯特总统去世，4月6日，第一次世界大战中因打败俄军晋升元帅的冯·兴登堡当选总统。兴登堡1919年退役，1925年和1932年两度当选德国总统，支持保皇派和法西斯组织。1933年授权希特勒组阁，政权转入纳粹党手中。

3月1日，由中国共产党和国民党共同发起的国民促成会全国代表大会，在北京开幕。

3月4日，美国共和党卡尔文·柯立芝宣誓就任美国第30任总统。

3月12日，孙中山在北京逝世，终年59岁。国共两党组织各界民众进行哀悼活动，广泛传播孙中山的遗嘱和革命精神，形成一次全国规模的声势浩大的革命宣传活动。

3月16日，中国云南大理发生强烈地震，震级为7.1级。

4月6日，在英吉利海峡上空创造了航空史上的一个先例。乘坐帝国航空公司飞机的旅客，成为在飞机上看电影的第一批观众。

4月12日，中国段祺瑞执政府与法国签订《中法协定》，接受法国提出的以法郎偿付法国庚子赔款的无理要求，使中国多付关银6200余万两。意、比等国也照此办理。

4月13日，摩洛哥里夫族起义军领袖阿卜德·克里姆率领军队向法国进攻。

4月16日，保加利亚索非亚大教堂爆炸，炸死128人。政府宣称系共产党所为。5月4日，政府宣布共产党为非法组织。

4月17日，朝鲜共产党建立。

4月18日，第一届世界博览会在美国芝加哥开幕。

4月29日，全国各界妇女联合会在北京成立。

4月，在法国开幕的巴黎国际艺术大展震惊世界。一种新的、以后被称为"装饰艺术"的艺

术风格，引起了轰动。

5月1日至7日，中国第二次全国劳动大会在广州开幕，中华全国总工会成立。

5月30日，上海学生2000余人在租界内声援罢工工人，号召收回租界，100余人被捕。随

后群众万余人，在公共租界南京路要求释放被捕者，英国巡捕开枪屠杀，造成"五卅惨案"。惨案发生后形成全国规模的反帝怒潮，史称"五卅运动"。

6月17日，美、英、法、德、意等38国在日内瓦签署《关于禁用毒气或类似毒品及细菌方法作战的议定书》。

6月30日，英国煤矿工人举行大罢工，抗议降低工资。

7月1日，中国广州国民政府成立，汪精卫任主席。

7月18日，希特勒《我的奋斗》一书出版。这本书后来成为德国法西斯内外政策的思想基础和纲领，是德国法西斯发动第二次世界大战的思想和行动的纲领，给世界人民带来一场空前的灾难。

8月，中国四川70余县遭受严重旱灾，颗粒无收，20余万人因此病死、饿死。

8月8日，美国最早的恐怖组织三K党在华盛顿举行第一届全国大会，并在白宫前举行声势浩大的游行示威，人数多达20万。美

国三K党于1866年5月在田纳西州成立。党旗为三角形，黄底红边，上有黑龙。党徒姓名保密，集会时身穿蒙头的白色或黑色长袍。主要活动是鼓吹种族主义，使用私刑、绑架、集体屠杀等手段迫害黑人和进步人士。

8月20日，中国国民党左派领袖廖仲恺在广州被反动派暗杀，蒋介石乘机攫取大权，成为广东最大的实力派。

9月6日，中国山东濮县境内黄河堤溃决数十丈，淹没300余村，2500余人死亡，数十万灾民流落四方。

10月1日，中国广东革命军开始第二次东征，讨伐陈炯明。国民党人蒋介石任东征军司令，共产党人周恩来任政治部主任兼第一军党代表。革命军迅速收复潮、汕两地。11月14日，革命军占领惠州，全歼陈炯明部。

10月5日至16日，英、法、捷、德、意、比、波7国代表在瑞士洛迦诺签订《洛迦诺公约》。12月1日，与会各国在伦敦正式签署此项公约。

10月10日，故宫博物院成立。

10月14日，叙利亚大马士革爆发反法起义。

10月15日，闽浙巡阅使孙传芳不宣而战向奉军发动猛攻，浙奉战争爆发。

11月9日，德国希特勒的卫队和对付政敌的工具"党卫军"正式成立。以后成为纳粹党的特务组织和军事组织。1946年被纽伦堡国际军事法庭判为犯罪组织。

11月23日，中国国民党右派（又称"西山会汉派"）召开西山会议，会议宣布取消共产党员的国民党党籍。

11月28日，北京5万余群众举行大示威，提出"打倒段祺瑞政府"、"打倒奉系军阀"、"废除不平等条约"等口号。

12月1日，毛泽东首次发表《中国社会各阶级的分析》。

12月13日，伊朗议会拥立礼萨汗为国王（改称礼萨沙·巴列维），建立巴列维王朝。

12月27日，上海200余团体的6万余人集会，举行反日反张作霖的游行示威。

12月28日，罗马尼亚王储卡洛尔宣布放弃继承王位的权利，与情妇卢佩斯库夫人到国外过流亡生活。

中国农历丁丑年

(1937.2.11 — 1938.1.30)

2月15日，宋庆龄、何香凝、冯玉祥等在国民党五届三中全会上提出紧急议案，要求恢复孙中山制定的联俄、联共、扶助工农三大政策，响应中国共产党提出的国共合作，联合抗日的主张。

2月19日，意大利总督罗多尔福·格拉齐安尼将军在埃塞俄比亚被刺。意军大肆屠杀平民。

2月20日，印度各省举行议会选举。国大党在11个省的9个省获胜。

3月18日，美国得克萨斯州新伦敦城的一所学校发生煤气爆炸，约500名师生遇难。

3月27日，中共中央政治局扩大会议批判张国焘的错误。

4月1日，英国将缅甸从英属印度中划出，实行印缅分治。

4月5日清明节，中共代表林伯渠，国民党代表张继，共同祭奠中华民族始祖轩辕黄帝。

4月26日，德军飞机对西班牙格尔尼卡进行狂轰滥炸。

5月4日，巴黎万国博览会开幕，法国总统为开幕式剪彩。

5月6日，一架巨型德国飞艇"兴登堡"号从法兰克福飞往纽约，降落时突然起火。艇上97人，35人死亡。

5月12日，英王乔治六世举行盛大的加冕仪式。

5月23日，美国石油巨头洛克菲勒去世。他以石油起家创建洛克菲勒财团，是美国最大的企业集团之一。

5月26日，埃及加入国联。

5月28日，内维尔·张伯伦接任英国首相。

5月31日，4艘德国军舰炮轰西班牙阿尔梅里亚。

6月，周恩来与蒋介石在庐山就两党合作抗日问题举行谈判。

6月7日，美国好莱坞当红影星琼·哈洛，因尿毒症死于好莱坞医院。她因主演《地狱的天使》而一举成名，并以其美貌和身材，被称为第一位性感影星。

7月7日夜，日本侵略军向北平郊区宛平县卢沟桥的中国驻军发动进攻，中国守军第二十九军一部奋起抵抗。全国抗日战争开始。

7月11日，日本帝国主义调关东军及驻朝鲜日军一部进攻北平，调日本国内陆海军一部进攻天津。17日，蒋介石表示应战。27日，

日本侵略军攻陷廊坊、宝珠寺等地。28日，日军猛攻南苑，二十九军副军长佟麟阁、师长赵登禹殉国。至30日，

北平、天津陷落。

7月11日，美国作曲家乔治·格什温去世。

7月16日，日本增调陆军5个师计10万人来华。

8月1日，德国纳粹开设布瓦尔德集中营。

8月2日，世界犹太复国主义者代表大会接受巴勒斯坦分治的"皮尔计划"。

8月13日，在日本不断扩大侵略战争的形势下，爆发了"八一三"事变。日本侵略军大举进攻上海，扬言要在几个月内灭亡中国。

8月22日，中国工农红军改编为国民革命军第八路军，简称八路军。朱德任总指挥，彭德怀任副总指挥，叶剑英任参谋长，任弼时任政治部主任。以后，八路军深入敌后，创建了晋绥、晋察冀、晋冀鲁豫、山东等敌后抗日根据地。解放战争时期，改称中国人民解放军。

9月2日，现代奥林匹克运动创始人顾拜旦在日内瓦去世，终年74岁。1894年在他积极努力和多方筹措下，召开了巴黎国际体育会议，促进了国际奥委会的成立，被誉为"奥运之父"。

9月23日，进驻五台的八路军总部指示一二〇师从左翼驰援雁门关；一一五师从右翼配合友军作战。25日，一一五师一部在晋东北平型关附近伏击敌人，首战告捷，歼灭日军板垣师团第二十一旅团一部3000余人，击毁日军汽车100余辆。这是华北战场上中国军队主动歼灭敌人的一个重大胜利，它粉碎了"皇军"不可战胜的神话，极大地振奋了全国军民的胜利信心。

9月25日，八路军平型关大捷，取得抗战第一次重大胜利。

9月25日，意大利法西斯头目墨索里尼首次访问德国，受到希特勒的热烈欢迎。

10月2日，新四军成立。

10月22日，温莎公爵夫妇访问德国。

10月24日，比利时总理保罗·范齐兰因被控贪污罪辞职。

10月28日，西班牙共和国政府从巴伦西亚迁住巴塞罗那。

11月1日，墨西哥政府宣布将美孚石油公司及其他公司的石油开采权收归国有。

11月6日，意大利加入《反共产国际协定》。

德、意、日三国在意大利罗马举行签字仪式，三个法西斯帝国结成军事侵略同盟。

11月12日，上海沦陷。

12月11日，意大利退出国联。

12月13日，日军占领国民政府首都南京。在日本华中派遣军司令松井石根和第六师团长谷寿夫的指挥下，日军在南京进行了长达6周的血腥大屠杀，中国军民被杀害30余万人，造成了震惊世界的南京大屠杀事件。

中国农历己丑年

(1949.1.29 — 1950.2.16)

1月31日，平津战役胜利结束，北平和平解放。2月3日，人民解放军举行盛大的入城式。

2月1日，匈牙利共和国宣布成立。

3月2日，携带原子弹的美国空军B50A轰炸机，作环球航行一周后返回德克萨斯州的基地。

3月5日至13日，中国共产党第七届中央委员会第二次全体会议在河北省平山县西柏坡村召开。毛泽东向全会作了报告。会议集中讨论彻底摧毁国民党统治，夺取全国胜利，在新形势下党的工作重心实行战略转移，即从乡村转到城市的问题。25日，中共中央、人民解放军总部机关由西柏坡迁到北平。

3月9日，华北解放区与长江以南各地开始通邮。

4月1日，中国共产党代表团同国民党政府代表团在北平举行停止内战恢复和平的谈判。共同拟定了《国内和平协定（最后修正案）》。20日，南京政府拒绝签字。

4月4日，英、美、法、冰岛、意、荷、比、卢、葡、丹、挪和加拿大12国代表在华盛顿签署《北大西洋公约》，北大西洋公约组织宣告成立。

4月11日，中国共产主义青年团，改名为中国新民主主义青年团。

4月18日，爱尔兰共和国成立。5月17日，英国承认爱尔兰独立，但规定北爱尔兰仍属英国。

4月20日，第一届世界和平大会在巴黎召开，72国2000余名代表参加。

4月21日，毛泽东主席、朱德总司令发布向全国进军的命令，从20日子夜起，第二、第三野战军在东起江阴、西至九江东北的湖口，长达1000里的战线上，强渡长江天堑，彻底摧毁敌人苦心经营了三个半月的长江防线。

4月23日，第三野战军占领南京，宣告国民党22年反动统治的灭亡。

5月8日，西德通过《德意志联邦共和国基本法》。23日，德意志联邦共和国宣告成立，首都设在波恩。

5月3日，中国人民解放军解放杭州。

5月4日至11日，中国全国青年代表大会第一次会议在北平举行，成立中华全国民主青年联合会。

5月11日，以色列加入联合国。

5月17日，中国人民解放军解放武汉。20日，解放西安。22日，解放南昌。27日，解放上海。

5月27日，世界最富的男人之一阿里汗与世界上最美的女人之一、美国好莱坞明星丽姐·海华丝结婚。这一财富与美女的结合，使喜欢传播花边新闻的专栏作家们忙得不亦乐乎。

7月25日，美国总统杜鲁门签署北大西洋公约。

7月27日，世界第一架喷气式民航客机"慧星"号，在英国首航。

8月4日，长沙解放。

8月14日，纽伦堡法庭结束最后一批战犯审讯，对19名德国政府官员和外交官作了判决。

8月29日，苏联成功地爆炸了第一颗原子弹。1947年11月苏联外长莫洛托夫宣称的原子弹的秘密早已不存在，终于成为现实。

8月17日，中国人民解放军解放福州。26日，兰州解放。

9月5日，中国人民解放军解放西宁。25日，新疆和平解放。

9月18日，英国宣布英镑贬值30.5%。24个国家的货币因此相继贬值。

9月21日至30日，由中国共产党、各民主党派、各人民团体、各地区、人民解放军、各少数民族、国外华侨及其他爱国分子的代表662人所组成的中国人民政治协商会议第一届全体会议在北京举行。会议决定自9月27日起，北平改名为北京，为中华人民共和国首都；通过《共同纲领》；选举毛泽东为中央人民政府委员会主席；在首都天安门前建立人民英雄纪念碑。

10月1日，毛泽东主席在开国大典上庄严宣告：中华人民共和国成立，中国人民从此站起来了。

10月13日，中国新民主主义青年团中央举行常委扩大会议，通过建立中国少年儿童队(后改名为中国少年先锋队)的决议。

11月1日，美国一架战斗机在华盛顿附近与一架客机相撞，55人死亡，造成美国民航史上最严重的一场空难。

11月3日，日本物理学家汤川秀树获诺贝尔物理学奖。他从20年代起从事原子核等方面的研究，1935年提出核力的介子理论。1947年因验证了少介子的存在而获奖。

11月11日，日本内阁制定以灭亡中国为目标的"二十一条约"。

12月7日，国民党政府迁往台湾省台北市。

12月16日，毛泽东主席访问苏联。

12月16日，以色列宣布自1950年1月1日起，耶路撒冷为以色列首都。

12月16日，苏加诺当选印度尼西亚总统。27日，由16个联邦组成的印度尼西亚联邦共和国正式宣告成立。

中国农历辛丑年

(1961.2.15 — 1962.2.4)

2月22日,《人民日报》发表社论:《一切企业都要建立和健全责任制度》。

2月26日,摩洛哥国王穆罕默德五世在拉巴特逝世,王储默莱·哈桑被宣布为国王哈桑二世。

2月27日,能容纳1.5万名观众的北京工人体育馆建成。

3月15日至23日,中共中央在广州举行工作会议。在毛泽东主持下,讨论和制定了《农村人民公社工作条例(草案)》(简称《农业60条》)。这个条例是在总结农村人民公社过去3年多的经验和贯彻《12条》的经验的基础上制定的,对民主制度和经营管理制度不健全等方面的问题,都作了比较系统的规定。

4月1日至5月5日,刘少奇根据广州会议精神到湖南长沙市宁乡县深入实际调查研究。

就公共食堂、供给制、粮食、家庭副业、自留地等问题,与干部、社员座谈,听取意见。

4月10日,对谋杀600万犹太人负有主要罪责的前纳粹盖世太保阿道夫·艾希曼在耶路撒冷以色列法庭接受审判。12月15日,艾希曼被定为战争罪犯,判处死刑。艾希曼于1962年12月31日被处以绞刑。

4月12日,苏联宇航员加加林乘第一艘载人宇宙飞船"东方7号"进入太空,在327公里的高度环绕地球一周后返回,成为环绕地球航行的第一位宇航员。

4月17日,美国中央情

报局组织和装备的1400名古巴流亡者,武装入侵古巴南部猪湾。美国B-56轰炸机为入侵提供空中支特。72小时后入侵被击溃,战斗给猪湾留下了一片瓦砾。

4月26日,第二十六届世界乒乓球锦标赛在北京举行。中国男子队获得团体赛冠军;女子

队获得亚军;庄则栋获得男子单打冠军;丘钟惠获得女子单打冠军。

5月1日,卡斯特罗宣布古巴为社会主义国家。

5月4日,美国阿亚巴马州蒙哥马利城发生反对限制黑人乘车的"自由乘车"运动。22日,美国州际贸易委员会指令取消所有州际公共汽车和起点站上的种族隔离措施。这个命令于11日1日生效。

5月7日,毛泽东转发周恩来《关于农村政策问题的调查报告》。

5日12日,刚果合众国成立。

5月16日,南朝鲜发生以朴正熙为首的军事政变,逮捕尹谱善总统。6月6日发

布命令，实行绝对军事独裁，权力集中在少数军官手中。

5月28日，巴黎至布达佩斯的"东方快车"作最后一次旅行。

6月3日，美国总统肯尼迪与苏联领导人赫鲁晓夫在维也纳会谈。两国关系因猪湾事件而紧张，但表面上似乎很友好。

7月2日，美国作家欧内斯特·海明威自杀。1952年发表小说《老人与海》，描写一位老渔夫与鲨鱼搏斗的故事。文体以简练著称。1954年，获诺贝尔文学奖。

7月14日，《人民日报》发表社论《只有一个中国，没有两个中国》，严斥美国肯尼迪政府推行"两个中国"的阴谋。

7月16日，中共中央作出《关于加强原子能工业建设若干问题的决定》，决定自力更生加快发展原子能技术。

8月1日，动画片《小蝌蚪找妈妈》获得第十四届洛迦诺国际电影节短片银帆奖。

8月8日，卓越的戏曲艺术家、戏剧家协会副主席、戏曲研究院院长梅兰芳在北京逝世，终年67岁。代表作有《宇宙锋》、《霸王别姬》等。

8月12日，政协全国委员会副主席、全国侨联主席陈嘉庚逝世，终年88岁。

8月13日，民主德国政府封锁东西柏林之间的边界。15日起在东、西柏林分界线上修建5英尺高的水泥墙。

8月31日，苏联宣布恢复核试验。10月30日，苏联在北极爆破一个超过5000万吨级的核弹。

9月18日，联合国秘书长达格·哈马舍尔德在前往刚果途中因飞机失事死亡，终年56岁。

9月19日，西藏自治区成立选举委员会，班禅任主席。

9月28日，叙利亚大马士革发生兵变。29日，叙利亚退出阿联。

10月5日，中国与尼泊尔签订边界条约。

10月8日，梭发那·富马亲王当选老挝临时政府首相。

10月15日，中共中央副主席周恩来率领中共代表团参加苏共第二十二次代表大会。

10月17日至31日，苏共二十二大在莫斯科举行。

11月3日，联合国大会选举缅甸的吴丹为代理秘书长。

11月13日，中共中央作出《关于在农村进行社会主义教育的指示》。

12月11日，苏联从阿尔巴尼亚召回外交使团，并要求阿尔巴尼亚的外交人员同时撤离苏联。

12月18日，印度军队攻占葡萄牙占领达400年之久的飞地果阿、达曼和第乌。

12月25日，中国第二届人大常委会作出决定，特赦确已改恶从善的战争罪犯。刘少奇主席同日发布特赦令，释放第三批战犯68名。

12月31日，黎巴嫩政府粉碎一次右翼军事政变。

中国农历癸丑年

(1973.2.3—1974.1.22)

2月15日至19日，美国总统国家安全事务助理基辛格访问中国。中美两国重申上海公报的各项原则和双方为实现关系正常化所承担的义务。双方商定，每一方将在不久的将来在对方的首都建立一个联络处。

2月19日，苏联一架民航班机在布拉格机场坠毁，77人丧生。

2月21日，以色列军队在被占领的埃及领土西奈上空，击落利比亚阿拉伯航空公司一架因气候恶劣而迷失方向，误入西奈上空的波音客机。机上旅客104名，机组人员9名，其中108人死亡。24日，以色列承认击落客机是"判断错误"。

2月26日，关于越南问题的国际会议在巴黎举行。出席会议的有中国、越南民主共和国、越南南方共和临时革命政府、美国、法国、英国、加拿大、印度尼西亚、波兰、匈牙利、苏联、越南共和政府的代表团，以及联合国秘书长。3月1日，草签了包括在越南实行停火、美国从越南撤军等问题在内的国际会议决议书。

6月16日，越南民主共和国代表黎德寿、越南南方共和临时革命政府部长阮文孝、美国总统助理基辛格在法国巴黎正式签署一项关于保证严格和彻底履行巴黎协定及其议定书的紧急措施的联合公报。

2月27日，英国近40万公务人员举行24小时全国总罢工，抗议当局冻结工资。同日，意大利1400万工人举行全国总罢工，抗议物价上涨和失业。

3月1日，美国宣布美元贬值还不到两周，西欧外汇市场上掀起大量抛售美元，抢购西德马克和其他西欧货币的风潮。西欧各国和日本的外汇市场2日起又一次宣告关闭。

3月8日，两枚汽车炸弹在英国伦敦中心区爆炸，造成1人死亡，近200人受伤。事后，爱尔兰共和军声称对此事负责。

3月10日，中共中央决定恢复邓小平党的组织生活和国务院副总理的职务。

3月29日，美国在越南南方的最后一批军队2500人撤退完毕，结束了在越南将近10年的军事卷入。

4月8日，西班牙画家毕加索逝世，终年92岁。毕加索是当代西方最有创造性和影响最深远的艺术家，他和他的画在世界艺术史上占据了不朽的地位。他是有史以来第一个活着亲眼看到自己的作品被收藏进卢浮宫的画家。在1999年12月法国一家报纸进行的一次民意调查中，他以40%的高票当选为20世纪最伟大的十位画家之首。

4月17日，英国一架民航客机在瑞士坠毁，106人丧生。

4月18日，美国总统尼克松要求国会迅速采取措施，以对付美国面临的"极为重要的能源挑战"。

5月1日，英国100多万工人举行大规模罢工和示威游行，抗议物价高涨，要求保障生活权利。

5月14日，美国空间站"太空实验4号"从肯尼迪角发射升空并进入轨道。空间站上的一个太阳防护罩在升空不久后损坏，约10天后在太空中被修复。

5月17日，美参议院专门小组开始水门事件听证会。包括白宫安全顾问霍华德·享特在内的官员受审。水门事件最终导致了尼克松总统的下台。

6月1日，希腊王国摄政兼首相乔治·帕帕多普洛斯宣布，废除希腊的君主政体，建立总统制共和国，由他本人担任共和国临时总统，同时行使总理的职务。

6月28日，中国成功进行了一次氢弹试验。

6月30日，辽宁考生张铁生在大学招生文化考试中交了白卷，以后被誉为"反潮流英雄"。

7月16日，中国成立计划生育领导小组。

8月8日，南朝鲜著名民主人士金大中在东京被特务绑架。13日，金大中被劫持到汉城。

8月24日至28日，中国共产党第十次全国代表大会在北京召开。30日，中共十届一中全会选举毛泽东为中央委员会主席，周恩来、王洪文、康生、叶剑英、李德生为副主席。江青、张春桥、姚文元、王洪文在中央政治局内结成"四人帮"。

8月26日，我国第一台每秒钟运算100万次的集成电路电子计算机在北京试制成功。

10月6日，第四次中东战争爆发。埃及和

叙利亚方面发起的最初攻势，迅速得到了伊拉克、摩洛哥、沙特阿拉伯和约旦部队的增援。阿、以双方各自从超级大国得到大量武器。苏制的萨姆导弹使以色列方面在空战中损失惨重，而

美、英提供的坦克则在沙漠上展开的决定性对抗中显示出优势。10月24日，双方停火。

10月6日，美国副总统斯皮罗·阿格纽因逃税丑闻而辞职。同一天，杰拉尔德·福特宣誓就任美国副总统。

10月16日，石油输出国组织决定提高石油价格，第二天，中东阿拉伯产油国决定减少石油生产，并对西方发达资本主义国家实行石油禁运。石油提价和禁运立即使西方国家经济出现一片混乱，最终引发了1973～1975年的战后资本主义世界最大的一次经济危机。

10月17日，世界石油价格上涨70%。

11月14日，英国安妮公主和马克·菲利普斯上尉在伦敦威斯敏斯特举行婚礼。在婚礼结束返回白金汉宫的途中，成千上万人聚集在街道两旁欢呼。许多人为了等候这一时刻，甚至在前一天晚上就露宿街头。

11月25日，希腊发生军事政变。原任总统帕帕多普洛斯及其政府被推翻。

12月5日，卡翁达再次当选赞比亚总统。

12月18日，联合国第二十八届会议在举行三个月会议之后宣布休会。大会一致通过了一项决定，把已经列为大会和安理会正式语文的中文，列为大会和安理会的工作语文，并把阿拉伯文也列为大会的正式语文和工作语文。

12月20日，西班牙总理路易斯·卡雷斯·布兰科在一次爆炸事件中死亡。

中国农历乙丑年

(1985.2.20—1986.2.8)

2月20日，中国第一个南极科学考察实验基地——中国南极长城站在南极乔治岛举行落成典礼。

21日，长城站得到世界气象组织的承认，纳入全球气象台站网。

3月2日，中国政府决定将长江三角洲、珠江三角洲和闽南厦（门）漳（州）泉（州）三角地区辟为经济开放区。

3月4日，伊拉克飞机袭击伊朗一家核电厂。5日，伊朗猛烈炮击伊拉克的巴士拉市。袭城战升级，双方互袭对方首都。

3月10日，苏共中央总书记、苏联最高苏维埃主席团主席康斯坦丁·乌斯季诺维奇·契尔

年科逝世，终年74岁。11日，戈尔巴乔夫当选为苏共中央总书记。

3月13日，中共中央作出《关于科学技术体制改革的决定》。《决定》指出：现代科学技术是 新的社会生产力中最活跃的和决定性的因素。全党必须高度重视并充分发挥科学技术的巨大作用。

4月11日，阿尔巴尼亚劳动党中央第一书记恩维尔·霍查病逝，终年76岁。13日，劳动党十一中全会造举拉米兹·阿利雅为中央第一书记。

4月15日至19日，巴基斯坦最大城市卡拉奇连续发生暴力行为，有30多人死亡。卡拉奇实行全天戒严。骚乱是因两辆小型公共汽车轧死一名女大学生和撞伤一些人引起的。

4月15日，南非废除禁止不同种族结婚的法律。由于种族隔离政策，南非政府一直受到世界各国的谴责与制裁而陷入孤立。

4月17日，日本230多万公务员罢工，要求增加工资。

5月5日，美国总统里根在联邦德国比特堡公墓活动10分钟，这里埋葬着约2000名在二次大战中死亡的德国士兵，包括49名党卫军成员。引发美国及世界各地数十万人的示威抗议活动。

5月11日，英国布拉德福德城足球场的木制看台起火，在几分钟内将足球场变成一个烈火熊熊的地狱，造成56人丧生。

5月15日，中国著名作家巴金获美国文学艺术院授予的名誉外国院士称号。

5月23日，中共中央、国务院发出《关于禁止领导干部的子女、配偶经商的决定》。《决定》指出：凡是团级以上领导干部的子女、配偶，除在国营、集体、中外合资企业，以及在为解决职工子女就业而兴办的劳动服务性行业工作者外，一律不准经商。

5月29日，在都灵的尤文图斯队对利物浦队的欧洲杯决赛中，41人死于观众中发生的暴力事件，另有400多人受伤。

6月4日，中国中央军委主席邓小平宣布：中国政府决定，中国人民解放军减少员额100万。

6月12日，中国著名数学家华罗庚在日本东京，因心脏病突发去世，终年74岁。

7月1日至5日，香港特别行政区基本法起草委员会第一次全体会议在北京举行。

7月10日，"绿色和平"组织的"彩虹勇士"号在新西兰的奥克兰港被法国特工人员炸沉。23日，法国总理法比尤斯就此事件向新西兰道歉。

7月11日至31日，国家主席李先念对加拿大和美国进行国事访问。这是中华人民共和国主席首次对太平洋彼岸的两个北美国家进行访问。

7月13日，由爱尔兰音乐家鲍勃·盖尔多夫发起组织的一个盛大摇滚音乐会在费

城和伦敦温布利体育场同时举行。这场音乐会通过国际卫星通讯网向162个国家作了转播，并为非洲饥民募集到约7000万美元的救济资金。

7月20日，南非因暴力冲突升级，当局宣布约翰内斯堡和伊丽沙白港等36个城镇处于紧急状态。在此前的为争取黑人权力而引发的骚乱中，已有数百人死亡。

7月18日，利比里亚与苏联断绝外交关系。

7月27日，乌干达发生军事政变。

8月4日，泰国约3000名犯人暴动，要求大赦。5日，暴动被平息。

8月12日，日本一架波音747客机坠毁，机上524人中有4名女性幸免于难。

8月15日，日本首相中曾根康弘以公职身份参拜靖国神社。这是战后40年来第一位现职首相以公职身份参拜靖国神社，遭到舆论强烈谴责。

9月3日，中国北京一万余人隆重集会，纪念抗日战争和世界反法西斯战争胜利40周年。

9月19日清晨7点19分，墨西哥发生里氏7.8级强烈地震，首都墨西哥城35%的

建筑物遭到不同程度的破坏。到9月25日，墨西哥共发生了60次里氏3.5到5.5级的余震。截至9月24日，共有1000多幢楼房严重受损，其中700多幢完全倒塌，死亡3500人，受伤的(包括轻伤在内)有4万人，还有约3万灾民无家可归。

9月26日，沙特阿拉伯向英国购买132架军用飞机，价值43亿多美元。这是英国有史以来最大的一笔军火交易。

9月30日，苏联4名外交官在贝鲁特被绑架。

10月7日，意大利游船"阿基莱·劳罗"号在驶往埃及塞得港途中被7名自称巴勒斯坦武装突击队员的人劫持。

9日，劫持者向埃及当局投降。10日，运载4名劫船者的埃及飞机在飞往突尼斯途中被美国战斗机拦截，被迫降在意大利西西里岛。17日，意大利克拉克西政府因处理劫船事件意见分歧宣布辞职。

11月13日，位于哥伦比亚阿尔梅罗镇附近的内瓦多德尔鲁伊兹火山爆发，造成25000人罹难。城镇及周围地区遭火山喷发破坏。火山喷发持续了好几天，全国宣布进入紧急状态。

1986年1月28日，美国"挑战者"号航天飞机从卡纳维拉尔角发射升空后不久发生爆炸，机上7名宇航员全部遇难。

中国农历丁丑年

(1997.2.7—1998.1.27)

2月19日，邓小平同志患帕金森病晚期，并发肺部感染，因呼吸循环功能衰竭，抢救无效，于21时零8分在北京逝世，享年93岁。2月24日，邓小平同志的遗体送往八宝山火化。2月25日，中共中

央、全国人大常委会、国务院、全国政协、中央军委在人民大会堂隆重举行追悼大会。

2月22日，英国生物遗传学家维尔穆特成功地克隆出了一只羊。克隆羊"多莉"的诞生震惊了世界。克隆是英语 Clone 的音译，指人工诱导的无性繁殖。动物克隆试验的成功在细胞工程方面具有划时代的意义。

2月26日，以色列内阁通过了在东耶路撒冷哈尔霍马地区兴建犹太人定居点的计划，遭到巴勒斯坦和国际社会的强烈反对。3月7日，数千名巴勒斯坦人在东耶路撒冷举行和平祈祷，抗议以色列在那里兴建犹太人定居点。

3月14日，第八届全国人民代表大会第五次会议审议了国务院关于提请审议设立重庆直辖市的议案，批准设立重庆直辖市，撤销原重庆市。

4月14日，台湾知名艺人白冰冰之女白晓燕遭歹徒绑架，成为台湾治安史上最严重的绑票案。

4月15日，伊斯兰教圣城麦加附近的莫纳

地区15日发生大火，造成340多人死亡和2000余人受伤，7万多顶帐篷被烧毁。

4月22日，长达126天的日本驻秘鲁大使官邸人质危机落幕。

4月26日，彭真在北京逝世，享年95岁。中共中央、全国人大常委会、国务院、全国政协、中央军委发布讣告，称彭真为伟大的无产阶级革命家、政治家、杰出的国务活动家、坚定的马克思主义者、中国社会主义法制的主要奠基人、党和国家的卓越领导人。

5月，香港发现全球首宗人类感染禽流感死亡个案。

5月2日，在野18年之久的英国工党以绝对优势击败保守党，从而43岁的工党领袖托尼·布莱尔成为英国1812年以来最年轻的首相。梅杰败给43岁的工党领袖托尼·布莱尔，离开唐宁街10号。

5月10日中午12时28分，伊朗东北部发生里氏7.1级强烈地震，150个村庄遭损坏，其中80%损坏严重。

5月12日零时17分，中国研制的新一代通信卫星"东方红三号"，由新型的"长征三号甲"运载火箭在西昌卫星发射中心发射升空。

5月13日，在日内瓦举行的第53届世界卫生大会通过一项决议指出，通过互联网络登广告促销医药产品的方式不可取。

5月18日 北京至九龙直通客车开行。

5月27，俄罗斯与北约关系文件在巴黎签署。文件要点包括：俄罗斯和北约

不把对方视为潜在的敌人；北约将重新考虑其战略构想；俄罗斯将继续建设民主社会，实施其经济和政治改革；双方将承担继续削减核武器和常规武器的义务。

5月29日，中国决定参加联合国维和行动。

6月30日，国家主席江泽民率中国政府代表团抵达香港，出席香港政权交接仪式。这是中国最高领导人首次踏上香港的土地。

7月1日，英国将香港主权移交给中华人民共和国，成立香港特别行政区。

7月1日，中华人民共和国香港特别行政区政府成立。1时30分，中华人民共和国香港特别行政区成立暨特区政府宣誓就职仪式，在香港会议展览中心新翼七楼隆重举行。

7月2日，泰国财政部和国家银行宣布泰币实行浮动汇率制，放弃多年来实行的泰币与美元挂钩的汇率制。泰币改用浮动汇率制后，泰国金融市场一度陷入混乱，引发亚洲金融危机。

7月4日，"火星探路者"号及其"火星车"号成功登上火星。

7月8日，北约东扩计划正式启动。

8月6日，韩国大韩航空801号班机在关岛机场附近坠毁，229人罹难。

8月29日，经中共中央批准，中央纪律检查委员会作出决定，开除中央政治局原委员、北京市原市委书记陈希同的党籍。随后，检察机关对其依法立案侦查。

9月12日至18日，中国共产党第十五次全国代表大会在北京举行。

江泽民代表第十四届中央委员会向大会作《高举邓小平理论伟大旗帜，把建设有中国特色社会主义事业全面推向21世纪》的报告。

9月19日，中共十五届一中全会在北京举行。选举江泽民、李鹏、朱镕基、李瑞环、胡锦涛、尉健行、李岚清为中央政治局常务委员会委员；选举江泽民为中央委员会总书记。

9月23日，世界银行和国际货币基金组织年会在香港开幕。这是香港回归中国后承办的首次大型国际会议。

9月26日，印尼神鹰航空班机在棉兰附近坠毁，234人罹难。

10月13日，英国空军驾驶员安迪·格林驾驶一辆特制喷气式汽车，在美国内华达州的沙漠中飞速行驶，以1229.55公里的时速首次实现了人类在陆地上突破音障的梦想。

10月15日，挪威诺贝尔委员会宣布，将1993年的诺贝尔和平奖授予非国大主席曼德拉和南非总统德克勒克。

10月26日至11月2日，应美国总统克林顿的邀请，国家主席江泽民对美国进行国事访问。访问期间，江泽民与克林顿以及美国其他领导人进行会谈，就中美关系和双方共同关心的国际和地区问题深入交换了意见，并发表了《中美联合声明》。

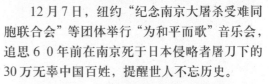10月28日，黄河小浪底水利枢纽工程成功实现大河截流。

11月8日，长江三峡水利枢纽工程实现大江截流。

12月7日，纽约"纪念南京大屠杀受难同胞联合会"等团体举行"为和平而歌"音乐会，追思60年前在南京死于日本侵略者屠刀下的30万无辜中国百姓，提醒世人不忘历史。

12月30日，中国政府和南非政府签署了关于两国建立外交关系的联合公报。

牛年记事

中国清政府签订丧权辱国的《辛丑条约》

公元1901年（中国农历辛丑年）9月7日，英、美、法、德、意、奥、俄、日、荷、比、西等11国公使与清政府全权代表签订不平等的《辛丑条约》。条约共12款，附件19件。主要内容包括：惩办"得罪"列强的官员；派亲王、大臣到德国、日本赔罪；清政府明令禁止中国人建立和参加抵抗侵略军的各种组织；赔款4亿5千万两白银，分39年付清，本息9亿8千万两白银；在北京东交民巷一带设使馆区，各国可在使馆区驻兵，中国人不准在区内居住；平

《辛丑条约》（局部）

毁大沽炮台以及北京至天津海口的炮台；各国可以在北京至山海关铁路沿线驻兵。《辛丑条约》使中国的主权进一步沦丧。北京的使馆区内列强驻兵、行政独立，成了"国中之国"。外国取得北京至山海关的驻兵权，使中国京师关防洞开、无险可守。

《辛丑条约》从政治、经济、军事各个方面都扩大和加深了帝国主义对中国的统治。《辛丑条约》签订后，中国完全沦为半殖民地。

首届诺贝尔奖颁奖仪式于诺贝尔逝世纪念日举行

公元1901年（中国农历辛丑年）12月10日，首届诺贝尔奖颁奖仪式，在诺贝尔逝世纪念日举行。

诺贝尔（1833—1896）

德国科学家威廉·康拉德·伦琴因发现X射线，获首届诺贝尔物理奖；荷兰范特霍夫因研究化学动力学和化学平衡理论，获首届诺贝尔化学奖；德国埃米尔·冯·贝林因研究血清疗法防治白喉、破伤风做出贡

诺贝尔奖奖章

诺贝尔一百五十周年纪念会上的颁奖场面

献，获首届诺贝尔生理学及医学奖；法国作家苏利·普吕多姆因诗《命运》《幸福》《眼睛》《论艺术》《诗句的断想》等著作获诺贝尔文学奖；瑞士琼·亨利·杜南与法国弗雷德里克·帕西共获首届诺贝尔和平奖。

诺贝尔奖是根据瑞典著名化学家、工业家、硝化甘油炸药发明人阿尔弗雷德·贝恩哈德·诺贝尔(1833-1896)的遗嘱所设的，世界公认的学术声望最高的国际大奖。诺贝尔在遗嘱中提出，将部分遗产（3100万瑞典克朗，当时合920万美元）作为基金，基金放于低风险的投资，以其每年的利润和利息分设物理、化学、生理或医学、文学及和平五项奖金，授予世界各国在这些领域对人类作出重大贡献的人或组织。1900年6月瑞典政府批准设置了诺贝尔基金会。

自此以后，除因战时中断外，每年的12月10日，分别在瑞典首都斯德哥尔摩和挪威首都奥斯陆举行隆重授奖仪式。

袁世凯就任正式大总统

袁世凯 (1859-1916)

公元1913年（中国农历癸丑年）10月6日，北京上演了一场选举总统的闹剧。在国会门前聚集了几千名被收买的打手。在这批流氓恶棍的压力下，议员们被迫选出袁世凯为大总统。

袁世凯（1859—1916），字慰庭，号容庵，是中国近代史上北洋军阀首领。1859年9月16日，出生在河南项城县一个世代官宦的大家族。早年科举不第，又逢清季兵燹，便弃文投军，依附淮军将领吴长庆门下。1892年，大清藩属朝鲜内乱，求助于清廷，袁世凯即随军入朝平乱。驻朝期间，袁世凯头脑灵活，办事机敏、干练，颇为清廷朝野瞩目。1894年受李鸿章保举为驻朝总理大臣。1895年受命以道员衔赴天津督练"新式陆军"。他仿造欧洲军制训练军队，取得极大的收获。同时在此基础上扶植自己的势力，形成了日后北洋军阀的班底。1898年积极参与镇压维新派，使改革计划流产，康有为梁启超逃往日本避难。1899年任山东巡抚，逐步接近清廷的权力中枢。1901年升任直

中华民国正式大总统就职典礼

隶总督兼北洋大臣。1907年入主军机处、兼任外务部尚书。1908年宣统帝继位，受清皇室排挤，袁世凯被迫下野，隐居彰德府（今安阳市）洹上村别墅——"养寿园"。1911年辛亥革命爆发，受国内外形式所迫，清廷被迫重新起用袁世凯，由其出任总理内阁大臣，主持军政。革命当前，袁世凯深知清廷气数已尽，无可挽回，便联络全国革命势力及其旧部，倒戈一击，逼迫清帝退位，又迫使孙中山保举他为中华民国临时大总统，窃取了辛亥革命的成果。随后即原形毕露，大肆屠杀革命党人。1913年，他派人刺杀了宋教仁，镇压了孙中山领导的"二次革命"。还以出卖国家权利为代价，接受了日本提出的"二十一条"要求中的大部分条款，以换取帝国主义的支持。在迫使国会选举他为正式大总统后，就解散国会，使自己成

为终身总统。

1915年12月12日，袁世凯宣布恢复帝制，建立中华帝国，并改元洪宪。1916年3月22日，内外交困，被迫宣布撤消帝制，恢复民国，仅仅做了83天皇帝的"短命"皇帝。1916年6月6日，因尿毒症不治，在举国声讨中死去。

孙中山先生逝世

宋庆龄、孙科在西山碧云寺孙中山灵堂前

孙中山（1866—1925）

公元1925年（中国农历乙丑年）3月12日，中国近代民主革命伟大的先行者孙中山先生因患肝癌在北京逝世，终年59岁。

孙中山，名文，号逸仙。1866年11月12日生，广东香山县（今中山市）人。早年行医，1894年创立兴中会决心从事革命运动。1905年提出民族、民权、民生三大主义。1911年武昌起义推翻帝制，被推选为中华民国大总统，颁布临时约法。隔年被迫辞职，后改组同盟会为国民党，发动二次革命和护法战争。1924年确立联俄、联共、扶助农工政策，发表新三民主义，创立黄埔军校，年底扶病到达北京共商国是。1925年3月12日病逝北京。遗嘱称："余致力国民革命，凡四十年，其目的在求中国之自由平等。积四十年之经验，深知欲达到此目的，必须唤起民众，及联合世界上以平等待我之民族，共同奋斗。现在革命尚未成功。凡我同志，务须依照余所著《建国方略》《建国大纲》《三民主义》及《第一次全国代表大会宣言》，继续努力，以求贯彻。最近主张召开国民会议及废除不平等条约，尤须于最短期间，促其实现。是所至嘱！"

孙中山先生逝世后，在北京签名吊唁者有74万多人，参加送殡者30余万人。

1925年4月2日，孙中山灵柩安厝于北京西山碧云寺内石塔中。北伐成功后，于1929年6月1日永久迁葬于南京紫金山中山陵。

七七事变
中国抗日战争爆发

1937年（中国农历丁丑年）7月7日深夜，北平西南宛平县城（今属北京市丰台区）一片寂静。突然，枪炮声打破了宁静，在城外演习的日军向驻宛平的中国守军发动了进攻。震惊中外的七七事变（又称卢沟桥事变）爆发了。

自1931年九一八事变日本侵略者侵吞中国东北后，为进一步挑起全面侵华战争，陆续运兵入关。到1936年，日军已从东、西、北三面包围了北平（今北京市）。从1937年6月起，驻丰

七七事变的发生地——卢沟桥

台的日军连续举行挑衅性的军事演习。

7月7日下午，日本华北驻屯军第1联队第3大队第8中队由大队长清水节郎率领，荷枪实弹开往紧靠卢沟桥中国守军驻地的回龙庙到大瓦窑之间的地区。晚7时30分，日军开始演习。22时40分，日军声称演习地带传来枪声，并有一士兵"失踪"，立即强行要求进入中国守军驻地宛平城搜查，中国第29军第37

坚守在卢沟桥阵地上的中国士兵

师第219团断然拒绝。次日凌晨4时左右，日军突然发动炮击，守卫卢沟桥和宛平城的第219团第3营在团长吉星文和营长金振中的指挥下奋起抗战。

7月8日，中国共产党向全国发布抗日通电疾呼平津危急、华北危急、中华民族危急，只有全民族实行抗战，才是我们的出路。蒋介石也一改妥协退让的政策，在庐山宣布：地无分南北，人无分老幼，皆有守土抗战之责任。七七事变揭开了全国性的抗日战争的序幕。第29军的将士

奋勇抵抗骄横的日军，副军长佟麟阁和第132师师长赵登禹壮烈殉国，打响了中华民族全面反抗日本帝国主义侵略的第一枪。

至1945年9月9日，日本驻华派遣军总司令冈村宁次在投降书上签字，历时八年的抗日战争以中国人民的胜利宣告结束。

八一三淞沪会战

淞沪会战，是1937年（中国农历丁丑年）

8月13日至11月12日中国军队抗击侵华日军进攻上海的战役，又称作"'八一三'淞沪战役"。

1937年8月9日，驻沪日本海军陆战队官兵两人驱车闯进虹桥机场进行武装挑衅，被中国保安部队击毙。日军以此为借口，要挟中国政府撤出上海保安部队，亦向上海增兵。

8月15日，日本海军陆战队以虹口区预设阵地为依托，向淞沪铁路天通庵站至横滨路的中国守军开枪挑衅，并在坦克掩护下沿宝山路进攻，京沪警备总司令张治中率第87师、第88师予以坚决反击，将其赶至黄浦江边。日军残部依靠江上日军舰队火力，固守待援。

8月15日，日本政府发表声明，声称"为了惩罚中国军队之暴戾，促使南京政府觉醒，于今不得不采取之断然措施"。同日，日本下达编组上海派遣军的命令，以松井石根上将为司令官，作战任务为"与海军协同消灭上海附近的敌人，占领上海及其北面地区的重要地带。"

与此同时，蒋介石调集大批部队至淞沪地区，组成第三战区，由冯玉祥负责指挥。双方激战多日。中国军队在淞沪人民的支持下，坚守阵地。

9月上旬，由于日军不断增兵，战争逐步升级，中国军队陆续增援，将部队集中至70余万。日军也增援至5个师团。11月5日拂晓，日军利用大雾、大潮在杭州湾的全公亭、金山咀登陆，对淞沪实施迂回包围。中国右翼军部分沿海

中国军队第88师在闸北的环形工事里同日军激战

守备部队已抽调支援市区作战，猝不及防，阵地相继失守，战局急转直下。日军第10集团军于11月6日占领金山，力图与上海派遣军达成合围。蒋介石被迫于11月8日下令全线撤退，日军于11月9日占淞江、11月12日占上海。至此，战役结束。

淞沪会战时，举国上下，万众一心，体现了前所未有的团结和勇气。中国官兵同仇敌忾，斗志昂扬，以劣势装备与敌人拼搏，毙伤日军5万多人，沉重打击了日本侵略者，打破了日本帝国主义的"三个月征服中国"的狂妄计划。

震惊世界的南京大屠杀

1937年（中国农历丁丑年）12月13日，日军进占南京城，在华中方面军司令官松井石根和第6师团师团长谷寿夫等法西斯分子的指挥下，开始了长达6周惨绝人寰的血腥屠杀。

日军以搜捕中国士兵为名，进入市民住所，

南京大屠杀中狞笑的日军士兵

见到青年男子当即杀害。18日夜，谷寿夫亲自指挥部下将从南京逃出被拘囚于幕府山下的难民和被俘军人57418人，以铅丝捆绑，驱至下关草鞋峡，先用机枪扫射，复用刺刀乱戳，最后浇以煤油，纵火焚烧，残余骸骨投入长江。日军屠杀手段极其残忍，除枪杀外，还有砍头、剖腹、活埋、肢解等。据1946年2月中国南京军事法庭查证：日军集体大屠杀28案，19万人，零散屠杀858案，15万人。日军在南京进行了长达6个星期的大屠杀，中国军民被枪杀和活埋者达30多万人。

南京南门外屠杀现场之一

1937年底，一家日本报纸《东京日日新闻》登出一则令人发指的消息：日军少尉向井和野田在紫金山下进行"杀人比赛"。他们在南京城中用战刀肆意砍杀中国无辜平民，优胜者杀了106人，另外一个杀了105人。

在日军进入南京后的一个月中，全城发生2万起强奸、轮奸事件，无论少女或老妇，都难以幸免。许多妇女在被强奸之后又遭枪杀、毁尸，惨不忍睹。与此同时，日军遇屋即烧，从中华门到内桥，从太平路到新街口以及夫子庙一带繁华区域，大火连天，几天不息。全市约有三分之一的建筑物和财产化为灰烬。无数住宅、商店、机关、仓库被抢劫一空。"劫后的南京，满目荒凉"。

后来发表的《远东国际法庭判决书》中写道："日本兵完全像一群被放纵的野蛮人似的来污辱这个城市"，他们"单独的或者二、三人为一小集团在全市游荡，实行杀人、强奸、抢劫、放火"，终至在大街小巷都横陈被害者的尸体。"江边流水尽为之赤，城内外所有河渠、沟壑无不填满尸体"。

中华人民共和国成立

1949 年（中国农历己丑年）10 月 1 日，中华人民共和国中央人民政府成立典礼，即开国大典，在北京天安门广场隆重举行。中国的历史从此翻开了崭新的篇章。

下午 2 时，中国人民政治协商会议第一届全体会议选举产生的中央人民政府委员会在勤政殿举行第一次会议。毛泽东、朱德、刘少奇、周恩来、任弼时、张澜、李济深、宋庆龄、高岗等国家领导人出席了会议。中央人民政府主席毛泽东，副主席朱德、刘少奇、宋庆龄、李济深、张澜、高岗，以及周恩来等 56 名中央人民政府委员会委员宣布就职。会议一致决议，宣布中华人民共和国中央人民政府成立，接受《中国人民政治协商会议共同纲领》为施政方针，选举林伯渠为秘书长，任命周恩来为中央人民政府政务院总理兼外交部部长，毛泽东为中央人民政府人民革命军事委员会主席，朱德为人民解放军总司令，沈钧儒为中央人民政府最高人民法院院长，罗荣桓为中央人民政府最高检察署检察长，并责成他们从速组成各项政府机关，推行各项政府工作。会议同时决议，向各国政府宣布中华人民共和国中央人民政府为中国唯一合法政府，愿与遵守平等、互利及互相尊重领土主权原则的任何外国政府建立外交关系。会议结束后，中央人民政府委员会主席、副主席及各位委员集体出发，乘车出中南

在天安门广场举行的开国大典

海东门，前往天安门城楼出席开国大典。

此时，参加开国大典的北京 30 万军民早已齐聚天安门广场，翘首期待着伟大历史时刻的到来。

下午 3 时，中央人民政府委员会秘书长林伯渠宣布典

开国大典上的毛泽东主席

礼开始。中央人民政府主席、副主席、各委员就位。在群众的欢呼声中，毛泽东主席向全世界庄严宣告："中华人民共和国中央人民政府今天成立了！"顿时，广场上欢声雷动，群情激昂。在《义勇军进行曲》的雄壮旋律中，毛泽东按动电钮，新中国第一面鲜艳的五星红旗冉冉升起。全场肃立，向国旗行注目礼。广场上，54 门礼炮齐鸣 28 响，象征着中国共产党领导全国人民艰苦奋斗 28 年的光辉历程。

随即，毛主席向全世界宣读中央人民政府第一号公告。接着举行盛大阅兵式。朱德总司令在阅兵总指挥聂荣臻陪同下，乘敞篷汽车检阅受阅部队。检阅毕，朱德总司令回到主席台上宣读《中国人民解放军总部命令》，指出："坚决执行中央人民政府和伟大的人民领袖毛主席的一切命令，迅速肃清国民党反动军队的残余，解放一切尚未解放的国土，同时肃清土匪和其他一切反革命匪徒，镇压他们的一切反抗和捣乱行为。"

随后，在全场经久不息的掌声和欢呼声中，中国人民解放军三军受阅部队的步兵、骑兵、坦克、大炮、汽车等，以连为单位，列成方阵，迈着威武雄壮的步伐，由东向西分列式通过天安门广场。与此同时，刚刚组建的人民解放军空军十四架战斗机、轰炸机，凌空掠过天安门广场，接受检阅。

阅兵式持续近三小时，此时天色已晚，长安

街华灯齐放，群众游行开始了。一队队游行群众高举红旗和红灯，纵情欢呼，"中华人民共和国万岁！""毛主席万岁！"的口号声响彻云霄。天安门城楼上，毛主席探身栏杆外，不停地向广场上的群众挥手致意，情不自禁地在扩音机前大声高呼："同志们万岁！""人民万岁！"广场上，人们热情洋溢，载歌载舞，万众欢腾，尽情地欢度新中国的第一个夜晚，节日的首都沉浸在幸福、喜悦和欢欣鼓舞中。这一天，在全国已经解放的各大城市，都举行了隆重热烈的庆祝活动。

中华人民共和国的成立，是中国有史以来最伟大的事件，也是20世纪世界最伟大的事件之一，它结束了少数剥削者统治广大劳动人民和帝国主义奴役中国各族人民的历史，中国人民从此成为国家的主人，中华民族的发展开启了新的历史纪元。

猪湾事件

1961年（中国农历辛丑年）4月17日，黎明时分，在肯尼迪政府的支持下，美国中央情报局实施了一项推翻古巴菲德尔·卡斯特罗革命政府的计划。1400名古巴流亡分子从美国迈阿密的中情局秘密训练基地出发，跨海在古巴中部拉斯维利亚斯省南部登陆，占领了长滩和吉隆滩，并继续向北推进，试图在古巴制造内乱，推翻卡斯特罗政府。古巴军队和民兵与入侵的美国雇佣军展开了殊死搏斗。

这一事件最终以流亡分子的惨败而结束。

在这一事件中，共有114名流亡分子被古巴军队击毙，1189人被俘。这些人在古巴监狱里生活了18个月，后来美国同意用价值530万美元的粮食和药品

战斗在猪湾留下的瓦砾堆

把他们换回美国。

对美国来说这次未成功的进攻不但是一次军事上的失败，而且也是一次政治上的失误。国内外对这次进攻的批评非常强烈，刚刚上任90天的约翰·肯尼迪政府为此大失信誉，相反，卡斯特罗政权和古巴革命更加巩固。由于古巴因此开始与苏联更加靠近，最终导致了1962年的古巴导弹危机。

这就是震惊世界的吉隆滩之战，美国称之为猪湾事件。

建造柏林墙

1961年（中国农历辛丑年）8月13日，欧洲的政治地图在一夜之间发生了真正的变动。凌晨2时30分，东德政府关闭了东、西柏林间的边界，开始建造把这个城市分开的围墙。围墙的正式名称叫"反法西斯防卫墙"。

至1979年5月止，在西柏林周围共筑了水泥板墙104.5公里，水泥墙10公里，铁丝网55公里，以及253个了望台、136个碉堡、270个警犬桩、108公里防汽车场。另外还有一触即发出信号的铁栅栏、自动射击系统和巡逻道各123.5公里。

1989年11月9日，在宣布可以自由穿越柏林墙的那个晚上，约10万人像潮水一般从柏林墙的东边涌向西边，所有的护栏全部被挪走，28年的人为阻隔就这样消失了。1990年6月13日，柏林墙开始拆除。1990年10月3日两德实现统一。

美参议院专门小组
开始举行水门事件听证会

1973年（中国农历癸丑年）5月17日，当参议院特别委员会开始听证去年刺探民主党人情报的密谋和行政当局为掩饰这一密谋所做的努力时，一位尼克松竞选官员成为第一位证人。

在水门事件听证会上，包括白宫安全顾问霍华德·享特在内的官员受审。

小罗伯特·C·奥德尔在华丽的参议院秘密会议室作证时说，总统连任委员会副主任杰布·斯图尔特·马格鲁德，在去年闯入民主党水门大楼总部仅数小时之后即下达命令把显然装有政治情报的卷宗从他的办公桌上取走。奥德尔认为，"这份卷宗在政治运动中是见不得人的"。

在听证开始时，一位来自北卡罗来纳州的文质彬彬的民主党人欧文说："他所领导的委员会决心揭露一切有关的事实，不会宽容任何人，不管他在现实生活中的身份地位如何。"他说，那些闯入民主党办公室的人，"实际上是闯入了

1978年8月尼克松总统辞职，副总统福特继任。

美国每个公民的家里"。他说最后判决权应交给美国人民。

最终，1978年8月8日理查德·尼克松总统成为水门事件的最高层牺牲品，导致了政府的几个官员锒铛入狱以及美国历史上破天荒第一次出现的总统辞职。

水门事件，源自1972年的一次普通的撬窃刑事案件。由于《华盛顿邮报》的两位年轻记者对撬窃分子赃物中两个与白宫有联系的电话号码和人名，顺藤摸瓜、穷追不舍，历时26个月，终于挖出了撬窃分子与"争取总统连任委员会"直至与白宫办公厅、尼克松总统的联系等事实。此后，水门事件成为以后美国各种政治丑闻的代名词。

第一次石油危机开始

6个海湾石油生产国部长会议

1973年10月，第四次中东战争爆发，阿拉伯国家纷纷要求支持以色列的西方国家改变对以色列的庇护态度，决定利用石油武器教训西方大国。10月16日，石油输出国组织决定提高石油价格，第二天，中东阿拉伯产油国决定减少石油生产，并对西方发达资本主义国家实行石油禁运。因为当时，包括主要资本主义国家的石油大部分来自中东。石油提价和禁运立即使西方国家经济出现一片混乱。提价以前，石油价格每桶只有3.01美元，到1973年底，石油价格达到每桶11.651美元。石油提价大大加大了西方大国国际收支赤字，最终引发了1973~1975年的战后资本主义世界最大的一次经济危机。

墨西哥地震

1985年（中国农历乙丑年）9月19日清晨7点19分，墨西哥发生里氏7.8级强烈地震，首都墨西哥城35%的建筑物遭到不同程度的破坏。市中心的许多房屋，顷刻之间变成一片废墟，不久前刚刚庆祝落成71周年的著名的雷布斯大旅馆全部毁坏。著名的华雷斯大街有好几段变成残垣断壁。

市内一些地方由于煤气管破裂，引起大火。

地震发生后，墨西哥城大部分地区交通中断，地铁全部停驶，国际机场暂时关闭。市区水电煤气被切断，市内电话和长途电话也中断了。

墨西哥联邦政府和墨西哥城联邦区政府立即组织抢险救灾，德拉马德里总统迅速赶到灾区现场视察，并组织召开内阁会议，部署救灾措施。

这次地震震中在墨西哥城西南大约400公里处的太平洋海岸，波及墨西哥城和墨西哥沿海的3个州。9月19日清晨发生里氏7.8级地震之后，20日晚上在同一地区又发生了一次里氏6.5级的地震。到9月25日，墨西哥共发生了60次里氏3.5到5.5级的余震。截至9月24日，共有一千多幢楼房严重受损，其中七百多幢完全倒塌，死亡3500人，受伤的（包括轻伤在内）有4万人，还有32000灾民无家可归。

海塞尔惨案

1985年5月29日，一场足球悲剧降临在比利时的海塞尔体育场。在都灵的尤文图斯队对利物浦队的欧洲杯决赛中，41人死于观众中发生的暴力事件，另有400多人受伤。死去的人中大部分是由于一堵围墙倒塌时被压死的。

在这场决赛开始前，场外球迷的气氛已从友好转变为互相谩骂，利物浦俱乐部曾提出改换比赛的场地。除了场馆的设施明显陈旧以外，利物浦方面的主要担心是场内座位中有一块中立球迷区。俱乐部认为球票应该分配给利物浦和尤文图斯的球迷。设立中立球迷区将会招致双方球迷都能够从比利时黄牛党手中买到球票，从而非常危险地混杂在一起。正如历史所证明的，这个所谓的中立区很快就挤满了意大利球迷。

场内气氛很快达到了沸点，双方球迷隔着一个脆弱的铁丝网互相挑战。过了一段时间后，双方开始互相投掷杂物，一些利物浦球迷向意大利对手发起了冲锋。随着混乱发生，尤文图斯球迷翻过一堵墙以躲避利物浦球迷，正在这时，这面墙倒塌了。39个球迷当场被砸死。

当晚，尤文图斯以1：0的比分赢得了欧洲冠军杯。这是一场没人愿意记得的比赛。

利物浦的球员回忆："当我们离开布鲁塞尔时，意大利人非常愤怒。这是可以理解的，他们有39个朋友死了。我记得一个意大利男人，他的脸就对着我的座位的窗旁边。他哭叫着。你可以感觉到在那种情况下，一定是有人失去了亲人。你去看一场球赛，但是你绝对不会预想到这种结局，不对吗？足球并不是那么重要的。没有任何足球比赛值得这样的代价。其他任何东西（在生命之前）都变得不重要了。"

邓小平病逝

邓小平（1904—1997）

1997年2月19日，邓小平在北京病逝，享年93岁。当天，中共中央、全国人大常委会、国务院、全国政协、中央军委发出《告全党全军全国各族人民书》，称邓小平为我党我军我国各族人民公认的享有崇高威望的卓越领导人，伟大的马克思主义者，伟大的无产阶级革命家、政治家、军事家、外交家，久经考验的共产主义战士，我国社会主义改革开放和现代化建设的总设计师，建设有中国特色社会主义理论的创立者。2月22日，新华社播发《邓小平同志伟大光辉的一生》。2月24日，邓小

平的遗体送往八宝山火化。2月25日，中共中央、全国人大常委会、国务院、全国政协、中央军委在人民大会堂隆重举行追悼大会。

遵照邓小平及其亲属的意愿，邓小平的骨灰于3月2日撒入大海。

中英香港政权交接

1997年6月30日，国家主席江泽民率中国政府代表团抵达香港，出席香港政权交接仪式。同日，中央军委主席江泽民发布《中国人民解放军驻香港部队进驻香港特别行政区的命令》。

6月30日午夜至7月1日凌晨　中英两国政府香港政权交接仪式在香港会议展览中心新翼五楼大会堂隆重举行。6月30日23时42分，

交接仪式正式开始，中方国家主席江泽民、国务院总理李鹏、国务院副总理兼外交部长钱其琛、中央军委副主席张万年、香港特别行政区首任行政长官董建华，英方查尔斯王子、首相布莱尔、外交大臣库克、离任港督彭定康、国防参谋长查尔斯·格思里，同时步入会场登上主席台主礼台。1997年7月1日零时，中华人民共和国国旗和中华人民共和国香港特别行政区区旗在香港升起。零时4分，中华人民共和国主席江泽民庄严宣告：根据中英关于香港问题的联合声明，两国政府如期举行了香港交接仪式，宣告中国对香港恢复行使主权。中华人民共和国香港特别行政区正式成立。这是中华民族的盛事，也是世界和平与正义事业的胜利。经历了百年沧桑的香港回归祖国，标志着香港同胞从此成为祖国这块土地上的真正主人，香港的发展从此进入一个崭新的时代。零时12分，香港政权交接仪式结束。

1时30分，中华人民共和国香港特别行政区成立暨特区政府宣誓就职仪式，在香港会议展览中心新翼七楼隆重举行。

当日上午，中华人民共和国香港特别行政区成立庆典在香港会议展览中心新翼举行。国家主席江泽民在庆典上发表讲话，对香港特别行政区的成立表示热烈的祝贺，向回到祖国大家庭的600多万香港同胞表示亲切问候，并郑重重申："一国两制"、"港人治港"、高度自治，50年不变，是中央政府一项长期的基本方针。

香港回归，标志着中国人民在完成祖国统一大业的道路上迈出了重要一步。

牛年出生的中外名人

丑年出生的中国名人

贾谊（前200—前168）

又称贾太傅、贾长沙、贾生。洛阳（今河南洛阳市东）人。西汉初年著名的政治家、文学家。年轻时由河南郡守吴公推荐，被文帝召为博士。不到一年被破格提为太中大夫。曾多次上疏，批评时政。建议用"众建诸侯而少其力"的办法，削弱诸侯王势力，巩固中央集权；主张重农抑商，"驱民而归之农"；并力主抗击匈奴的攻掠。遭群臣忌恨，被贬为长沙王的太傅。后被召回长安，为梁怀王太傅。梁怀王坠马而死后，贾谊深自歉疚，直至忧伤而死。其著作主要有《过秦论》《陈政事疏》《吊屈原赋》等。

汉景帝刘启（前188—前141）

西汉皇帝。是汉文帝刘恒长子，母亲窦姬（窦太后），汉惠帝七年（前188）生于今山西平遥。在位16年，终年48岁，谥号"孝景皇帝"。

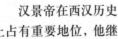

汉景帝在西汉历史上占有重要地位，他继承和发展了其父汉文帝的事业，继续实行"与民休息"的政策，改田赋十五税一为三十税一。进行"削藩"，平定吴楚七国之乱后，将诸侯王任免官吏的权力收归中央，王国行政由中央所任官吏处理。后世史家将其与父亲文帝统治时期并举，称为"文景之治"。汉景帝刘启完成了从文帝到武帝的过渡，并为以后的"汉武盛世"奠定了基础。

霍去病（前140—前117）

西汉名将，军事家。河东郡平阳县（今山西临汾西南）人。汉代名将卫青的外甥。善骑射。曾随卫青击匈奴于漠南（今蒙古高原大沙漠以南），以800人歼2000余人。元狩二年（前121）任骠骑将军。于春、夏两次率兵出击占据河西（今河西走廊及湟水流域）地区的匈奴部，歼4万余人。同年秋，奉命迎接率众降汉的匈奴浑邪王，在部分降众变乱的紧急关头，率部驰入匈奴军中，斩杀变乱者，稳定了局势，浑邪王得以率4万余众归汉。从此，汉朝控制了河西地区，打开了通往西域的道路。

四年夏，霍去病与卫青各率5万骑过大漠（今蒙古高原大沙漠）进击匈奴。霍去病击败左贤王部后，乘胜追击，深入2000余里，歼7万余人。后升任大司马，与卫青同掌兵权。他用兵灵活，注重方略，不拘古法，勇猛果敢，每战皆胜，深得武帝信任。汉武帝曾为他建造府第，他拒绝说："匈奴不灭，无以家为。"他前后六次出击匈奴，解除了匈奴对汉王朝的威胁。

元狩六年（前117），霍去病病卒。

刘备（161—223）

字玄德，涿郡（今河北省涿州）人，汉景帝之子中山靖王刘胜的后代，为三国蜀汉开国君王。早年丧父家贫，曾以贩履织席为生。好结交豪侠。东汉末年黄巾起义爆发后，他与关羽、张飞跟随官府进行镇压，先后任安喜尉、平原国相。曾率兵救助被曹操所攻的徐州牧陶谦。陶谦死后刘备代为徐州牧。后被吕布所败，投奔曹操。被推荐为豫州牧，进位左将军。因密谋诛曹操事泄，逃至徐州。三顾茅庐始得诸葛亮辅佐。后与孙权联合大败曹操于赤壁，取得益州与汉中，自立为汉中王。

公元221年，刘备于成都即位称帝，国号汉，年号章武。当年兴兵伐东吴，欲报杀关羽夺荆州之仇。第二年，两军决战于夷陵，终被吴国大将陆逊所败，损失惨重。刘备逃归白帝城，次年病重，托孤于丞相诸葛亮，不久卒于永安宫，谥号昭烈帝，史称为刘先主。

邓艾（197—264）

三国时期魏国名将。字士载，义阳郡棘阳（今河南南阳南）人。曹操占荆州时，家迁汝南（今河南上蔡县西南），早年丧父。邓艾家世寒微，无祖荫可庇，且少孤贫苦，但他少年壮志，聪明好学，精

通兵法，打仗善于利用地理，有谋略。任兖州刺史时，引兵在祁山多次与姜维交战，有功封为镇西将军。景元四年（263），率兵从阴平小路翻越峻岭，奇袭成都，灭了蜀国，创造了三国历史上划时代的战争奇迹。后被钟会诬陷谋反，与儿子邓忠一起被卫瓘杀害。

顾恺之（约345—406）

字长康，小字虎头。无锡（今江苏省）人，东晋时期的画家，也是我国早期最有代表性的画家。他多才多艺，是一个善于写诗、绘画、作文章的大才子。他的作品大都失传，流传下来的有《女史箴图》、《洛神赋图》、《列女仁智图》三件摹本，画中的人物神情毕肖，是我国绘画艺术宝库中的珍品。他提出的绘画理论，对我国绘画艺术的发展有极大的影响。

陶渊明（约365—427）

东晋诗人。一名潜，字元亮，私谥靖节，浔阳柴桑（今江西九江）人。他出身于破落官僚地主家庭。《晋书》《宋书》均谓其系陶侃曾孙，后人亦有疑其说者。从小受儒家思想的教育，对生活充满幻想，希望通过仕途实现自

己"大济苍生"的宏愿。自29岁起，曾任江州祭酒、镇军参军、彭泽县令等职。他不满当时士族地主把持政权的黑暗现实，任彭泽县令时，因不愿"为五斗米而折腰"，仅80多天就辞官回家，作《归去来兮辞》，自明本志。从此"躬耕自资"，直至63岁在贫病交迫中去世。他长于诗文歌赋，诗歌多描写自然景色及其在农村生活的情景，其中的优秀作品隐含着他对腐朽统治集团的憎恶和不愿同流合污的精神，但也有虚无的"人生无常""乐天安命"等消极思想。另一类题材的诗，如《咏荆轲》《读山海经精卫衔微木》等篇，则寓意了他的政治抱负，颇多悲愤慷慨之音。其艺术特色兼有平淡与爽朗之胜；语言质补自然，而又颇为精炼，具有独特风格。散文有《桃花源记》，辞赋有《归去来兮辞》《闲情赋》。

隋炀帝（569—618）

名杨广，隋文帝次子，隋朝第二帝。仁寿四年（604）乘其父隋文帝卧病，派人入宫杀死文帝及兄长杨勇后继位，改年号大业。即位不久，着手营建东都洛阳，征用上百万民工开凿大运河，又筑长城，修驰道，强征大批劳动力无偿服徭役，严重破坏了社会生产。为显示国力，出兵四夷，三征高丽。费了大量民脂民膏。大业七年（611）起，各地人民纷纷起义。公元618年，在农民大起义的高潮中困于江都（今江苏扬州市），为部下宇文化及等发动兵变用丝带勒死，终年50岁。隋朝至此灭亡。隋炀帝死后，葬于今江苏省扬州市西北15里的雷塘侧。

孙思邈（581—682）

唐代道士、医学家、药物学家。京兆华原（今陕西省耀县），历史上，被人们尊为"药王"。

孙思邈7岁时读书，就能"日诵千言"。每天能背诵上千字的文章，到了20岁，就能侃侃而谈老子、庄子的学说，并对佛家的经典著作十分精通，被人称为"圣童"。但他认为走仕途，做高官太过世故，不能随意，就多次辞谢了朝廷的封赐，终生为医，成为古今医德医术堪称一流的名家。他博采众长，提出综合治疗的方法。精通药理，熟捻针灸，首创阿是穴（即痛点）。认为妇女有许多独特的病症，因此创设妇科。对药物学进行研究，遍访名山，积累了丰富的采药制药经验。公元652年，他从病理、药性等方面的

基础理论出发，结合内、外、儿、妇、针灸等科，总结出《备急千金要方》，共分30卷，232门，5200多个方。公元682年，又将此书修改为《千金翼方》，对原作进行增订。为后世留下丰富的药物学遗产，成为历代医家和百姓尊崇倍至的伟大人物。

孟浩然（689—740）

唐代山水田园诗人，本名浩，字浩然。襄州襄阳（今湖北襄樊）人，世称"孟襄阳"。以写田园山水诗为主。因他未曾入仕，又称之为孟山人。襄阳南门外背山临江之涧南园有他的故居。曾隐居鹿门山。40岁时，赴长安应考落榜。曾在太学赋诗，名动公卿，为之搁笔。他和王维交谊甚笃。传说王维曾私邀入内署，适逢玄宗至，浩然惊避床下。王维不敢隐瞒，据实奏闻，玄宗命出见。浩然自诵其诗，至"不才明主弃"之句，玄宗不悦，说："卿不求仕，而朕未尝弃卿，奈何诬我！"放归襄阳。后漫游吴越，穷极山水之胜。开元二十五年（737），宰相张九龄贬为荆州长史，聘孟浩然为幕僚，不到一年，他归隐还家。孟浩然一生大多是在家乡度过的。农村生活使他写了大量田园诗，几次出游吴越、湘桂、赣蜀，丰富了山水诗的创作。他的诗风格清新淡然。留存至今的诗有263首，名篇有《过故人庄》《宿建德江》《春晓》等。孟浩然生前与张九龄、王维、李白等诗人有很深的友谊。诗与王维齐名，称为"王孟"。他死后，王维曾将孟浩然像画在郢州刺史亭，题曰"浩然亭"。以后人们因尊崇他，不愿直呼其名，称之为"孟亭"。

李白（701—762）

唐代伟大的浪漫主义诗人。字太白，号青莲居士。绵州昌隆（今四川江油县）人。在我国历

史上，被称为诗仙。其诗风豪放飘逸，想象丰富，语言流转自然，音律和谐多变。他善于从民歌、神话中汲取营养素材，构成其特有的瑰丽绚烂的色彩，达到了自屈原以来积极浪漫主义诗歌的新高峰，与杜甫并称"李杜"，是华夏史上最伟大的诗人。

李白25岁时只身出蜀，访名山胜水，了解民生达十年之久。公元742年，唐玄宗召李白进京为供奉翰林，起草文书待诏备用。不久，因权贵的谗毁，仅一年多就高唱着"安能摧眉折腰事权贵，使我不得开心颜"离开了长安。离京后，再次南北漫游十余年。这期间结识了杜甫，并与杜甫成了莫逆之交。公元755年，安史之乱爆发，李白怀着平叛的雄心参加了永王李璘的幕府。因永王不服从肃宗调遣，被肃宗所杀，李白受到连累被流放到夜郎（今贵州桐梓一带），途中遇赦东还。晚年飘泊异乡，生活贫困，病逝于当涂（今安徽省境内）。

李白的诗今存900多首。他的大量诗篇，既反映了那个时代的繁荣景象，也揭露和批判了统治集团的荒淫和腐败，表现出蔑视权贵，反抗传统束缚，追求自由和理想的积极精神。在艺术上，他的诗想象丰富，构思奇特，气势雄浑瑰丽，风格豪迈潇洒，是盛唐浪漫主义诗歌的代表人物。在中国文学史上，李白是继屈原以后又一位伟大的浪漫主义诗人。千百年来，他的诗一直受到人民的喜爱，并对后世诗歌产生了深远的影响。

王维（701—761）

字摩诘，原籍祁（今山西祁县），唐朝诗人、画家，外号"诗佛"。他精通佛学，佛教有一部《维摩诘经》，是维摩诘向弟子们讲学的书，王维很钦佩维摩诘，所以自己名为维，字摩诘。

开元九年（721），王维进士及第，任太乐

丞，因伶人舞黄狮子犯禁，受了牵连而谪为济州司仓参军。开元十四年（726），辞去官职。后张九龄执政，得提拔，又任右拾遗，累迁至给事中。天宝末年，安禄山攻占长安，王维被安禄山胁迫作了他的官员。但是他并不愿意，曾作诗《凝碧池》表达了心迹。当安禄山兵败后，王维因此得到唐肃宗嘉许，未获罪仅受降官处分。后复官至尚书右丞，直至上元二年（761）病逝。

王维诗书画都很有名，非常多才多艺。音乐也很精通。他对山水画贡献极大，被称为"南宗画之祖"。受禅宗影响很大。他创造了水墨山水画派，此外，还兼擅人物。

苏轼评价王维的诗："味摩诘之诗，诗中有画；观摩诘之画，画中有诗。"至今这个评价都受到了学者的肯定。王维以五言律诗和绝句著称。王维的诗有两种风格，前期的诗大都反映现实，后期则多是描绘田园山水，是盛唐山水田园诗派的代表人物。

怀素（725—785）

字藏真，僧人，俗姓钱，长沙人，幼时出家。好饮酒，每当饮酒兴起，不分墙壁、衣物、器皿，任意挥写，时人谓之"醉僧"，是继张旭之后的又一大草书家，有"颠张狂素"之称。

怀素小时候家里很穷，年少时就出家当了和尚，诵经坐禅等佛事之余，他对练字产生了兴

趣。因为买不起纸张，就找来一块木板和圆盘，涂上白漆书写。后来，怀素觉得漆板光滑，不易着墨，就又在寺院附近的一块荒地，种植了一万多株的芭蕉树。芭蕉长大后，他摘下芭叶，铺在桌上，临帖挥毫。

由于怀素没日没夜地练字，老芭蕉叶剥光了，小叶又舍不得摘，于是想了个办法，乾脆带了笔墨站在芭蕉树前，对着鲜叶书写，就算太阳照得他如煎似熬；刺骨的北风冻得他手肤迸裂，他还是在所不顾，继续坚持不懈地练字。他写完一处，再写另一处，从未间断。这就是有名的怀素芭蕉练字。

他勤学精研；又用漆盘、漆板代纸，写至再三，盘板都穿，秃笔成家，以"狂草"出名。"运笔迅速，如骤雨旋风，飞动圆转，随手万变，而法度具备"。前人评其狂草继承张旭又有新的发展，谓"以狂继颠"。对后世影响也很大。

怀素存世草书墨迹很多，著名的有《东陵圣母帖》《论书帖》，是含有章草笔意的优秀作品；《苦笋帖》《千字文》和《自叙帖》均为狂草，可以说是着力的佳作。

柳宗元（773—819）

唐代文学家，字子厚。祖籍河东（今山西永济），后迁长安（今陕西西安），世称柳河东。因官终柳州刺史，又称柳柳州。与韩愈共同倡导唐代古文运动，并称韩柳，为唐宋八大家之一。

柳宗元出身官宦家庭，少有才名，早有大志。但其早年为考进士，文以辞采华丽为工。贞元九年（793）中进士。后入朝为官，积极参与王叔文、王伾等人的治革新，主张抑制藩镇割据，加

强中央集权。永贞元年（805）9月，革新失败，贬邵州刺史，十一月加贬永州（今湖南零陵）司马。元和十年（815）获赦回京师，不久又贬为柳州（今属广西）刺史，政绩卓著。后死于柳州。

柳宗元重视文章的内容，主张文以明道，认为"道"应于国于民有利，切实可行。他与韩愈一起倡导古文运动，反对只注重华丽辞藻而空洞无物的骈体文。其文章的思想性、艺术性都较高。他的诗文理论，代表着当时文学运动的进步倾向。

柳宗元一生留下600多篇诗文作品，代表作有《天说》《封建论》《捕蛇者说》《永州八记》等。

范仲淹（989—1052）

范仲淹，字希文。和包拯同朝，为北宋名臣，政治家，军事家、文学家，苏州吴县（今属江苏）人。他出生于官宦之家、远祖范履冰曾是唐朝宰相，但因父亲早亡，母亲改嫁，他更名朱说，过着贫寒的生活。

范仲淹少年时胸怀大志，当秀才时就常以天下为己任，有敢言之名。26岁考中进士后，他恢复姓范，改名仲淹，开始进入政界。仁宗时，范仲淹曾提出一整套改革时弊、富国强兵的主张，历史上称为"庆历新政"。可惜不久因为保守派的反对而不能实现，因而被贬至陕西经略安抚副使，后来病死于青州。

范仲淹一生写有大量诗文，至今尚存文章388篇，诗170余首，词5篇。他的文章有的富有逻辑性、论辩性，有的言情绘景、生动感人。他的词境界开阔，风格苍凉，突破了唐末五代词的浮靡风气，对后人苏轼、王安石均有一定影响。

范仲淹的德行、功业颇为后人称赞，宋人朱熹说他是"天地间第一流人物"。

苏轼 （1037—1101）

字子瞻，又字和仲，号"东坡居士"，眉州眉山（即今四川眉山）人，苏洵的长子，是北宋著名文学家、书画家、散文家和诗人。自幼受母程氏良好教育，少年时已通经史，每日著文数千言。20岁时与弟辙同中进士。任地方官时，关心百姓疾苦，亲自组织兴修水利，遇到灾年便向朝廷请免税收，领导抗灾济民。他还整顿军纪，惩治贪污，深受百姓爱戴。至今在杭州西湖还存有一道堤坝称"苏堤"，是西湖一大景观。苏轼与王安石政见不合，反对推行新法，在看到推行变法中的弊端时常以赋诗加以评论，终于公元1079年酿成"乌台诗案"，险些丧命。以后被贬到黄州（今湖北黄冈市）任团练副使。每日在东山坡除草开荒，掘井筑室，躬耕其中，自号东坡居士。哲宗继位，高太后临朝，变法派失势，苏轼调回朝中，任翰林学士、知制诰。但由于他对旧派司马光全部废除新法的做法不满，而且敢于直言，又遭旧派打击。新派执政后，苏轼仍受排挤，再次被贬到英州（今广东英德）、琼州（今海南省）。公元1100年徽宗即位，苏轼遇赦北归，因积劳成疾，于次年病死途中。

苏轼与他的父亲苏洵、弟弟苏辙皆以文学名世，世称"三苏"。他还是著名的唐宋八大家之一。作品有《东坡七集》《东坡乐府》等。擅长书法，与蔡襄、黄庭坚、米芾并称"宋四家"。

孝庄文皇后 （1613—1687）

清蒙古科尔沁部人，博尔济吉特氏，名布木布泰。后金天命十年（1625）嫁给皇太极时年仅13岁，清崇德元年（1636）被封为永福宫庄妃。三年，生福临（世祖）。崇德八年（1643），皇太极驾崩，孝庄之子福临即位，孝庄被尊为皇太后；圣祖即位，被尊为太皇太后。顺治亲政之前，孝庄文皇后慑于多尔衮的权势，委曲求全，故有太后下嫁的传闻。孝庄培养了两代幼帝，人称"两朝兴国太后"。康熙二十六年病逝于慈宁宫，终年74岁。卒谥孝庄文皇后。

顾炎武 （1613—1682）

明末清初思想家、爱国学者。初名绛，字宁人，号亭林，曾自署蒋山佣。少年参加"复社"反宦官权贵斗争。清兵南下后参加抗清起义。明亡后只身北上，十谒明陵，终身不仕清廷。他遍游华北，登山涉水，行程万里，结纳爱国志士，考察山川形势，以图恢复。晚年卜居华阴，卒于曲沃。顾炎武不仅是有气节、坚强的爱国主义思想家，而且是一位有伟大成就的学者。他倡导经学研究，反对唯心空谈。学问渊博，于国家典制、郡邑掌故、天文仪象、河漕兵农，以及经史百家、音韵训诂之学都有研究，作出了卓越的贡献。晚年治经，侧重考证，开清代朴学风气，对后来考据学中的吴派、皖派都有影响，为后人留下宝贵的文化遗产。他在《日知录》中提出"天下兴亡，匹夫有责"的著名观点。这句名言充分体现了爱国主义精神，鼓舞了人民的爱国热情。

赵之谦 （1829—1884）

清末书画、篆刻家。字益甫，号冷君、悲庵，

牛年出生的中外名人

239

天闷等，会稽（今浙江绍兴）人。咸丰己未举人，官江西鄱阳、奉新知县。能书，初法颜真卿，后专意北碑，篆、隶师邓石如，加以融化，自成一家，能以北碑写行书，尤为特长。作花卉木石及杂画亦以书法出之，宽博淳厚，水墨交融，能合徐渭、石涛、李鱓独具面目，为清末写意花卉之开山。篆刻早年取法浙、皖二派，后突破秦汉玺印规范，广收古钱币、镜铭及碑版等篆字入印，治印讲究章法，古雅道丽，别创新路。边款丰富之极，首以画像入侧，对后世影响很大。著有《二金蝶堂印谱》等。

谭嗣同（1865—1898）

字复生，湖南长沙浏阳人，善文章，长于剑术，是清朝末年著名维新派政治家、思想家。在当时主张维新变法的思想家中，谭嗣同的思想是最激进的。他痛斥历代专制君主都是独夫民贼，主张发展资本主义的政治经济。公元1898年6月，光绪皇帝下令变法，谭嗣同被召进京在军机处任职，成为维新派的领袖之一。戊戌变法失败后，拒绝与梁启超出逃，遂被捕，在北京宣武门外的菜市口刑场英勇就义。同时被害的维新人士还有林旭、杨深秀、刘光第、杨锐、康广仁，史称"戊戌六君子"。

严复（1853—1921）

原名宗光，字又陵，后改名复，字几道，福建侯官（今福州）人。近代思想家、翻译家和教育家。

严复出生在一个医生家庭里，早年曾赴英国留学。回国后，任福州船厂船政学堂教习、北洋水师学堂总教习、总办等职。

严复积极倡导西学的启蒙教育，完成了著名的《天演论》的翻译工作。在《天演论》中，严复以"物竞天择"、"适者生存"的生物进化理论阐发其救亡图存的观点，提倡鼓民力、开民智、新民德、自强自立，号召救亡图存。他的著名译著还有亚当·斯密的《原富》、斯宾塞的《群学肆》、孟德斯鸠的《法意》等，他第一次把西方的古典经济学、政治学理论以及自然科学和哲学理论较为系统地引入中国，启蒙与教育了一代国人。

晚年曾担任京师大学堂校长、总统府外交法律顾问等职。

段祺瑞（1865—1936）

原名启瑞，字芝泉，晚号正道老人。北洋军阀皖系首领，安徽合肥人。他20岁入军界，一直在袁世凯的北洋军中任职，深受器重，和冯国璋、王士珍号称"北洋三杰"。袁世凯死后，黎元洪任大总统，段祺瑞任国务总理兼陆军总长，掌握北京政府实权。第一次世界大战爆发，日本想借机控制整个中国，就以贷款为诱饵拉中国参战。这时段祺瑞苦于内战军费不足，日本此举正合自己心意。美国不甘心让日本独霸中国，就拉拢黎元洪反对参战，产生了府（总统府）院（国务院）之争。黎下令免去段祺瑞的总理职务，段祺瑞则策动督军团倒黎。张勋以调解黎段冲突为名，带兵进京拥清废帝溥仪复辟。复辟失败后，段祺瑞重掌北京政府实权。1920年7月直皖战争爆发，皖军败北，段去职移居天津。此后，段与奉系张作霖及南方孙中山联合反对直系统治，至1924年10月，奉系联合冯玉祥部打败直系，段被推为"中华民国临时执政"，他召集"善后会议"以抵制孙中山所主张的国民会议。1926年3月1日制造三一八惨案；4月又图谋联合奉、直两派，打击冯玉祥国民军。事情败露后，段祺瑞从政界隐退，自号正道居士。1933年2月移居上海。

廖仲恺（1877—1925）

中国民主革命活动家，国民党左派领导人。原名恩煦，又名夷白，字仲恺。广东归善（今惠阳）人。出生于旅美华侨家庭，1902年秋赴日留学。1905年在东京加入同盟会，担任同盟会总部外务部干事。武昌起义后，返回广东，担任广东省军政府枢密处参议、财政司司长等职。1913年二次革命失败后，随孙中山再度亡命日本。1914年中华革命党在东京成立，任党的财政部副部长。1916年4月随孙中山回国。此后，从事反袁世凯、护法斗争，致力于筹措革命经费和组织革命力量的活动，成为孙中山的得力助手。1921年，孙中山回粤就任非常大总统，廖担任财政部次长、广东省财政厅长，筹措军费，支持孙中山出兵北伐。1922年6月，陈炯明叛变，廖仲恺被陈囚禁，经何香凝等营救脱险。竭诚拥护协助孙中山确定联俄、联共、扶助农工三大政策。国民党改组后，当选为中央执行常务委员、政治委员会委员，除继续任广东省长、财政部长外，并先后兼任国民党工人部长、农民部长，黄埔军校党代表，大本营秘书长等职。1925年8月20日，遭国民党右派势力暗杀。

曹汝霖（1877—1966）

北洋政客。字润田。上海市人。早年留学日本。1911年任清政府外务部副大臣。1913年任袁世凯政府外交次长。1915年和陆徵祥一起奉袁命同日本谈判，接受丧权辱国的《二十一条》。

1916年后任北洋政府交通总长兼外交总长。1918年兼财政总长。在段祺瑞指使下，与陆宗舆、章宗祥勾结，出卖国家主权，向日本大量借款，承认其在中国山东的特权，激起全国人民的愤怒。1919年五四运动爆发后被免职。抗日战争时期，曾任伪华北临时政府最高顾问、华北政务委员会咨询委员。1949年去台湾。后寓居日本、美国。

瞿秋白（1899—1935）

中国共产党的早期领导人之一。江苏常州人。1916年入北京俄文专修馆学习。1919年在北京参加五四运动。1920年初，参加李大钊组织的马克思学说研究会。同年10月，以北京《晨报》记者身份赴苏俄采访，是最早有系统地向中国人民报道苏俄情况的新闻界先驱。

1922年加入中国共产党。1923年任中共中央机关刊物《新青年》、《前锋》主编。是中共三大、四大、五大、六大中央委员，四大中央局成员，五大、六大中央政治局委员，五大中央政治局常委。1927年8月，在汉口主持召开了中共"八七"紧急会议，会后任临时中央政治局常委，主持中央工作。这期间，参预决定或指导了南昌起义、秋收起义、广州起义及其他地区的武装起义。曾犯过"左"倾盲动主义错误。1928年当选为共产国际执行委员、主席团委员及政治书记处成员。后遭王明等人打击，被解除中央领导职务。曾在上海和鲁迅一起领导左翼文化运动。1933年2月到瑞金任中华苏维埃共和国中央政府人民教育委员。1935年2月24日在福建长汀县被国民党军队逮捕。6月18日在长汀县罗汉岭英勇就义。

丑年出生的外国名人

理查一世（1157—1199）
Richard I the Lion-Heart, of England

英格兰国王亨利二世的第三子。在英格兰仅统治6个月，无政绩可言。由于其征战沙场时总是一马当先，如狮子般的勇猛顽强，所以又被称作狮心王理查。他在第三次十字军东征中所显示的骑士风度，使其成为无数传奇中的英雄人物。

理查青少年时期与母亲艾琳娜生活在法兰西的阿基坦，1172年在普瓦蒂埃登公爵位。1184年其长兄亡故，理查成为王位继承人。

1190年他与腓力二世一起发起了第三次十字军东征。1191年他在阿卡与十字军的其他参加者会师。在进军耶路撒冷时遭到萨拉丁的抵抗而未果，但他与萨拉丁之间英雄惜英雄的情操与风范，仍被后人传为美谈。1192年9月，理查以基督徒可自由进出耶路撒冷为条件，与萨拉丁议和回国，中途被奥地利公爵利奥波德五世俘虏，并把他转交给神圣罗马帝国皇帝亨利六世。皇帝将其监禁在特里斐尔丝的山上城堡。在理查一世的母后艾琳娜与坎特伯雷大主教华尔特交付大笔赎金之后，才于1194年获得释放。

理查返回英格兰后，再度举行加冕典礼。加冕后即与腓力二世发生矛盾而交兵，并导致了1196年的伦敦抗税起义。在1199年镇压阿基坦叛乱时，因不改身先士卒的作风，不幸中箭身亡，临终前将王位交给幼弟约翰。

理查在位期间给英格兰人民带来了沉重的财政负担，但是由于其行事作风充满了中世纪骑士的风范，深为英格兰人民所爱戴。

但丁·阿利吉耶里（1265—1321）
Dante Alighieri

意大利著名诗人，现代意大利语的奠基者，欧洲文艺复兴时期的开拓人物之一，以长诗《神曲》留名后世。

出生于佛罗伦萨。早年参加新兴市民阶级反对封建贵族的斗争，曾当选为佛罗伦萨共和国行政官。后因代表罗马教廷利益的势力抬头，1302年起被终身放逐。早期抒情诗集《新生》歌颂理想中的爱人，表达对美好生活的渴望。代表作《神曲》广泛反映中世纪后期意大利的社会矛盾，谴责教皇和僧侣的贪婪专横。《帝制论》主张政教分立，反对教皇干涉政治，要求建立统一的意大利国家。《论俗语》主张意大利须有标准的民族语言，对意大利民族语言的统一有重大贡献。恩格斯评价说："封建的中世纪的终结和现代资本主义纪元的开端，是以一位大人物为标志的，这位人物就是意大利人但丁，他是中世纪的最后一位诗人，同时又是新时代的最初一位诗人。"

乔万尼·薄伽丘（1313—1375）
Giovanni Boccàccio

一译卜伽丘，意大利文艺复兴运动的杰出代表，人文主义者。代表作《十日谈》批判宗教守旧思想，主张"幸福在人间"，被视为文艺复兴的宣言。

关于他的诞生地，缺少确切的资料予以论断。据说他生于佛罗伦萨附近的契塔尔多，一说生于巴黎。幼年时生母去世，随父亲来到佛罗伦萨。不久，父亲再婚，他在严父和后母的冷酷中度过了童年。

后来，他被父亲送到那波利，在父亲入股的一家商社不情愿地学习经商，毫无收获。父亲又让他改学法律和宗教法规，但无论是商业还是法律，都引不起他的兴趣。他自幼喜爱文学，便开始自学诗学，阅读经典作家的作品。这段生活使他亲身体验到市民和商人的生活以及思想情感，融入到他日后写成的《十日谈》中。

在那波利生活期间，薄伽丘有机会出入安杰奥的罗伯特国王的宫廷。他同许多人文主义诗人、学者、神学家、法学家广泛交游，并接触到贵族骑士的生活。这丰富了他的生活阅历，扩大了文化艺术视野，进一步焕发了他对古典文化和文学的兴趣。

薄伽丘早期创作多取材于古代传说，开辟了意大利散文和小说的道路。写有传奇《菲洛柯洛》，长诗《菲拉斯特拉托》《苔塞伊达》，中篇传奇《菲亚美达》等。代表作《十日谈》包括一百篇故事，反映当时意大利的社会生活，谴责禁欲主义，表达人文主义思想。

桑德罗·波提切利 （1445 — 1510）
Sandro Botticelli

欧洲文艺复兴时期画家，佛罗伦萨画派的代表。他画的圣母子像非常出名。受尼德兰肖像画的影响，波提切利又是意大利肖像画的先驱者。

波提切利生于佛罗伦萨。先是和马索·非尼古埃拉一起学习，制造金银首饰，后又成为菲力浦·利皮的学生。1470年，他自立门户，开设个人绘画工作室，很快就受到美第奇家族的赏识，向他订购了大量的画作。与强大的美第奇家族保持着良好的关系也使画家获得政治上的保护，并

享有有利的绘画条件。1481年，波提切利应招为梵蒂冈教皇宫中的西斯廷礼拜堂绘制壁画。在晚年，他的作品少了些装饰风味，却多了些对宗教的虔诚。

波提切利的画风优美抒情并带有淡淡的伤感意味，流畅的线条与绚丽的色彩融为一体，在文艺复兴诸大师中独树一帜，19世纪的浪漫主义和英国的拉斐尔前派，对波提切利的艺术尤为推崇。代表作有《春》《维纳斯的诞生》等。

波提切利的晚年贫困潦倒，只能靠救济度日。在生命的最后几年，他不问世事，孤苦伶仃。1510年，波提切利死于贫困和寂寞之中，安葬于佛罗伦萨的"全体圣徒"教堂墓地。

费马 （1601 — 1665）
Fermat, Pierre de Fermat

法国数学家。出生于法国南部图卢兹附近的博蒙·德·洛马涅。因家庭富裕，费马从小受到了良好的启蒙教育，培养了他广泛的兴趣和爱好，对他的性格也产生了重要的影响。14岁时，费马才进入博蒙·德·洛马涅公学，毕业后先后在奥尔良大学和图卢兹大学学习法律。他利用公务之余钻研数学，硕果累累，被誉为"业余数学家之王"。

费马以律师为业，长期任图卢兹议会顾问。早年研究概率论，在数论、解析几何和光学等方面都有贡献。可称为解析几何创始人之一。数论中他提出的"大定理"经三百多年之后于1995年始获解决。为了求极大极小问题，他在牛顿和莱布尼茨之前已经运用了微分学思想。他对无穷小的一些研究，成为那个时期数学活动的中心之一。

1665年元旦一过，费马开始感到身体有变，遂于1月10日停职。第三天，费马去世。

普里斯特利（1733—1804）
J．Joseph Priestley

英国化学家。生于利兹城附近的菲尔德黑德，卒于美国宾夕法尼亚州诺森伯兰。1765年获爱丁堡大学法学博士学位。他的职业是牧师，化学只是他的业余爱好。1766年当选为英国皇家学会会员。1782年当选为巴黎皇家科学院的外国院士。

普里斯特利的重大贡献是发现氧和其他气体。1772年发现了二氧化氮；1773年发现氨；1774年发现二氧化硫。1774年他利用一个大凸透镜，把阳光聚焦起来，加热氧化汞，用排水集气法收集产生的气体，并研究了这种气体的性质。他发现蜡烛在这种气体中以极强的火焰燃烧；老鼠在瓶中存活时间为相同容积的普通空气的两倍。他并用玻璃吸管从放满这种气体的大瓶里吸取它，感到十分轻松舒畅。普里斯特利是第一位详细叙述了氧气的各种性质的科学家。由于他是燃素说的信徒，遂推断出新气体必然含有极少的燃素或不含燃素，称它为"脱燃素空气"。同年，普里斯特利将氧气的制法和性质告诉拉瓦锡。后者重复了这些实验，指出普里斯特利制出的气体不是"脱燃素空气"，而是能够助燃的氧气。拉瓦锡还提出了燃烧反应的氧化学说。但是普里斯特利却一直不接受拉瓦锡的理论，坚持错误的燃素说。他的著作有《电学史》《光学史》和《各种空气的实验和观察》等。

亚历山大·冯·洪堡（1769—1859）
Alexander von Humboldt

德国自然科学家，与李特尔同为近代地理学的主要创建人，是19世纪的科学界中最杰出的人物之一。

生于德国柏林，是世界第一个大学地理系

——柏林大学地理系的第一任系主任。曾学习经济、工程学，因对矿物学和地质学的热爱，遂转入弗赖堡矿业学院。1799年赴中、南美洲考察，历时5年。在他每个所涉猎的领域均有所贡献，所以他常被称为气象学、地貌学、火山学和植物地理学的创始人之一。世界上以他的名字命名的地名有澳洲（今澳大利亚）、新西兰的山，美国的湖泊与河流，南美洲西岸的洋流，以至于月亮面上的山等。1829年，又赴乌拉尔、西伯利亚、中亚等地方考察。晚年著有《宇宙：物质世界概要》5卷。是集中总结关于其一生研究和发现的重要著作。

他首创世界等温线图，研究气候差异，并探讨气候同植物水分和垂直分异的关系，创建了植物地理学。发现地磁强度从极地向赤道递减的规律，火山分布与地下裂隙的关系等。主要著作还有《植物地理学论文集》《墨西哥》《中部亚洲》等。

拿破仑一世（1769—1821）
Napoléon Bonaparte

法国资产阶级政治家和军事家、法兰西共和国第一执政(1799—1804)、法兰西第一帝国和百日王朝皇帝(1804—1814，1815)。生于科西嘉岛阿雅克肖城破落贵族家庭。布里埃纳军校毕业，后在巴黎军事学院肄业。1785年任炮兵少尉。受启蒙思想影响，参加法国革命。雅各宾专政时期任炮兵上尉。1793年，出色指挥土伦战役，击溃王党军队，获少将衔。督政府时期因与雅各宾派关系密切，一度被捕。1795年10月，任法军统帅，镇压王党军叛乱。1796年率军进攻意大利，1798年侵入埃及。1799年回国。发动政变(11月9日，共和新历雾月18日)，成立执政府，自任第一执政。1804年称帝，建立法兰西第一帝国。颁布民法(即《拿破仑法典》)、商法和刑法，巩固资产阶级革命成果。对内镇压王党复辟势力；对外多次粉碎反法联盟，严重打击欧洲封建势力。后逐步对外侵略扩张，与英、俄争霸。1812年对俄战争失败。1814年反法联军攻陷巴黎，被流放于厄尔巴岛。1815年重返巴黎，建立百日王朝。滑铁卢战役失败后被流放于圣赫勒拿岛。1821年病死于该岛。

安徒生 (1805 — 1875)
Heinz Christian Andersen

丹麦作家。1805年4月2日生于丹麦菲英岛欧登塞的贫民区。父亲是个穷鞋匠，曾志愿服役，抗击拿破仑·波拿巴的侵略，退伍后于1816年病故。当洗衣工的母亲不久即改嫁。安徒生从小就为贫困所折磨，先后在几家店铺里做学徒，没有受过正规教育。少年时代即对舞台发生兴趣，幻想当一名歌唱家、演员或剧作家。1819年在哥本哈根皇家剧院当了一名小配角。后因嗓子失润被解雇。从此开始学习写作，但写的剧本完全不适宜于演出，没有为剧院所采用。1822年得到剧院导演约纳斯·科林的资助，就读于斯莱厄尔瑟的一所文法学校。这一年他写了《青年的尝试》一书，以威廉·克里斯蒂安·瓦尔特的笔名发表。这个笔名包括了威廉·莎士比亚、安徒生自己和司各特的名字。1827年发表第一首诗《垂死的小孩》，1829年，他进入哥本哈根大学学习。他的第一部重要

作品《1828和1829年从霍尔门运河至阿迈厄岛东角步行记》于1829年问世。这是一部富于幽默感的游记，颇有德国作家霍夫曼的文风。这部游记的出版使安徒生得到了社会的初步承认。此后他继续从事戏剧创作。1831年他去德国旅行，归途中写了旅游札记。1833年去意大利，创作了一部诗剧《埃格内特和美人鱼》和一部以意大利为背景的长篇小说《即兴诗人》(1835)。小说出版后不久，就被翻译成德文和英文，标志着作者开始享有国际声誉。

马志尼 (1805 — 1872)
Mazzini, Giuseppe

意大利革命家，复兴运动中民主共和派领袖。是意大利建国三杰之一。生于热那亚。14岁进热那亚大学学医，后转学法学。1827年大学毕业后以律师为业，并为进步刊物撰写文章。1830年加入烧炭党。同年11月因叛徒告密被捕，被驱逐出意大利。先后建立青年意大利党和青年欧罗巴。多次发动起义，均失败。1848年参加意大利革命，为共和国三执政之一。革命失败后被迫再次流亡国外，继续为意大利的统一而斗争。60年代宣传在"劳资合作"和"生产合作社"的基础上解决工人问题。意大利统一后归国，反对君主制度。

布朗基 (1805 — 1881)
Louis Auguste Blanqui

法国早期工人运动活动家、革命家、空想共产主义者。1805年2月1日出生。1825年入巴黎大学攻读法律和医学，1827年辍学从事革命活动，参加反对国王查理十世的街垒战，失败后出国。1829年8月回到巴黎，开始接受F.N.巴贝夫、C.-H.de圣西门和F.-M.-C.傅立叶的

思想影响。积极参加1830年七月革命。其后加入共和派组织人民之友社，进行推翻七月王朝的活动，成为该社左翼领导人之一。

布朗基1830~1879年组织工人起义，曾多次被捕。1871年巴黎公社选举时他在缺席的情况下当选委员。布朗基派是公社的多数派，起了重要的领导作用。1879年4月在狱中的布朗基当选法国议会议员。6月出狱时他已74岁，前后在狱中度过30多年，有革命囚徒之称。出狱后他仍保持旺盛斗志，继续积极参加工人运动。1881年1月1日逝世，近20万人为他送葬。

雷诺阿 (1841 — 1919)
Pierre—Auguste Renoir

法国印象画派的著名画家、雕刻家。以油画著称，亦作雕塑和版画。早年当过徒工，画过陶瓷、扇子、窗帘等。曾从学院派画家格莱尔学画，后受德拉克洛瓦和库尔贝的影响，对鲁本斯及法国18世纪绘画有较深的研究。在创作上能把传统画法与印象主义方法相结合，以鲜丽透明的色彩表现阳光与空气的颤动和明朗的气氛，独具风格。

1874年雷诺阿以《包厢》一画参加首次印象派画展，这标志着雷诺阿风格的成熟。后来，1876年，他又在《红磨坊街的露天舞会》一画中，用这种方法表现规模宏大的场面，透过树丛的星星点点的阳光，洒落在人们的身上、脸上、桌上和草地上，真正实践了"光是绘画的主人"这一句印象主义者的口号。

1876年以后，他的风格臻于成熟。作为这种风格的代表的《游艇上的午餐》《爱尔·潘蒂埃夫人和孩子们的肖像》，都以明朗、艳丽、令人眩目的光彩，受到评论界和官方沙龙的赞美。

阳光、空气、大自然、女人、鲜花和儿童。这就是雷诺阿一生用丰富华美的色彩所弹奏的主题。雷诺阿一生都很贫困，但画面却很甜美、明丽。他所画的女性丰满娇丽、妩媚动人，目光中常常流露着一种淡淡的忧郁，所画儿童，天真纯洁。他是位卓越的人物画大师，晚年得了类风湿病，手脚变形，十分痛苦，但仍坚持作画。

让·雷诺阿是20世纪30年代法国诗意现实主义大师。

何塞·马蒂 (1853 — 1895)
José Julián Martí

古巴卓越的诗人、杰出的民族英雄、独立战争领袖。出生在哈瓦那。

马蒂在古巴、拉美乃至世界文学史上占有重要位置，是拉美现代主义的开路先锋，他的诗篇《伊斯马埃利约》《纯朴的诗》和《自由的诗》，他的散文《我们的美洲》《美洲我的母亲》《玻利瓦尔》等在古巴和拉美脍炙人口。

马蒂是一位杰出的爱国者，是古巴的民族英雄。他从15岁起就参加反抗西班牙殖民统治的革命活动，16岁时被捕并罚作苦役，后来又被流放到西班牙。在西班牙，他还为古巴的独立不懈地奔走呼吁，同反动、专制主义分子进行辩论，并于1873年写了"古巴的政治囚禁"，对殖民政府的罪行进行有力的揭露。1887年10月10日，何塞·马蒂在纽约向古巴人发表了非常明确、富有战斗精神的演说，从那时起他就投身到团结和组织古巴人,为古巴独立的最后战役做准备。1892 年 4 月 10 日,宣告成立古巴革命党,何塞·马蒂当选代表,负责党的最高职务。1895 年 5 月 19 日,西班牙军队袭击戈斯麦和马蒂在东方省多斯里奥斯的军营,古巴独立先驱何塞·马蒂在战斗中阵亡,42 岁便牺牲在独立战争的战场上,把自己短暂的一生完全献给了争取祖国独立和拉美自由的事业。

1953 年,世界和平理事会在芬兰首都赫尔辛基开会,号召全世界人民纪念世界四大文化名人:屈原、哥白尼、拉伯雷、何塞·马蒂。

尼赫鲁 (1889 — 1964)
Jawaharlal Nehru

1889 年 11 月 4 日,贾瓦哈拉尔·尼赫鲁诞生在阿拉哈巴德的婆罗门贵族家庭。1905 年就读于英国哈罗公学,两年后入剑桥大学获自然科学荣誉学位。后又进入伦敦内殿法学会,1912 年获律师资格。同年回国,在阿拉哈巴德高等法院任律师,并投入争取印度独立的运动。

1916 年 5 月国大党年会上他第一次遇到甘地,甘地坚持反英斗争的行动使他很感动。1918 年起任国大党全国委员会委员。1920 年参加甘地领导的非暴力不合作运动,次年被捕入狱。印度独立前先后八次被捕,在狱中度过 9 年。曾先后两次任国大党总书记各两年。

在他主持下的国大党拉合尔会议提出印度完全独立的政治斗争目标,此后成为全国知识分子和青年的领袖。二次世界大战后印度民族运动迅速发展,独立要求愈加强烈。1946 年 9 月英国初步移交政权,成立印度临时政府,英印总督兼任总理,尼赫鲁任副总理。1947 年印度独立,尼赫鲁任首任总理。

外交上尼赫鲁实行不结盟政策,拒绝参加各国际军事集团。1954 年 6 月与中国总理周恩来共同提出著名的和平共处五项原则。1955 年尼赫鲁参与发起并参加了在印度尼西亚举行的万隆亚非会议。在尼赫鲁、铁托和纳赛尔的发起下,1961 年不结盟国家首脑会议在南斯拉夫首次举行。

1964 年 5 月 27 日尼赫鲁病逝。5 月 28 日,估计有 300 万人排列在送葬行列经过的道路旁致哀。

恩利科·费米 (1901 — 1954)
Enrico Fermi

美籍意大利物理学家。1922 年获比萨大学博士学位。1926 年任罗马大学理论物理学教授。1929 年任意大利皇家科学院院士。在现代物理理论和实验物理学方面都有重大贡献。1934 年提出用 β 衰变的定量理论,成为弱相互作用理论的创始人。致力于研究中子引起的核反应,提出热中子的扩散理论。1939 年到美国后,致力于研究裂变的链式反应,1942 年领导建成世界上第一个原子核反应堆。还研究了宇宙射线的来源。因利用中子辐射发现新的放射性元素,及慢中子所引起的有关核反应,获 1938 年诺贝尔物理学奖。因为他的妻子是犹太人,费米在前往斯德哥尔摩接受诺贝尔奖后,没有返回意大利,而是去了纽约。哥伦比亚大学主动为他提供职位。1944 年费米加入美国籍。

费米于 1954 年去世。1954 年,为纪念费米对核物理学的贡献,美国原子能委员会建立了"费米奖",以表彰为和平利用核能作出贡献的各国科学家。1955 年,在瑞士日内瓦召开的和平利用原子能国际科学技术会议中,为纪念这位 20 世纪最伟大的科学家,将 100 号元素命名为 fermium 镄,将 100 号元素符号定为 Fm。

总策划

吴本华

编　辑

吴本华

刘普生

刘士忠

霍静宇

杜松儒

卢援朝

尹　然

日　高

王铁英

夏　岚

李红星

图文制作

李红星

吴建荣

资料提供

邓文凯

孙世巍

孙　杰

编　务

夏爱琴